I0631970

MÉMOIRES

DE MONSIEUR

DE BORDEAUX.

TOME II.

Lb. 134

MÉMOIRES

DE MONSIEUR
DE BORDEAUX,

INTENDANT DES FINANCES.

PAR M. G. D. C. *(Sandras de Courtils)*

TOME SECOND.

L. 1781.
B 2.

A AMSTERDAM,

AUX DÉPENS DE LA COMPAGNIE.

M. DCC. LVIII.

MEMOIRES

DE Mr. DE
BORDEAUX,
INTENDANT
DES
FINANCES.

LIVRE TROISIÉME.

CONTINUATION des troubles de France. Le Parlement leve des Troupes. Donne de sanglans Arrêts contre le Cardinal. Des Personnes de grande distinction prennent son parti. Blocus de Paris. Embarras du Parlement. Délibere s'il appellera l'Archiduc à son secours. Envoye vers lui. Beaufort vient à Paris après s'être sauvé de Vincennes.

Tome II.   A

L A Cour étoit à Saint Germain quand elle apprit la triste nouvelle dont je viens de parler. La Reine après avoir fait la veille les Rois au Palais-Royal, en avoit fait sortir le Roi vers le minuit, résoluë plus que jamais de punir le Parlement & les Parisiens qui persévéroient dans leurs entreprises criminelles. En effet, au préjudice de tout ce que le Duc d'Orléans & le Prince de Condé avoient pu faire pour arrêter ses assemblées, il les continuoit comme de coûtume. Le Peuple de son côté ne témoignoit pas plus de respect, commençant même à lâcher des paroles contre l'honneur de la Reine qui étoit la meilleure Princesse & la plus sage qui fût jamais; mais les esprits étoient si fort aigris contre le Cardinal, qu'ils ne se mettoient guéres en peine de toutes les médisances qu'ils pouvoient faire, pourvû que le contre-coup tomba sur lui.

D'abord que la Cour fut à St. Germain, elle s'appliqua uniquement à éxécuter le projet qui avoit été formé de bloquer Paris ; & ayant pris toutes les mesures nécessaires pour le succès d'un si grand dessein, elle envoya une Lettre de Cachet à la Ville ou après avoir accusé non-seulement le Parlement de tous les desordres qui étoient arrivés, mais encore d'avoir intelligence avec les ennemis de l'Etat ; elle ordonna au peuple de ne lui plus prêter main forte pour des desseins si criminels, à moins que de vouloir lui-même encourir la juste indignation qui étoit duë à son crime. Mais soit que cette accusation fût vague & suspecte de passion, ou que les Parisiens eussent déja poussé leur désobéïssance trop loin pour se flater que la Cour fût d'humeur à la laisser impunie, ils ne firent pas grande attention à la Lettre de Cachet. Ceux qui parmi eux étoient le plus portés à la désobéïssance leur firent sentir qu'on ne cherchoit à les diviser que pour les écraser après plus facilement ; qu'ainsi, bien-loin de prêter l'oreille aux paroles trompeuses dont la Lettre de Cachet étoit remplie, ils devoient s'unir encore plus étroitement les uns & les autres avec cette Compagnie, parce que ce n'étoit que dans cette union qu'ils pourroient trouver leur sûreté.

Quoique le jour qui suivit le départ du Roi, fût la Fête des Rois, Fête qu'on célébre à Paris comme par toute la France avec beaucoup de dévotion, le Parlement ne laiſſa pas de s'aſſembler. Comme il outroit par-là ſa déſobéïſſance & que la Reine en appréhendoit de fâcheuſes ſuites, elle crut qu'elle ne pouvoit mieux faire que de le tranférer dans quelqu'autre Ville où il n'auroit pas la hardieſſe de parler ſi haut. Elle lui envoya donc une Lettre de Cachet par laquelle elle lui enjoignoit de ſortir de Paris, & de ſe rendre à Montargis qui en eſt à vingt-cinq lieuës. Il n'y avoit point d'apparence qu'elle ſe pût flater qu'il lui obéïroit en cette rencontre. Il lui déſobéïſſoit déja en une infinité de rencontres qui lui étoient moins de conſequence que celle-là, d'où l'on pouvoit juger qu'il ſe ſouleveroit encore en cette occaſion; mais elle prétendoit que comme le Roi y avoit pluſieurs ſerviteurs, ils quitteroient la Ville en même temps pour obéïr à ſes Ordres; qu'ainſi ce

Corps n'étant plus qu'un corps informe, puisqu'il seroit privé d'une partie de ses Membres, les Peuples n'auroient plus pour lui la même confiance qu'ils avoient auparavant.

La Lettre de Cachet lui fut apportée lorsqu'il étoit déja assemblé, quoiqu'il ne fût encore que huit heures du matin. Ceux qui étoient affectionnés au Roi, mais qui étoient en beaucoup plus petit nombre que les autres, n'oserent ouvrir la bouche, voyant que la Lettre de Cachet n'avoit pas plûtôt été luë, que ceux qui étoient dans des intérêts contraires l'avoient traitée de bagatelle, & dit qu'on ne devoit pas s'y arrêter. Aussi n'y ayant aucun égard, au-lieu de cesser leurs délibérations comme il leur étoit enjoint, ils donnerent un Arrêt par lequel ils faisoient commandement aux Troupes que la Reine faisoit approcher de Paris pour faire le Blocus de cette Ville, de s'en éloigner de vingt lieuës sous peine de la vie. Que si l'on considere cet attentat, combien y a-t'il lieu d'en être surpris? Un ramas de toutes sortes de gens, (car enfin, il y a plus de deux tiers de Bourgeois dans cette Compagnie)

controller non - feulement comme ils
faifoient depuis fi long-temps toutes
les démarches de la Cour ; mais encore poufter l'audace jufques - là que
de s'arroger l'autorité de commander des Gens de Guerre, c'eft ce qui
eft prefque inconcevable. Si le Parlement ne s'étoit guére foucié de la
Lettre de Cachet, la Cour fe foucia
encore moins de l'Arrêt qu'il venoit
de donner ; les Troupes continuerent
leur marche, & s'étant renduës dans
les lieux qui leur étoient défignés par
leurs Ordres, le Parlement qui vit bien
que fon Arrêt & une Chanfon étoient
toute la même chofe , enjoignit aux
Parifiens de fournir un certain nombre de Milice pour la Garde de la
Ville.

Tout ce qu'il y avoit d'honnêtes-
gens parmi eux ne virent qu'avec beaucoup de regret jufqu'où alloit la défobéïffance. Ils y auroient bien donné
reméde s'il avoit été en leur pouvoir ;
mais ce n'étoit plus la voix des gens
de bien qui étoit écoutée. Une vile
populace animée par quelques Membres de cette Compagnie dont les affaires alloient mal & qui prétendoient les

rétablir en ſe faiſant craindre, avoit pris
le deſſus de ceux qu'elle n'oſoit preſque regarder auparavant. Elle couroit
même les ruës comme une forcenée,
criant qu'il falloit exterminer le Cardinal Mazarin & ſes Adhérans. Les
plus ſages de ce Corps n'avoient donné leur conſentement à ces dernieres
réſolutions qu'à la charge qu'on eſſaye-
roit encore avant que de pouſſer les
choſes plus loin, de pacifier tout par
la douceur : ainſi le Parlement envoya
les Gens du Roi à St. Germain pour y
faire quelques propoſitions. On les annonça à la Reine qui ne pouvant comprendre qu'après ce qu'il venoit de
faire, il eût encore le front de lui envoyer des Députés, les renvoya ſans les
vouloir entendre.

Cette fierté de la Cour ne paroiſſoit
pas trop bien s'accorder avec la prudence ; quand il y a quelque ſédition
dans un Etat, il ſemble que bien-loin
de rejetter toutes les propoſitions qui
la peuvent appaiſer, on ne ſçauroit
faire trop de chemin pour aller au-
devant : mais la Reine par le moyen
du Blocus qu'elle alloit faire s'étoit
ſi bien imprimée dans l'eſprit qu'elle

alloit obliger le Parlement & les Parifiens à crier miféricorde, qu'elle ne
panchoit nullement du côté de la clémence. Elle étoit outrée du manque
de refpect de ces Peuples, & envers la
perfonne du Roi fon fils & envers la
fienne, & elle ne leur pouvoit pardonner tant de récidives.

D'abord que les Gens du Roi furent
revenus & qu'ils eurent rendus compte
au Parlement de la réception qui leur
avoit été faite, il crut devoir par une
réfolution digne de fa défobéïffance
raffurer le Peuple qui étoit déja tout
ébranlé par la crainte qu'il avoit de
mourir de faim : & s'étant raffemblé en
même temps, il donna un Arrêt par
lequel il ordonnoit de faire des levées
pour s'oppofer aux entreprifes du Cardinal Mazarin qu'il qualifioit de plufieurs noms injurieux, comme s'il eût
été le plus fcélérat de tous les hommes.
Il fe réfervoit cependant l'autorité fur
ces levées & le droit d'y nommer des
Officiers Généraux. Un Arrêt fi extraordinaire fit redoubler les gémiffemens
de tout ce qu'il y avoit d'honnêtes-gens.
Ils trouverent que la comparaifon que
quelques perfonnes faifoient du Parle-

ment de Paris & de celui d'Angleterre
étoit fort juste ; puisqu'ayant commencés tous deux par prendre les armes
contre leur Souverain, il ne manquoit
plus pour leur donner une véritable
ressemblance que l'un couronnât sa désobéïssance par où l'autre avoit cou-
ronné la sienne.

Comme ces levées ne se pouvoient
faire sans argent, le Parlement après
avoir tranché du Souverain en ordon-
nant de les faire, donna de nouvelles
marques de son pouvoir absolu par une
taxe qu'il imposa sur les Maisons de la
Ville & des Fauxbourgs à proportion
de leur grandeur. Avec ce secours il
leva de l'Infanterie & de la Cavalerie ;
& cette taxe fut payée en bien moins
de temps & bien plus volontiers que
n'avoient été celles qui s'étoient faites
auparavant pour la Cour. La haine que
chacun portoit au Cardinal faisoit que
personne ne regrettoit ce qu'il lui falloit débourser ; d'autant plus que le
Parlement qui étoit instruit de ce qui
étoit imprimé dans l'esprit de ce Peuple, semoit adroitement qu'il alloit
être écrasé par les forces qu'il mettoit
sur pied : en sorte que le plus grand

bonheur qui pouvoit arriver préfentement à ce Miniftre étoit de fe fauver
en toute diligence en Italie. Cependant
comme le Cardinal n'avoit pas intention de ménager cette Compagnie, elle
ne le ménagea pas de fon côté. Elle
publia contre lui un fanglant Manifefte
où elle l'accufoit de tous les defordres
de l'Etat ; & l'ayant déclaré Perturba-
teur du repos public par un Arrêt,
elle lui enjoignit en même temps de
fortir dans quinze jours tout au plû-
tard du Royaume ; & ce temps expiré
qu'il feroit permis au Peuple de lui
courre fus comme au plus grand ennemi qu'il put avoir.

Le Parlement ne manqua pas de
Généraux pour commander fon Armée.
Il s'en préfenta même quantité dont les
uns y étoient portés par l'efpérance
d'une meilleure fortune, les autres ou
par quelqu'injure qu'ils avoient reçus
du Cardinal & dont ils prétendoient
fe venger, ou par la haine qu'ils lui
portoient à caufe de fon extrême avarice : car, il ne faifoit du bien à perfonne, & tout ce qu'il pouvoit tirer du
Royaume, fuffifoit à peine pour le
contenter. Ainfi, il vendoit lui-même

à qui plus lui donnoit tous les Offices qui tomboient aux parties cafuelles, fans que le mérite ou les fervices que l'on avoit rendu à l'Etat entraffent en ligne de compte avec lui, pour en gratifier quelqu'un ni même pour leur en faire avoir un fou de meilleur marché. Il en étoit de même de toutes les Charges de la Guerre, elles ne fe donnoient qu'à ceux qui avoient de quoi les acheter; car il eftimoit moins vingt années de Service à un viel Officier qui les lui demandoit, que vingt piftoles dans la bourfe d'un autre qui étoit tout neuf pourvû qu'il confentît à les faire paffer dans fa poche.

Le Maréchal de la Motthe qui étoit forti de Pierre-Encife, & qui fe plaignoit qu'on lui avoit fait injuftice en l'y faifant entrer, fut un des Généraux qui vint offrir fes fervices au Parlement. Le caractére d'ennemi du Cardinal qu'on ne pouvoit méconnoître en lui après ce que ce Miniftre lui avoit fait, fit que fes offres furent acceptées avec beaucoup de plaifir. Les Ducs d'Elbeuf & de Bouillon fe préfenterent auffi pour la même chofe, & on les agréa de même, non qu'on fut

auſſi - bien perſuadé de leur bonne-foi
qu'on l'étoit à l'égard du Maréchal
de la Motthe ; mais leur naiſſance étant
des plus illuſtres du Royaume , c'étoit
un relief pour le Parlement que d'avoir
des Généraux de leur volée , ce qui fut
cauſe qu'on n'y prit pas garde de ſi
près. On doutoit cependant qu'ils euſſent bon deſſein , & les Connoiſſeurs
ne faiſoient point de difficulté de dire
que leur intention étoit ſeulement de
ſe faire craindre du Cardinal , & de
l'obliger par-là à leur accorder quelques graces qu'ils ne pouvoient arracher autrement. Le Duc de Longueville qui étoit revenu depuis peu de
temps de Munſter , quoique reconnu
de tout le monde pour être d'un naturel fort pacifique , vint de même au
Palais pour y trouver de l'emploi : il
crut que pour s'en rendre digne , il n'y
avoit pas autrement de danger de dé-
guiſer ſon ſentiment. Ainſi , il ſe rab-
battit ſur les tromperies que Son Eminence lui avoit faites lorſqu'il étoit
Plénipotentiaire , & l'accuſa hautement
de n'avoir fait la Paix avec l'Empereur , que parce qu'il y avoit été obligé pour ſes intérêts particuliers. Il pou-

voit dire tout ce qu'il vouloit, & l'on
n'étoit pas obligé de l'en croire davantage. Le véritable sujet qui lui faisoit
quitter le parti de la Cour pour venir
se ranger de celui du Parlement, c'est
qu'il étoit piqué contre le Prince de
Condé dont il avoit épousé la sœur en
secondes Nôces. Il y en avoit pourtant qui prétendoient que cette pique
n'étoit pas encore si sérieuse qu'elle
avoit paru à bien des gens ; & que
bien-loin de-là, c'étoit une chose con-
certée entre l'un & l'autre, afin que
quelqu'événement que pût avoir la
Guerre, ils pussent s'entre-servir en
cas de besoin.

Le Duc de Vitri qui étoit Mestre de
Camp du Régiment de la Reine vint
aussi s'offrir au Parlement. Il quitta le
Corps qu'il Commandoit & où il y
auroit eu de l'honneur pour lui à faire
son devoir, pour se mettre à la tête d'une
Milice ramassée où il n'y avoit de toutes façons que de la honte pour lui à ac-
querir. En effet, outre le peu de gloire
qui revient de commander à ces sortes
de gens, il prenoit pour maître un
Corps qui, peu accoutumé à faire le
Souverain, n'avoit que l'orgueil en par-

tage ; pendant qu'il en quittoit un qui tout jeune qu'il étoit, ne laiſſoit pas déja de ſe montrer digne du Trône où Dieu l'avoit élevé.

Enfin parmi tant de Princes & de Seigneurs conſidérables & par leur naiſ-ſance & par leurs ſervices que le Parle-ment commençoit à ſe voir aſſujettis, il ne lui manquoit plus pour rendre ſon Triomphe encore plus éclatant que-de trouver quelque Prince du Sang qui ne fit point de difficulté de quitter le Parti du Roi pour ſe ranger ſous ſon obéïſ-ſance ; & c'eſt ce qui arriva juſtement lorſqu'on avoit le moins de lieu de s'y attendre. Ce n'étoit pas pourtant une choſe qui dût ſurprendre beaucoup par rapport à l'eſprit de révolte qui s'étoit emparé de tous les eſprits, puiſque les Princes du Sang ſont hommes comme les autres & par conſéquent pas plus éxempts de foibleſſes, que ceux à qui ils ſont ſemblables par Nature ; mais l'on avoit peine à comprendre que les branches ſe ſéparaſſent ainſi du Trône ; les Princes du Sang étant à l'égard du Roi, ce que ſont les branches à l'égard de l'arbre. Quoiqu'il en ſoit ; le Prince de Conti, cadet du Prince de Condé

arriva, fans confiderer qu'outre qu'il
étoit bien moins propre qu'un autre
pour faire le métier de la Guerre, il lui
étoit tout-à-fait honteux de faire fon ap-
prentiffage les armes à la main contre
fon Roi.

. Sa Naiffance qui étoit encore au-deffus du Duc d'Elbeuf qui n'étant que
Prince de la Maifon de Lorraine n'étoit
pas comparable aux *Bourbons*, appaifa
la difpute qui étoit toute prête à s'élever
pour le Commandement entre le Duc
de Longueville & lui. Le Duc de
Boüillon prétendoit même d'entrer en
concurrence avec eux, fans confulter
qu'il y a encore plus de différence entre
le fang de La-Tour-Du-Pin, dont il
fortoit, & celui de Lorraine & d'Orléans, d'où le Duc de Longueville ti-
roit fon origine du côté gauche, qu'il
n'y en a entre les Bourbons & les Lor-
rains. Il eft bien vrai que le Duc de
Longueville ne venant que d'un bâtard
d'Orléans, fçavoir du Comte de Dunois, bien loin de fembler avoir quelque chofe au-deffus de lui, paroiffoit
au contraire lui être inférieur de beaucoup ; lui qui, à fe conformer aux
Loix du Royaume, n'y devoit avoir

rang que de Gentilhomme, au lieu que
le Duc y avoit Rang de Prince. Mais s'il
avoit été permis à Louis XIII. de donner ce Rang à la Maison de Bouillon qui
originairement n'étoit qu'une Maison
de Gentilhomme, quoiqu'ils se ventaf-
sent à faux de venir de la *Tour-d'Auvergne*, au lieu de celle de la *Tour-du-Pin*;
il avoit été permis pareillement à un autre de nos Rois de déclarer que pour les
grands services que le Comte de Dunois
avoit rendus à la Couronne, il y succé-
deroit lui & ses descendans préférable-
ment à tout autre, en cas qu'il vint
faute de Princes de la Maison Royale;
& cette Déclaration avoit d'autant plus
de force qu'après que les Etats y
avoient consenti, elle avoit été enre-
gistrée au Parlement. Néanmoins l'on a
vû sous le Régne d'à présent que Louis
le Grand n'a pas eu grand égard à cette
Déclaration. En effet, il a laissé long-
temps le Rang indécis entre les Princes
de cette Maison, ceux de Savoye & ceux
de Lorraine. Quoiqu'il en soit, si elle
avoit droit de marcher immédiatement
après les Princes du Sang, ce ne sera
plus une question à l'avenir, puisque le
dernier Prince de cette Maison périt en

1672. au paſſage du Rhin, comme je le dirai en ſon lieu.

La venuë du Prince de Conti lui fit adjuger tout d'une voix & ſans aucune diſpute des Parties, la qualité de Généraliſſime de l'Armée du Parlement à laquelle il y avoit quantité de Prétendans auparavant. Ils furent après cela déclarés ſes Lieutenans-Généraux à l'exception du Duc de Longueville qui ne voulut point de cette qualité : à l'égard des autres, ils furent tous obligés de s'en contenter, parce que ſans cela il n'y auroit pas eu d'autre parti à prendre pour eux que d'aller chercher de l'emploi ailleurs. Le Maréchal de la Motthe qui fut un de ſes Lieutenans-Généraux ne fit pas en cette occaſion ce que fit autrefois le Maréchal de Baſſompierre au Siége de la Rochelle. Celui-ci refuſa que le Duc d'Angoulême, Bâtard de France roulât avec lui, prétendant qu'en qualité de Maréchal de France, il avoit cette prérogative que d'être Lieutenant-Général d'une Armée que le Roi commandoit en Perſonne, au lieu qu'un Prince ne l'étoit pas. Mais, ſi le Maréchal de la Motthe s'abſtint de faire cette difficulté, c'eſt que la choſe étoit toute differente de celle-là. Bien loin d'être Lieutenant-Général d'une Armée commandée par le Roi, il ne l'étoit pas seulement d'une armée qui agit pour son service ; tout au contraire, ce n'étoit qu'une Troupe de Rebelles, & où par conséquent le poste d'honneur ne se trouvoit pas à la tête.

Ce qui fut cause que le Duc de Longueville ne jugea pas à propos de prendre la Charge de Lieutenant-Général, ce ne fut pas qu'il craignît de se dèshonorer en s'égalant au Duc d'Elbeuf & au Maréchal de la Motthe ; mais comme il étoit encore plus mal avec le Prince de Conti qu'avec le Prince de Condé, il eut peur d'en venir avec lui à de certains éclaircissemens qui dévoient faire de la peine à l'un & à l'autre. Le bruit couroit que le Prince de Conti étoit amoureux de sa femme qui étoit sa propre sœur. Sa jalousie ne lui permettoit pas de le voir de bon œil, encore moins d'être obligé de lui obéïr.

Cette Guerre ne fut pas de longue durée, puisqu'elle se termina en moins de quatre mois ; mais elle ne laissa pas de faire tant de ravages autour de Paris que l'on s'en ressent encore présentement. Quantité de Maisons en furent ruïnées à plus de dix lieuës à la ronde ; & l'Armée du Roi n'eut pas plus de compaſſion de ſes Compatriotes, que les Turcs ont accoutumés d'en avoir pour les Chrétiens. Cependant quoique ces Troupes fuſſent en petit nombre & qu'elles euſſent à faire à des Gens qui étoient pour le moins dix contre un, jamais l'on ne vit mieux qu'en cette occaſion que ce n'eſt pas la quantité de combattans qui donne la Victoire, mais l'ardeur avec laquelle on ſe porte au combat. Les Troupes Royales s'emparerent à la barbe de leurs ennemis de tous les Poſtes tant au deſſus qu'au deſſous de cette grande Ville qu'ils prétendirent leur diſputer. Ils ſe ſaiſirent ſur tout de ceux qui étoient ſur la Seine & ſur la Marne : par ce moyen Paris demeura bloqué de telle maniere qu'il n'y put plus rien entrer. Or les vivres commençant à y manquer, & le bled a y valoir juſques à cinquante francs le ſétier, ſes habitans en furent dans une telle conſternation qu'il eſt difficile de le bien repréſenter. Ils furent pluſieurs fois au Palais pour demander la Paix ou du pain. Le Parlement ne ſçavoit que leur répondre , & commençant à reconnoître, mais un peu tard, que les Souverains ont les mains longues, enforte que ce n'eſt pas une petite entreprife que de ſe révolter contre eux , il mit en délibération s'il ne devoit point avoir recours à l'Archiduc pour les tirer de ce mauvais pas.

La haine que chacun portoit au Cardinal que l'on accuſoit plus que jamais d'être cauſe de ce déſordre par la quantité d'Edits qu'il avoit fait pour s'enrichir, fit qu'il y en eut peu qui fiſſent réfléxion que le moyen de ſe dèshonorer ſans reſſource , étoit d'y donner ſon conſentément. La plûpart furent d'avis d'avoir recours à ce Prince qui étoit à portée de les ſecourir ; car il étoit Gouverneur Général des Pays-Bas, & faiſoit ſa réſidence à Bruxelles. Ainſi, lui ayant envoyé une perſonne de confiance pour traiter avec lui , ils donnerent Ordre à leurs Généraux, en attendant que ce Prince ſe put mettre en campagne de s'ouvrir quelques paſſages pour calmer les clameurs du peuple qui crioit plus que jamais qu'il falloit la paix ou du pain.

Les Généraux augmentoient tous les jours comme s'ils fuſſent tombés du Ciel. Après l'arrivée de ceux dont je viens de parler, le Duc de Beaufort étoit encore revenu leur offrir ſes ſervices, ils n'avoient eu garde de l'éconduire, lui qui avoit été rival quoiqu'indigne du Cardinal dans la pourſuite du Miniſtére, & qui, avec le mépris que la Reine avoit fait de lui, avoit encore à ſe venger d'une dure & longue priſon.

Après avoir été fermé près de cinq ans dans le donjon de Vincennes, il s'en étoit ſauvé adroitement par le moyen, à ce qu'on dit, d'un pâté où il y avoit des cordes : mais ceux qui tiennent ce diſcours en ſont mal inſtruits, & je vais rapporter dans un inſtant & avec plus de vérité comment cela ſe fit. Le Cardinal après l'avoir fait arrêter avoit fait informer contre lui, l'accuſant de l'avoir voulu faire aſſaſſiner ; le Duc préſenta Requête au Parlement pour être reçu appellant de toutes ces procédures. Elle fut réponduë non-ſeulement ſelon ſes deſirs ; mais il l'aggrégea encore au nombre de ſes Généraux ; c'eſt-à-dire, qu'il lui donna un emploi pareil à celui

qu'avoient le Duc d'Elbeuf, le Duc de
Boüillon & le Maréchal de la Motthe.
La maniere dont il se sauva fut hardie &
demandoit de la résolution ; mais qui
n'en a pas, quand il s'agit de sortir de
prison ? Et la liberté n'est-elle pas encore plus précieuse que la vie ? Quand il y
étoit entré le Cardinal, qui avoit intérêt
de l'y tenir si bien qu'il n'en pût sortir
que quand il voudroit, lui avoit donné
deux hommes pour le garder à vuë ; c'é-
toit lui ôter en quelque façon toute espérance de salut; d'autant plus que ces deux
gardes avoient été choisis entre plusieurs
autres comme plus remplis de fidélité &
de zéle pour son service. La premiere
chose qu'il fit quand il se vit ainsi entre
quatre murailles, fut de se familiariser
avec ces deux hommes afin d'en reconnoître le génie plus aisément : l'un lui
parut plus traitable que l'autre ; & comme il falloit que les Dimanches & les
Fêtes ils allassent à la Messe, (car pour
lui on ne lui permettroit point d'y
aller,) il prit le temps de l'absence du
plus dur, pour parler au plus traitable,
& lui promit que s'il pouvoit lui aider
à sortir de prison, il auroit soin de sa
fortune. Le Garde fit d'abord quelque

façon & ne fe rendit pas du premier
coup ; mais enfin le Duc lui ayant tenu
plufieurs fois le même difcours , il l'y
accoûtuma non-feulement , mais encore tira parole de lui qu'il feroit tout ce
qu'il voudroit. Le Duc en conféquence
de fa promeffe , lui demanda lorfqu'il
fortiroit , de lui apporter deux limes
& des cordes. Il les apporta à plufieurs
fois , & ayant travaillés tous les deux à
fcier les bareaux de fer qui étoient aux
fenêtres de fa chambre , pendant que
l'autre Garde n'y étoit pas , ils mirent à
diverfes reprifes les chofes en tel état
qu'il ne refta plus que pour un quart
d'heure de befogne. Quand cela fut
fait , le Duc , qui ne pouvoit fe fauver que de nuit parce qu'il eut été découvert , prit fon temps que le Garde
qui n'étoit pas d'intelligence avec lui
dormoit pour lui mettre un baillon dans
la bouche & pour le lier fur fon lit ;
fans cela il eût frappé des pieds ou des
mains contre la porte ; ou eût appellé
au fecours , ce qui l'auroit perdu fans
reffource. Or le Duc n'en ayant plus
rien à craindre en l'état où il l'avoit mis,
acheva avec le fecours de celui qu'il
avoit gagné , la befogne qui étoit en-

core à faire , & en étant venu à bout en
peu de temps , il attacha ses cordes à la
faveur defquelles il fit fauver le Garde
le premier. Il lui dit fort généreufement
qu'il vouloit le voir dehors avant lui ;
parce que fi dans le temps qu'il fe fau-
veroit lui-même , il le laiffoit dans la
chambre & qu'on vint à y venir pendant ce temps-là , il n'y auroit point de
miféricorde à efperer pour lui ; qu'il
n'en étoit pas de même à fon égard :
Qu'ainfi comme il y avoit bien plus à
rifquer pour l'un que pour l'autre , il
étoit bien jufte que celui qui rifquoit
davantage prit mieux fes mefures. Le
Garde n'ayant point fait de difficulté de
lui obéïr , le Duc fe fauva enfuite ; &
après avoir rodé pendant quelque temps
dans le Bois où il fe retira d'abord fur
des chevaux qu'on lui fit trouver à point
nommé à l'heure qu'il devoit fe fauver , il s'en vint de-là à Paris , comme
je viens de le dire il n'y a qu'un moment.

Les Duc de Chevreufe , de Briffac ,
de Rets & de Noir-Moutier groffirent
auffi le nombre des gens qui étoit déja
venus offrir leurs fervices au Parlement. Pour ce qui eft du Coadjuteur ,
comme

comme depuis le jour qu'il prétendoit
que la Reine l'avoit mal reçu lorsqu'il
lui étoit allé offrir sa personne & celle
de ses amis sur le fait des Barricades, il
étoit devenu le plus grand ennemi de la
Cour, & en particulier de la personne
du Cardinal. Il n'y avoit point de
marques qu'il ne donnât de son ressentiment lorsqu'il en trouvoit l'occasion ;
& cette occasion se trouvoit souvent,
parce qu'ayant séance au Parlement à
cause de sa dignité, ou il ouvroit quelque fâcheuse opinion quand le cas y
échéoit, ou il l'appuyoit de toute sa force
quand elle étoit ouverte par un autre.

Le Prince de Marillac fils aîné du
Duc de la Rochefoucault étoit amoureux d'une Dame dont le Mari s'étoit
déclaré pour le Parlement ; ainsi ne
pouvant pas être d'un autre parti que
de celui dont étoit le Mari de sa Maîtresse, il accrut encore le nombre de
ceux qui méprisant le service du Roi,
briguoient à l'envie de se rendre une
espece d'esclaves du Parlement. Enfin,
il se trouva tant de personnes considérables dans ses intérêts, que si la
qualité eût tenu lieu d'expérience à la
guerre, les affaires du Roi eussent été

Tome II. B

aſſurément en méchant état. Mais la
plûpart étant gens ſans ſervice, & qui
ne ſçavoient comment s'y prendre pour
ouvrir les paſſages dont les Pariſiens
avoient néanmoins tant de beſoin, le
pain renchérit encore quoi qu'il fût
déja à un prix éxorbitant. La livre du
pain monta juſqu'à huit ſols : choſe capable d'exciter une ſédition dans toutes
ſortes de Villes, & à plus forte raiſon
à Paris où il y a tant de menu peuple.
Auſſi, ſi l'on avoit demandé la paix
juſques-là avec empreſſement, on commença alors à la demander avec me-
nace. Point de raiſons, diſoit-on, à
alléguer contre la faim ; & il vaut encore mieux vivre ſous la Tyrannie du
Cardinal Mazarin que de ſe voir con-
ſumer à petit feu ſous l'eſpérance d'une
meilleure fortune. Le Parlement ne ſçavoit que répondre à ces clameurs ; &
conſidérant que les Iſraëlites avoient
bien murmuré contre Dieu, quoiqu'il
les eût tiré des mains des Egyptiens
par une infinité de miracles ; il ne pouvoit trouver étrange qu'on murmurât
maintenant contre lui, lui qui n'avoit
rien fait d'extraordinaire ſi non que de
faſciner tellement les yeux de la po-

pulace qu'elle lui rendoit fervice au préjudice de celui qu'elle devoit à fon Roi.

Le Duc d'Elbeuf , dans le deffein de fe rendre agréable aux Parifiens leur promit pour les foulager dans leur mifere de s'étendre au-delà de Charenton & de Brie-Comte-Robert dont il s'étoit emparé. Il fe trouvoit, comme en effet, c'étoit la vérité , que ceux qui tenoient le parti du Roi étant les maîtres de Melun & de Corbeil qui font fur la riviere de Seine , les deux autres Poftes qu'il tenoit lui étoient de fi petite conféquence fans ceux-là , que tout l'avantage qu'il en retiroit fe ré-duifit prefque à rien. Il affembla pour l'éxécution de fon deffein tout ce qu'il crut le plus propre pour lui en faciliter le fuccès. L'on faifoit faire l'Exécice deux fois la femaine aux Troupes que l'on avoit mifes fur pied. Il choifit celles qui lui parurent le mieux difci-plinées ; mais comme il y a bien de la différence entre tenir un moufquet de bonne grace & être affuré en préfence de l'Ennemi , à peine ceux qu'il avoit avec lui entendirent-ils tirer un coup de moufquet qu'ils rompirent leurs

rangs & se mirent en fuite. Le Duc
d'Elbeuf qui sortoit d'un Sang trop il-
lustre & trop généreux pour leur ressembler, fit tout son possible pour leur
faire reprendre courage ; son exhortation & son éxemple ne servirent de
rien. Ils suivirent le penchant qui les
entraînoit à ne pas mettre leur vie en
péril, & s'en retournerent à Paris dans
un desordre qui ne peut s'exprimer.

Les Parisiens impatiens de sçavoir
s'ils leur rameneroient quelque Convoi
pour appaiser la faim qui les dévoroit,
étoient sortis de leur Ville en grande
quantité pour être témoins eux-mêmes
du soulagement qui leur étoit si nécessaire. Ils l'attendoient avec une vive
espérance, parce que le Duc d'Elbeuf
qui ne se défioit pas de la lâcheté de
ses Troupes, comptoit la chose si facile
avant que de partir, qu'il leur en avoit
parlé comme si elle eût déja été faite.
Mais voyant que ses gens bien loin de
garder leurs rangs en s'en revenant
s'enfuyoient avec précipitation ; ils crurent si bien qu'ils étoient poursuivis
par les Ennemis, que sans s'informer
du succès de cette expédition, au-lieu
de les attendre pour en être informés,

ils prirent en même temps la fuite eux-
même. Ils fe flaterent que quelques
pas d'avance les mettroient à couvert
des coups fous lefquels ils craignoient
d'être écrafés : ils furent ainfi les premiers qui rentrerent dans la Ville &
qui fans rien fçavoir au jufte de ce qui
s'étoit paffé, jetterent une fi grande
frayeur dans l'ame du refte des Parifiens qu'ils fe crurent perdus fans reffource. Le Duc d'Elbeuf rentra par
bonheur un quart-d'heure après & raffura un peu les efprits ; & leur apprenant que la crainte plûtôt que le péril
avoit donné des ailes à fes Troupes,
tout feroit redevenu calme dans la
Ville, fi ce n'eft que s'étant défaits
de la penfée du danger qu'ils croyoient
pendre déja fur leurs têtes, il ne leur
fut pas facile de fe défaire de la faim ;
au-contraire, comme quand on eft une
fois tourmenté, plus on va en avant,
plus elle preffe, il n'y eut point de
moment qui ne rendît leurs maux plus
cuifans.

Ce qui venoit de fe paffer fit deux
effets tout différens. Il ôta le cœur aux
Rebelles qui virent bien que leurs troupes & un de leurs principaux Généraux

ayant échoué devant une Bicoque, il n'y avoit pas grand'chose à esperer pour eux ni de leur expérience, ni de leur bravoure. Les Troupes du Roi tout au-contraire, quoique déja remplies d'ardeur se sentirent animés. Elles jugerent avec beaucoup de raison qu'en quelque quantité que leurs Ennemis se pussent trouver, ils étoient trop lâches & pour leur faire peur & pour leur faire aucun mal. Le Prince de Condé qui étoit à la tête des Troupes Royales après s'être déclaré hautement pour la Cour & pour le Cardinal, sçachant les discours qu'ils tenoient à ce sujet, qu'il ne devoit pas laisser ralentir leur ardeur ; & les Rebelles comme j'ai dit, s'étant saisis de Charenton, Bourg situé sur la Marne, qui, à une portée de fusil ou même de pistolet, se va jetter dans la Seine ; il résolut de les déloger de-là quoiqu'ils y eussent jetté trois mille hommes. Ce Poste par le moyen duquel les Rebelles pouvoient faire des courses jusques à Corbeil & à Brie-Comte-Robert, lui paroissoit d'une extrême conséquence tant pour la sûreté de ces deux Villes que pour le Pont qui y est construit sur la Riviere.

Et en effet, lorsqu'il s'en seroit rendu
le maître, les Parisiens n'avoient plus
rien à esperer du plat-Pays qui est en-
deçà de Corbeil & de Brie-Comté-
Robert dont ils retiroient quelques
Vivres de temps-en-temps à la faveur
de la grosse Garnison qu'ils y entretenoient. C'étoit aussi pour cela qu'ils y
avoient mis trois mille hommes, &
même il n'y en avoit pas encore suffi-
samment, parce que quand il s'assembloit un Convoi pour eux, quelque petit
qu'il pût être, les Garnisons Royales
qui étoient aux environs se mettoient
en Campagne aussi-tôt pour empêcher
qu'il n'arrivât à bon port.

Le Marquis de Clamleu beau-frere
du Comte de Brancas, Chevalier
d'Honneur de la Reine mere, & qui
ne manquoit pas pour lui à la fidélité
qu'il devoit à son Souverain, y commandoit. Mais ce n'étoit pas merveilles dans ce temps de desordre & de
confusion de voir deux beaux-freres
épouser deux partis contraires. Il y en
avoit encore de plus proches qui
avoient les armes à la main l'un contre
l'autre; & le temps où l'on avoit vû
aigle contre aigle étoit revenu, puis-

qu'on voyoit alors Fleurs de Lis contre Fleurs de Lis. Le Comte de Brancas
& Clamleu avoient épousés les deux
sœurs qui étoient filles d'un fameux
Partisan nommé *Garnier.* Il avoit tant
de bien que quoiqu'il eut encore plusieurs enfans, il n'avoit pas laissé de
leur donner plus de deux cent mille
écus à chacune.

Le Prince de Condé ne jugea pas à
propos d'aller lui-même à cette expédition ne trouvant pas qu'une Bicoque
fût digne de sa présence. Il se contenta
de soûtenir le Duc de Châtillon qu'il y
envoya, afin que s'il prenoit envie aux
Parisiens de secourir le Marquis de
Clamleu, il pût s'opposer à leur passage. Il n'y avoit point de doute qu'ils
ne le fissent ou du moins qu'ils ne le
dussent faire. Ce Poste étoit, pour ainsi
dire, à une portée de mousquet de
leurs murailles, & s'ils souffroient que
le Duc de Châtillon s'en emparât, ils
ne devoient plus songer à mettre le
pied hors de la porte Saint Antoine
par où l'on va de leur Ville à Charenton.

Clamleu avoit songé à se raccommoder avec la Cour par le moyen

de fon beau-frere. Il demandoit pour
mettre les armes bas la même récompenfe pour fon infidélité qu'il eût pû
faire pour quelque fervice important.
Le Cardinal avoit traîné les chofes en
longueur pour le rendre fufpect aux
Parifiens qu'il fit avertir fécrétement
de ce qui fe paffoit. Brancas indigné
de ce que fans aucun égard pour lui,
il fe fervoit de fon canal pour tromper fon beau-frere, l'en avertit afin de
prendre les mefures que la prudence
lui fuggereroit. Les mefures qu'il prit
fut de fe faire écrire une lettre par fon
beau-frere tout-à-fait avantageufe pour
lui, s'il vouloit rentrer dans fon devoir. Elle étoit conforme à ce que le
Cardinal vouloit qu'il lui mandât, parce qu'il ne cherchoit qu'à l'attraper par
de belles promeffes. Clanleu la montra aux Parifiens & leur fit croire par-
là, comme on le connoiffoit pour un
fourbe, que les avis fecrets qu'il leur
avoit fait donner n'étoit qu'une fuite de
fes tromperies ordinaires. Ayant ainfi
regagné leur confiance, il ne fongea
plus qu'à fe défendre vaillamment,
afin que fi les difcours qui avoient été
faits à fon défavantage leur avoit laiffé

encore quelque fâcheufe impreffion à
fon égard, il la put effacer entierement.

Le Duc de Châtillon ayant à faire à
un homme qui étoit brave naturelle-
rellement & expérimenté au métier de
la guerre, qui d'ailleurs étoit animé
par la fourberie qu'il venoit de découvrir, trouva plus de difficulté qu'il ne
penfoit à l'attaque de Charenton. Il ne
l'avoit regardé d'abord qu'avec les
mêmes yeux que le Prince de Condé
l'avoit regardé, c'eft-à-dire, que comme une Bicoque incapable de faire une
longue réfiftance fur tout à des Troupes
accoûtumées à vaincre & qui avoient
fait fentir la pefanteur de leurs coups
aux Impériaux & aux Allemands ; car
celles qu'il avoit étoient les mêmes
avec lefquelles le Prince de Condé
avoit gagné les Batailles de Rocroi,
de Nortlinghen & de Lens ; & il ne
croyoit pas que Clamleu les pût arrêter
dans un trou pareil à celui où il étoit ;
n'étant à la tête que de gens ramaffés
& fans difcipline. Comme il étoit d'une
Maifon féconde en grands hommes qui
n'avoient pas accoûtumé de fe laiffer
abbattre par les difficultés, & qui au
contraire fe ranimoient à la vûë de

celles qui se présentoient à leurs entreprises ; lui qui ne dégénéroit pas de
leur vertu, bien-loin de perdre courage de ce que ses Troupes avoient été
repoussées deux fois, ne s'en sentit que
plus animé ; ainsi ayant résolu de les
envoyer pour la troisième fois à la
charge, il crut qu'il ne pouvoit mieux
faire que de les y mener lui-même,
parce que peut-être auroient-ils honte
de lâcher le pied devant leur Général.
Tout plia d'abord devant lui ; mais les
Ennemis s'étant retirés à une Barricade
pour y faire ferme après que la porte
du Bourg auroit été forcée, ils s'y dé-
fendirent si bien que le Duc animé plus
que jamais par une si longue résistance, voulut avoir lui seul la gloire de
les avoir surmonté. Il s'avança l'épée
à la main contre les plus déterminés ;
mais ayant reçu un moment après un
coup de mousquet si dangereux qu'il
n'y avoit nulle apparence qu'il en pût
réchapper, on l'emporta dans le Château de Vincennes qui n'est qu'à une
demi-lieue de-là où il mourut le lendemain. Son malheur n'empêcha pas
que les Troupes du Roi ne s'empa-
rassent de ce poste où Clamleu conti-

nuant de se bien défendre se fit tües
avant que de le leur céder. Il se montra
en cela homme de parole, ayant promis quelques jours auparavant aux Parisiens pour les rassurer contre les bruits
que le Cardinal faisoit courir toujours
à son desavantage, que tant qu'il auroit un moment de vie, il conserveroit
si bien ce qu'ils lui avoient confiés qu'il
n'auroit pas de peine à leur en rendre
compte.

Après que les Troupes Royales se
furent ainsi emparées de Charenton,
le Prince de Condé les fit marcher
contre Brie-Comte-Robert sous les Ordres du Comte de Grancé qui a été
depuis Maréchal de France. Elle fit bien
moins de résistance que n'avoit fait
l'autre Place, & s'étant rendue pour
ainsi dire sans coup férir les Parisiens commencerent à être tellement
resserrés que toutes les espérances que
le Parlement leur avoit données s'éva-
noüirent de leur esprit. Le Parlement
qui essuyoit quantité de bourrasque de
ce peuple dont la mauvaise humeur
croissoit à proportion de son besoin,
ne sçavoit surquoi se retrancher sinon
sur la prochaine venuë de l'Archiduc

Il lui envoya Couriers sur Couriers, ne pouvant pas comprendre comment il tardoit tant d'arriver, lui qui avoit encore plus d'intérêt que lui à marcher à son secours. En effet, qui pouvoit répondre à ce Prince que la misere où étoient les Peuples ne les obligeroient pas à se soumettre à tout ce que la Reine éxigeroit de son obéïssance. Il n'y a rien qui puisse tenir contre la nécessité, & où elle parle, il faut que toute autre considération se taise.

Le Duc de Beaufort avoit pris grand soin, depuis qu'il étoit arrivé à Paris de se montrer encore plus populaire qu'il ne l'étoit naturellement, quoique plusieurs personnes de bon sens crussent qu'il l'étoit jusques à l'excès. Car si, bien loin qu'il soit défendu d'être doux & affable, c'est au contraire une qualité, dont on ne sçauroit assez être loué, il est constant néanmoins que tout se doit renfermer dans des bornes légitimes, & que où il y a de l'excès c'est plûtôt un défaut, qu'une vertu. Quoiqu'il en soit comme ce qui s'appelle le peuple, ne se donne pas la peine d'éxaminer toutes choses exactement, & que ce qui est de son goût lui est toujours agréable.

celui de Paris se trouva si charmé de la
conduite de ce Prince, que s'il eût pû
ôter la Couronne de dessus la tête du
Roi pour la mettre sur la sienne, il l'eût
fait avec plaisir.

Pour répondre à tant de bonnes volontés dont il faisoit ses délices, parce
qu'étant toujours épris d'une grande
ambition, il comptoit qu'elle ne lui seroit pas inutile dans l'occasion, il entreprit de reprendre le Poste qu'on avoit
prit sur Clamleu. La Garnison qui y
étoit avoit cela d'incommode pour les
Parisiens, ce que n'avoient pas toutes
les autres qui étoient autour de leur
Ville, que pour or ni pour argent elle
n'y laissoit rien entrer. Celui qui la
commandoit étoit un de ces hommes ri-
gides à eux=mêmes, lesquels n'écoutant
que leur devoir s'imaginent que quelqu'avantage qu'ils puissent trouver en
leur particulier, l'humanité n'est jamais
permise quand elle a quelqu'air de pré-
varication, ils tiroient bien meilleur marché des autres Gouverneurs ou Com-
mandans dont ils étoient environnés.
Pénétrés de leur misere, ils ne leur re-
fusoient rien de tout ce qui étoit en leur
possession, pourvu neanmoins qu'ils

en donnaſſent ce qu'ils en vouloient
avoir. Or comme après avoir ainſi vendu leurs denrées à bon prix , il étoit en
leur pouvoir d'en faire revenir d'autres
à bien meilleur marché , c'étoit un
commerce perpétuel entre Paris & eux ,
qui pendant qu'il rempliſſoit la bourſe
des uns , entretenoit l'eſprit de rébellion
dans les autres qui ſe voyoient ſoulagés
par là de leur miſere & en étoient bien
moins portés à rentrer dans leur devoir.
On le dit au Cardinal qui dans le fond
de ſon ame trouva que ces Gouverneurs
avoient raiſon , parce que l'avarice étoit
la premiere choſe qui faiſoit impreſſion
ſur ſon eſprit ; cependant après avoir
fait beaucoup de bruit de cet abus ,
parce que c'étoit d'autres qui en profi-
toient pendant qu'il ne lui en revenoit
pas un ſol , il s'appaiſa tout d'un coup
par le même eſprit qu'il s'étoit d'abord
élevé. Il en voulut avoir ſa part & afin
qu'on ne rejettât pas la choſe ſur ſon
avarice , il y donna des couleurs capables de faire prendre le change à ceux
qui ne pénétroient pas bien avant. Il
fit acheter des bleds & des farines qu'il
fit conduire dans les lieux dont il étoit
le maître. Là on les diſtribua comme

en cachette ſous prétexte de Politique. Le Cardinal dit là-deſſus en plein Conſeil, comme ſi la choſe fut venuë des Gouverneurs & non pas de lui, que le Roi avoit encore beaucoup de bons ſerviteurs dans Paris, & qu'il ne falloit pas les laiſſer périr faute de les ſoulager ; qu'à l'égard des autres, cela les dégraiſſeroit toujours peu-à-peu, ce qui les rendroit moins mutins à l'avenir, parce qu'il n'y a rien qui abbaiſſe plus la vanité que la miſere, au lieu que l'abondance fournit ſouvent des armes contre ſon Souverain ; que d'un autre côté ce Commerce dont chacun ſe mêleroit, répandroit de l'argent parmi les Officiers & les ſoldats qui ne touchoient rien de leur ſolde depuis quelque temps par l'impuiſſance où le Roi étoit de les payer : Qu'au ſurplus en ſouffrant ainſi que cela ſe fît, la Cour ne laiſſeroit pas de réduire bien-tôt les Pariſiens à lui venir crier miſericorde ; que le menu peuple qui foiſonnoit dans leur ville n'ayant pas moyen comme les autres de ſe ſoulager dans ſa miſére, n'en ſeroit que plus porté à ſe révolter contre eux, qu'il les accuſoit déja de ſes malheurs & que ce ſeroit encore toute autre chofe quand il fe verroit feul mourir de faim.

La plûpart de ceux du Confeil qui avoient des parens & des amis à Paris & qui n'étoient pas fâchés qu'on leur donnât quelques foulagemens., ne s'oppoferent point à cette politique empruntée affez adroitement, non pas de Machiavel; car il n'étoit pas affez humain pour fe relâcher de la févérité de fes maximes en faveur de fon intérêt; mais de quelque fameux ufurier. Le Commandant de Charenton fut obligé après cela de permettre ce qu'il ne pouvoit plus empêcher. Cependant comme à caufe de fes duretés paffées il étoit toujours odieux aux Parifiens; le Duc de Beaufort en faveur de l'amitié dont je viens de parler, fortit de la Ville à la tête de fix mille hommes pour l'attaquer dans les formes.

Après ceux-là il en fortit bien encore trois fois autant qui fe mirent en bataille hors du Fauxbourg Saint Antoine pour l'appuyer en cas de befoin. Le Commandant de Charenton voyant tant de gens en campagne tout prêts à l'écrafer, prit le parti que fa prudence lui fuggéra. Au lieu de les attendre

de pied-ferme comme il eût fait s'il se
fût vu dans une Place bien fortifiée,
il fit sauter quelques retranchemens
qu'il avoit fait faire à la hâte & s'étant
retiré de bonne heure, il abandonna
ce poste qui étoit plus important par sa
situation, que par la défense qu'il pouvoit faire. Le Duc de Beaufort vouloit
après cela remonter la riviere & aller
attaquer Corbeil pour affranchir les Parisiens des courses que faisoit la Garnison. Son Armée qui étoit toujours
soutenuë par un Corps de dix huit
mille hommes lui en promettoit la conquête,& il sembloit même qu'il n'y avoit
pas la moindre difficulté. On tint néanmoins Conseil de Guerre là-dessus où
l'on fut de contraire avis. La plupart
soutinrent qu'il s'en falloit tenir à l'a-
vantage que l'on venoit de remporter.
Le Duc de Vitri sur tout insista d'un
ton imposant qu'il falloit faire en cela
comme les sages joueurs qui ayant fait
quelque fortune au jeu ne manquent jamais de se retirer sur leur gain. Il n'y
eut rien à repliquer après une telle sentence: chacun reprit le chemin par où
il étoit venu, & voilà à quoi se termi-
nerent les exploits de cette grande Ar-

mée qui étoit une des plus nombreuses
qu'il y eût eu jusques là. Il est vrai
qu'elle n'étoit pas composée entiérement de Troupes réglées ou, pour mieux
dire, des milices que Paris avoit mis sur
pied ; il y en avoit bien la moitié qui
n'étoit que de volontaires ; l'amitié que
ces peuples avoient pour le Duc ne leur
ayant pas permis de le voir exposer sa
Personne pour l'amour d'eux , sans partager le péril avec lui.

Les Parisiens , n'en furent guere
mieux pour cette petite conquête qui
ne leur avoit ouvert le chemin tout au
plus que depuis Ville-neuve St. George
jusqu'à Paris ; encore les Garnisons de
Corbeil & de Brie - Comte - Robert ,
troubloient les entreprises qu'ils pouvoient faire, desorte qu'ils se trouverent presque tout aussi resserrés qu'auparavant. Ils recommencerent donc leurs
plaintes & leurs clameurs, & elles furent
d'autant plus vives , que plus on alloit
en avant plus le bled rencherissoit. Les
autres denrées étoient cheres à proportion , & chacun ayant toutes les peines
du monde à vivre , une troupe de monde de toutes sortes d'états & de mé-
tiers s'en fut au Palais , où elle donna

l'allarme au Parlement qui y étoit aſſemblé. Il fut obligé de caler la voile
devant ces gens-là qui avoient bien l'air
de mutins, & à qui il ne falloit qu'un
ſimple prétexte pour leur faire faire
main baſſe ſur lui. Il les renvoya donc
avec de belles paroles, leur promettant qu'on leur ouvriroit bien-tôt les
paſſages & que ſi on n'en pouvoit pas
venir à bout, on s'accommoderoit avec
la Cour, plutôt que de les voir ſouffrir
davantage. Comme ce n'étoit pas là la
ſeule fois que pareille choſe lui étoit arrivée & que ce qu'il avoit évité une fois,
il ne l'éviteroit peut-être pas dans la ſuite, il commença à ſonger à lui ſérieuſe-
ment. A cette crainte qui lui parut aſſez
bien fondée, il ſe joignit encore un certain reproche d'avoir envoyé vers l'Archiduc, action qu'il prévoyoit bien le
devoir déſhonorer dans la ſuite de tous
les temps. Ainſi, il n'eût pas été fâché
d'avoir quelque occaſion favorable de ſe
raccommoder avec la Reine ; mais de
le propoſer lui-même, c'eſt ce qu'il n'o-
ſoit entreprendre par la crainte qu'il
avoit d'être rebuté. Il conſideroit avec
raiſon combien cette Princeſſe devoit
être irritée contre lui, & qu'ayant ren-

voyé ſes députés ſans les vouloir entendre dans un temps où elle n'étoit pas
encore aſſurée de le pouvoir punir, ce
ſeroit maintenant toute autre choſe,
Elle qui faiſoit déja crier miſéricorde à
toute la Ville.

La Reine cependant étoit plus diſ-
poſée qu'il ne croyoit à l'accommodement. Si le pain & les autres choſes néceſſaires à la vie, ne lui manquoient
pas comme au Pariſiens, ce n'étoit pas
aſſez pour elle que de vivre, il lui falloit avoir de quoi fournir aux Penſions
qu'elle donnôit aux Suiſſes, à l'entretien
des Troupes & à une infinité d'autres
dépenſes dont on eſt chargé quand on
a une fois entre les mains le timon
d'un grand Etat comme le nôtre. Mais
ſi le Parlement autant par gloire que
par crainte, étoit retenu à découvrir
ce qu'il avoit ſur le cœur, la Reine de
ſon côté étoit trop fiere pour faire un
pas comme celui-là, ſçachant que c'eſt
aux peuples à fléchir ſous leur Souverain & non au Souverain à fléchir ſous
ſes peuples. Il falloit donc quelque entremetteur pour ſurmonter les difficultés qui s'élevoient ainſi de part & d'autre. Le Premier Préſident qui étoit tou-

jours bien intentionné, s'offrit au Parlement d'en parler à la Reine, mais
d'une maniere qui lui feroit découvrir
ses sentimens sans le commettre en rien.
Il le trouva bon & la Reine qui avoit
confiance en lui ne refusa point d'entendre aux propositions qui lui pourroient
être faites ; pourvu qu'elles ne sap-
passent en aucune façon l'autorité du
Roi son fils. Ce qu'elle demandoit-là
étoit une chose bien difficile à obtenir
dans le temps qui couroit. Le Parlement qui entre ses prétentions avoit
mis en ligne de compte la révocation
des Intendans, la renonciation aux
Lettres de Cachet, & une infinité d'autres demandes toutes aussi outrées les
unes que les autres n'étoit pas d'humeur encore à se relâcher sur tant d'articles sans en être encore plus pressé
qu'il n'étoit. Aussi le Premier Président l'ayant engagé à donner par écrit
ceux sur lesquels il prétendoit insister,
la Reine les trouva si déraisonnables
qu'elle ne pût s'empêcher de se mettre
en colere : ainsi, elle donna pour toute
réponse au Premier Président que quand
le Parlement n'auroit que des propositions comme celles-là à lui faire, elle

ne lui conseilloit pas de s'en charger :
qu'il lui dît de sa part qu'elle sçavoit
la disette où étoit Paris ; qu'elle ne
pouvoit guére être plus grande, si bien
que cette Ville ne seroit pas encore
long-temps sans venir la corde au cou
implorer sa miséricorde ; qu'elle étoit
fâchée, comme il y avoit là quantité
d'honnêtes-gens mêlés avec une infinité de scélérats, d'être obligée de
confondre les uns avec les autres ;
qu'aussi, si elle prêtoit l'oreille à quelqu'accommodément ce n'étoit que la
pitié qui la faisoit résoudre. Mais, que
puisque ceux qui par le Rang qu'ils
tenoient au-dessus des autres étoient
obligés de donner bon exemple, étoient
les premiers à manquer de respect
& à son fils & à Elle, elle ne pouvoit
s'empêcher, à son grand regret néanmoins, de pousser son juste ressentiment jusques au bout. Qu'il étoit bien
vrai qu'il lui étoit dur de punir les
innocens avec les coupables ; mais que
ne pouvant faire autrement à moins
que de rendre encore plus méchans
par l'impunité ceux qui ne l'étoient
déja que trop par leur méchant naturel, elle prenoit Dieu à témoin de ses

bonnes intentions, lui qui pénétre
jufques au fonds des cœurs & à qui
on ne peut rien cacher de ce qui s'y
paſſe de plus ſecret.

La Reine avoit raiſon de parler de la
forte ; & encore plus de ne pas ſouffrir
que le Parlement fût ſi hardi que de
l'obliger à ſigner un Traité par lequel
l'autorité du Roi ſon Fils ſeroit entierement foulée aux pieds. Cependant,
toute fiere qu'elle étoit, elle avoit en
elle-même des mortifications capables
d'abbaiſſer extrêmement ſa fierté. Elle
n'avoit pas un ſou, & depuis qu'elle
étoit arrivée à St. Germain elle n'avoit
vécu que d'emprunt. Quoiqu'elle eût
médité ce voyage avant que de le faire,
& que par conſéquent elle eût dû avoir
fait proviſion d'argent, le Cardinal qui
diſpoſoit de tout & entre les mains
de qui tout étoit, lui avoit dit, quand
elle lui avoit expoſé ſa néceſſité, qu'il
n'y en avoit point dans les coffres du
Roi, & en avoit été quitte pour cette
défaite. Depuis cela, il avoit été difficile à la Reine de tirer aucun ſecours
des Provinces qui étoient entierement
ruïnées ; & comme la Ville de Paris
qui donne plus d'argent elle ſeule que

quatre

quatre des meilleures Provinces, n'en fournissoit plus depuis sa révolte, il est aisé de juger que la Cour ne pouvoit manquer de se trouver en nécessité. Aussi, il ne falloit pas en ce temps-là venir voir dîner le Roi pour être en admiration comme on est aujourd'hui de la propreté, de la délicatesse & de la profusion avec laquelle sa table est servie. On ne lui donnoit à manger que pour vivre ; & les Écornifleurs n'avoient que faire aux autres tables où il en vient tant maintenant, les uns pour rassasier leur faim, les autres pour contenter leur goût. Ce qui s'y servoit alors n'avoit ni l'air de bonne chere ni l'air d'opulence. Chacun à l'exemple du Roi vivoit frugalement & seulement pour ne pas mourir de faim. Ainsi, le vin étoit épargné à ces tables aussi-bien que les viandes, en sorte que qui eût bien bû cinq ou six coups étoit trop heureux quand il en pouvoit avoir la moitié.

Parmi tant de mauvais sujets qu'il y avoit alors en France, il ne laissoit pas d'y en avoir encore de bons ; & ce que je vais rapporter ici en fera une bonne preuve. Le lendemain que la Reine

emmena le Roi à St. Germain, chacun
fçachant qu'elle s'en étoit allée fans argent ; Bonneau homme dont on n'auroit
pas donné un fou à la mine, mais à
qui néanmoins le Roi ne laiffoit pas
de devoir neuf millions pour des avances qu'il lui avoit faites, s'en vint la
trouver. (Il étoit homme d'affaires &
cela s'entend affez par les avances dont
je viens de parler, fans être obligé de
m'en expliquer davantage.) Il y en auroit eu beaucoup à fa place qui ayant
déja tant d'argent à recouvrer fur un
Prince que la pauvreté commençoit à
accueillir, ne feroient venus-là que
pour prendre des mefures pour affurer
une fi groffe fomme : peut-être même
qu'ils n'auroient guére fongés à y venir, parce que dans un temps fâcheux
comme celui où l'on étoit, il n'y avoit
nulle apparence de venir demander de
l'argent à un Prince qui avoit toutes
les peines du monde à vivre. Mais fi
Bonneau y vint, il n'y vint pas pour
cela. Il y vint tout au-contraire pour
apporter cent mille écus en or, à la
Reine, qu'il avoit encore en argent
comptant. Chacun étonné au dernier
point d'une fi grande générofité ren-

chérit l'un par-deſſus l'autre, pour lui donner des louanges qui lui étoient bien dües. Cependant le Cardinal qui étoit le plus grand Comédien du monde, puiſque tout fourbe qu'il étoit, il vouloit toûjours paroître homme de bien, fut celui qui lui en donna le plus. » Mr. Bonneau, lui dit-il, « en le prenant par la main & le faiſant approcher de la Reine, » je vous con- » noiſſois déja pour un parfaitement » honnête-homme ; mais ce que vous » faites ici met le comble à votre ré- » putation. Elle ne mourra jamais dans » tous les ſiécles, & la France ſur-tout » en rendra bon témoignage. Vous » qui la ſoûtenez dans l'état chancelant » où elle eſt aujourd'hui, « puis adreſ- ſant la parole à la Reine : » Madame, » lui dit-il, je vous prie de conſidérer » ce petit homme ; il eſt petit de taille » comme vous voyez ; mais je défie » que pour l'ame, il s'en trouve un » plus grand dans votre Royaume ni » même dans tous les Royaumes voi- » ſins. « La Reine qui ne ſçavoit pas encore que Bonneau lui apportât cent mille écus ; car il ne l'avoit dit qu'au Cardinal à qui il s'étoit adreſſé pour

les lui offrir de sa part, crut que Son
Eminence n'en disoit ainsi tant de bien
que parce qu'il avoit prêté beaucoup
d'argent au Roi son fils, & que n'ayant
aucun fonds à lui déléguer pour son
remboursement, il lui donnoit de la
fumée, à la place d'une viande plus
solide. Ainsi, répondant selon sa pensée, Elle dit à Bonneau qu'elle sçavoit
bien de quelle maniere il en avoit usé
par le passé, & qu'elle n'en perdroit jamais le souvenir. Le Cardinal l'interrompit à ces paroles & lui dit, que si
elle étoit bien informée du passé, elle
ne l'étoit pas du présent; que Bonneau
lui apportoit présentement cent mille
écus en beaux louis d'or : service qui
parloit si fort en sa faveur qu'il n'avoit
point de paroles capables pour le relever dignement. La Reine fut surprise
agréablement à cette nouvelle, & comme elle avoit grand besoin de ce secours, elle y fut extrêmement sensible; aussi dit-elle à Bonneau tout ce
que la reconnoissance lui put mettre
à la bouche de plus obligeant. Le Cardinal renchérit encore par-dessus. Il dit
à Sa Majesté que ce n'étoit pas assez
que des paroles pour un service si im-

portant ; qu'il falloit qu'elle lui donnât
fa main à baifer ; grace qu'il fçavoit
bien qu'elle ne faifoit que rarement,
& encore à des perfonnes de grande
diftinction ; mais dont il fe montroit
digne plus que perfonne, puifque pas
un de fes Sujets n'avoit encore fongé
à faire ce qu'il faifoit : Qu'il lui confeilloit cependant de le regarder à
l'avenir comme un pillier de l'Etat,
& que fi le Roi fon fils avoit feulement une douzaine de Sujets qui lui
reffemblaffent, il fe mettroit bien-tôt à
couvert des entreprifes du Parlement,
& même de tout ce que les Ennemis
de fa Couronne pourroient tenter contre lui.

Bonneau fe trouva fi bien récom-
penfé de ce qu'il venoit de faire par
les belles paroles que la Reine & le
Cardinal lui donnerent, que s'il eut
eu encore une pareille fomme à leur
offrir, il l'auroit fait en même temps.
Il s'en retourna chez lui le plus content de tous les hommes, & dit à fes
amis qu'après ce qui venoit d'arriver,
il ne manquoit plus rien à fon bonheur : Que de la maniere que le Cardinal l'avoit reçu, il étoit bien affuré

que fi l'on avoit jamais la Paix, & que
ce Miniftre pût jouïr tranquillement de
fa fortune, il y auroit fi bonne part
qu'il feroit bien des jaloux. Il vouloit
dire par-là qu'il ne défefperoit pas un
jour d'être Surintendant, & il fut fi
fimple que de s'en ouvrir à fes amis,
comme d'une chofe dont il n'étoit pas
éloigné. Il efperoit même que fans être
obligé d'attendre la tranquillité publique ce bonheur lui arriveroit; parceque le Cardinal fe laffant toûjours de
plus en plus du Maréchal de la Meilleraye, n'étoit pas à fe repentir de l'avoir
élevé au pofte où il étoit. Le plus grand
crime du Maréchal à fon égard étoit
que comme il ne vouloit pas piller, il
vouloit auffi empêcher aux autres de le
faire. Aïnfi, prenant garde de près à
ne rien figner qu'il ne fçût ce que
c'étoit, il rejettoit quantité d'Ordon-
nances que fes Commis s'efforçoient
de lui faire paffer, foit pour fe faire
un mérite auprès du Cardinal qui les
avoit trafiquées la plûpart, ou pour
avoir la récompenfe qui leur avoit été
promife s'ils avoient l'adreffe de faire
ce dont on les avoit prié. Ce n'eft pas
que ce Miniftre ne pût de fon autorité

lui faire faire ce qu'il vouloit ; mais
comme l'on étoit dans un temps où
l'on ne commençoit déja que trop à
crier contre lui, il appréhendoit d'en
fournir encore quelque nouveau prétexte, le peuple n'ayant déja que trop
de fujets de ne le pas épargner. Il paffoit pourtant bien fouvent fur cette
confidération ; de forte que quand le
Maréchal refufoit de paffer quelque Ordonnance dont le payement lui tenoit
au cœur , il ne faifoit point de difficulté de lui dire, qu'il ne fçavoit pas
pourquoi il faifoit tant le difficile.
Comme elles étoient toujours fous des
noms empruntés, le Maréchal qui étoit
malicieux feignoit d'ignorer que le
fonds lui appartint , & lui réfiftoit
quelquefois en face jufques à ce qu'il
fe mit tout-à-fait en colere : c'étoit
pour cela qu'il commençoit fi fort à
le haïr & qu'on commençoit auffi à
s'appercevoir qu'il ne feroit pas encore long-temps en Place. En effet, fon
Eminence qui vouloit toujours pêcher
en eau trouble n'étoit pas bien-aife
que dans un pofte comme celui-là ,
il y eût un homme fi clair-voyant ; il
vouloit du moins s'il l'étoit qu'il fe

montrât si souple à ses volontés qu'il
ne fit pas semblant de pénétrer dans
ce qu'il vouloit tenir caché. Epris de
ces sentimens, il jettoit déja les yeux
à droit & à gauche pour voir celui qui
lui conviendroit le mieux pour mettre
à sa place ; cependant, il ne songeoit
nullement à Bonneau, depuis qu'il lui
avoit dit tant de choses obligeantes,
il n'avoit pas fait même la moindre attention sur lui. Toutes ces honnêtetés
n'étoient à proprement parler que l'effet
d'un certain manége qui lui étoit tout
particulier & qui l'est encore aujour-
d'hui à une infinité de Courtisans : c'est
ce qu'on appelle en ce Pays-là eau be-
nite de Cour dont peu de personnes
sont avares, & dont le Cardinal étoit
encore plus prodigue qu'aucun autre ;
car, comme c'étoit une marchandise
qui ne lui coûtoit rien, il en faisoit li-
tiere en toutes rencontres, principalement quand il croyoit en retirer quelque profit.

Quelque temps après ce que je viens
de dire, l'Archiduc pour entretenir
avec le Parlement la correspondance
dont il avoit été recherché par lui-même, & pour répondre aussi aux sollici-

tations preſſantes qui lui avoient été
faites de ſa part de lui donner du ſecours, lui envoya une Lettre. Le Duc
de Noirmoutier de la Maiſon de la
Trimouille dont les affaires alloient ſi
mal que l'on vit quelques temps après
vendre ſes Terres par Décret & ſa Maiſon tomber en une entiere décadence,
étoit l'entremetteur dont le Parlement
s'étoit ſervi pour négocier un Traité ſi
déſavantageux à ſa réputation. Il eſt
vrai que le Duc qui eût eu honte de
paſſer pour l'Envoyé de cette Compagnie, s'étoit couvert du nom du
Prince de Conti dont il avoit pris une
lettre de créance. Il croyoit ſans doute
que le nom Auguſte de Bourbon le
mettroit à couvert des reproches de la
poſtérité, ou du moins que ſi après cela
il demeuroit encore expoſé, il auroit
à ſe diſculper ſur l'éxemple d'un Prince
du Sang qui avoit un engagement encore plus étroit que lui à ne ſe pas
écarter de ſon devoir; mais quelque
que pût être ſa penſée, il ſe trompoit
fort s'il ſe mettoit dans l'eſprit qu'à
cauſe de la Lettre de créance qu'il
avoit priſe, il en devoit être moins regardé comme l'homme du Parlement.

Le Prince de Conti lui-même étoit
foumis à fes Ordres tout auffi-bien
qu'un autre , puifqu'il n'avoit pour
toute qualité dans cette guerre que celle
de Général de fon Armée ; auffi quand
on avoit donné au Duc fes Patentes
pour fa négociation , elles avoient été
fcellées du fceau du Parlement qui étoit
trop jaloux de fon autorité pour permettre qu'on y donnât atteinte en aucune façon. Quoiqu'il en foit , la Reine
ayant appris que l'Archiduc lui avoit
écrit en fut extrêmement allarmée : elle
connut de-là que le Parlement ne feignoit plus de lever le mafque, & que
fi ce Prince faifoit entrer une Armée
dans le Royaume elle auroit bien-tôt
achevée de le ruiner , lui qui l'étoit
déja plus d'à moitié par la guerre civile qui le dévoroit.

Le Parlement afin de ne point laiffer
de lieu à la Reine de croire que cette
Lettre vint d'un autre que de l'Archiduc la fit lire , toutes les Chambres
affemblées , fçachant qu'elle avoit affez
d'amis & de créatures dans la Compagnie pour apprendre un moment
après ce que cette Lettre contenoit.
L'Archiduc mandoit en termes formels,

qu'ayant envoyé un Courier exprès à
Sa Majefté Catholique avec le Traité
qu'il avoit fait avec le Duc de Noir-
moutier , il lui en avoit non-feulement
envoyé la ratification ; mais qu'il lui
avoit encore ordonné de lui faire fçavoir de fa part qu'il le prenoit fous fa
royale protection ; que fes ennemis feroient les fiens ; & que pour empêcher
la Reine & le Cardinal de l'opprimer ,
& en même temps tout le Royaume de
France qui ne refpiroit plus que par la
vigoureufe réfiftance qu'il avoit apporté aux entreprifes de la Cour , il lui
enverroit dans peu une Armée capable
de lui faire porter du refpect.

En vérité c'eft une étrange chofe
que le Parlement eût ainfi eu recours
à la Monarchie Efpagnole notre ancienne ennemie , fous prétexte que le
Cardinal vouloit changer toutes les
Loix & toute l'économie de l'Etat ,
& qu'il n'y avoit qu'elle feule qui le
pût empêcher. Il fçavoit mieux que
perfonne que les Efpagnols avoient
toujours fait leurs efforts pour humi-
lier non-feulement notre Monarchie ,
mais encore pour l'écrafer entierement :
c'étoit donc une véritable momerie que

C 6

d'implorer leurs secours sur de prétendus attentats faits sur son autorité &
sur la liberté des Peuples. L'intérêt de
cette Couronne étoit que les choses
fussent chez nous mille fois encore en
pire état qu'elles n'étoient ; & si elle
étoit dans la volonté d'y mettre la
main, il falloit s'attendre que ce seroit
bien plutôt pour empirer encore nos
maux que pour tâcher à les diminuer.

La Reine ayant tenu Conseil sur cette affaire si importante, on y fut d'avis
de renouër quelques négociations avec
le Parlement, quoiqu'il parût fort dangereux d'être le premier à les recher-
cher ; mais quelque danger qu'il y eût
on ne jugea pas à propos d'y faire une
plus longue attention parce qu'il y en
avoit encore davantage à différer de
prendre une bonne résolution. Dieu cependant qui permet souvent que l'on
fasse des fautes pour en faire tirer avantage, permit que quand il fut question
de jetter les yeux sur quelqu'un pour
lui faire sçavoir ce qui avoit été réglé ;
au lieu de se servir du Canal du Premier
Président, ou de quelqu'autre personne bien intentionnée, on lui envoya un
Héraut-d'Armes lequel ne s'envoye ja-

mais que de Souverain à Souverain. Or
ce Héraut s'étant préfenté à la Barriere
de la Porte St. Honoré, où il y avoit
un corps de Garde, il y fut arrêté &
interrogé ce qu'il venoit faire dans la
ville : il répondit qu'il y venoit de la
part de la Reine pour fommer le Parlement de la part du Roi fon Fils de rentrer dans fon devoir & de commencer à
en donner des marques en renonçant à
la correfpondance qu'il entretenoit avec
les ennemis de l'Etat. On le tint là fans
lui permettre d'entrer plus avant jufques
à ce qu'on eût été avertir le Parlement
de fa venuë & du fujet qui l'amenoit.
Comme il eft impoffible lorfque l'on fait
mal que l'on ne s'en faffe de fecrets reproches, il y avoit long-temps que les
plus fages de la Compagnie ne voyoient
qu'à regret qu'elle eût envoyé vers l'Archiduc ; les plus féditieux même ne
pouvoient difconvenir que ce ne fût
une tache pour Elle dont elle auroit
bien de la peine à fe laver : ainfi les uns
& les autres entendant dire qu'il y a-
voit un Heraut-d'Armes à la Porte St.
Honoré qui demandoit à leur parler de
la part de la Reine, ils fe trouverent tous
d'avis de fe fervir de cette conjonéture

pour lui marquer plus de foumiffions
qu'ils n'avoient fait depuis long-temps.

Le Préfident de Novion de même
famille que l'Evêque de Beauvais & qui
fçavoit qu'on l'accufoit à la Cour lui &
tous les fiens de n'avoir pas peu aidé à
fomenter tous les défordres qu'on voyoit regner & depuis & même avant les
barricades, fut le premier à ouvrir cette opinion. Il étoit bien aife s'il étoit
encore poffible, de fe raccrocher à la
Cour, d'autant plus qu'il ne voyoit
plus d'efperance de retirer jamais aucun
avantage en perféverant dans fes premiers fentimens. L'Evêque de Beauvais
qui lui avoit fervi de Pierre d'achope-
ment n'étoit plus à portée de fupplanter
le Cardinal Mazarin ; il s'étoit confiné
de lui-même dans fon Evêché : & en
quittant ainfi la partie, il avoit été le
premier à confirmer le choix de la
Reine qui étoit tombé fur le Cardinal. Le Premier Préfident dit donc à la
Compagnie qu'il falloit renvoyer le
Heraut d'Armes fans le vouloir écouter
& faire fçavoir en même temps à la
Reine que fi la Compagnie ne l'avoit
pas admis à fon Audience, elle n'en
avoit point eu d'autre raifon que de lui

marquer le refpect qu'elle avoit pour le
Roi & pour Elle ; qu'il falloit cependant lui demander un Paffe-port pour
lui envoyer des Députés qui appren-
droient d'Elle ce que la Compagnie auroit appris du Héraut d'Armes s'il lui
avoit été permis de l'écouter.

La Reine ravie que le faux pas que
Elle avoit fait, bien loin de lui faire
tort eût fervi à redreffer le Parlement,
lui envoya auffi-tôt le Paffe-port qu'il
demandoit : fes Députés la vinrent trouver après cela, & ayant été admis dans
fon cabinet où étoient le Duc d'Orléans,
le Prince de Condé & le Cardinal Mazarin : après lui avoir expofé tout de
nouveau la raifon pour laquelle le Parlement n'avoit pas voulu entendre le
Heraut d'Armes, pour continuer de lui
infinuer toûjours par-là qu'il ne prétendoit pas manquer de refpect ni envers Elle ni envers fon Souverain, ils
lui demandèrent qu'il lui plût indiquer
un lieu où l'on pût s'affembler de part
& d'autre, pour éteindre le feu de la
Guerre Civile, dont les commencemens faifoient déjà tant de ravages,
qu'on n'en pouvoit affez appréhender
les fuites. La Reine les reçut avec

beaucoup de marques d'affection ; l'envie qu'Elle avoit de couper cours à l'intelligence que cette Compagnie avoit avec l'Archiduc, fit que sans écouter sa fierté naturelle, Elle leur répondit qu'elle n'avoit jamais demandé autre chose ; qu'encore présentement elle ne demandoit pas mieux que de rétablir l'intelligence qui doit être entre le Souverain & ses Peuples ; qu'Elle en avoit même tant d'envie qu'Elle se relâcheroit de ses prétentions pourvû toutefois que l'Autorité du Roi son Fils n'en fût point blessée ; que la Tutelle qui lui en avoit été adjugée par le Parlement même, l'obligeoit d'y prendre garde comme une bonne Mere est toujours obligée de faire quand il y va de l'intérêt de ses Pupiles ; que cependant sa délicatesse n'iroit que jusques où Elle devoit aller sans s'écarter de la raison ; que si Elle étoit comptable envers Dieu & envers les hommes de se bien acquitter de son devoir ; Elle sçavoit aussi qu'Elle ne l'étoit pas moins envers l'un & envers les autres de procurer la Paix à ses Sujets toutes les fois qu'Elle en trouveroit l'occasion.

L'envie que chacun avoit de terminer ces Troubles à l'amiable fut caufe
qu'on fe défit de part & d'autre de
quantité de prétentions chimériques
que l'on n'eut pas confervé fans y apporter un obftacle invincible. On convint de Ruel, Bourg à deux lieuës de
Paris & de S. Germain, pour y tenir les
conférences que le Parlement demandoit. Il n'y en avoit guére de plus conve-
nable pour une pareille affaire : car outre qu'il étoit à pareille diftance des
deux Partis, il y avoit une maifon toute
propre à s'y affembler. Elle appartenoit
à la fucceffion du Cardinal de Richelieu, & la beauté de fes jardins & de
fes eaux avoit dequoi ne pas laiffer ennuyer les Députés s'ils étoient obligés
de faire quelque féjour.

Les Préliminaires de ce Traité furent
que la Reine permettoit aux Parifiens
de faire entrer des vivres dans leur Ville
dont elle ne pouvoit avoir un plus grand
befoin. Elle voulut bien leur accorder
cette grace parce que ces témoignages
de fa bonté devoient non-feulement
les faire rentrer en eux-mêmes ; mais
encore leur faire fentir la différence qu'il
y a entre les douceurs de la Paix & les

amertumes qui font inféparables d'une
Guerre Civile. Le Cardinal fut lui-même du nombre des Députés, ce que la
Reine eut néanmoins bien de la peine à
obtenir du Parlement ; parce que ne
fçachant pas encore fi ces conférences
tourneroient à bien, il étoit bien aife
de fe conferver l'amitié du Peuple qui
haïffoit le Cardinal à un point qu'on
peut dire qu'il n'y avoit rien de femblable. Cependant la Reine fui vant en tout
les Confeils de fon Miniftre qui vouloit
à toutes forces être de ces conférences
pour tâcher de gagner par fon adreffe
les Députés du Parlement, fe tint roide
là-deffus & obtint à la fin ce qu'elle
defiroit. Ce ne fut cependant qu'après
avoir fait fentir au Pàrlement que s'il
n'y confentoit de bonne grace, elle feroit refermer les paffages dont elle n'a-
voit accordé l'ouverture qu'en faveur
de ce qu'elle efperoit que chacun de
fon côté apporteroit les facilités qui
dépendroient de lui pour l'accommodement. Le Parlement bien loin d'être
fâché que la Reine fît ces menaces, en
fut ravi, parce qu'il fe difculpoit par-là
envers le Peuple, qui aimant encore
mieux que le Cardinal fût du nombre

des Députés que de retomber dans fa
mifere, ne pouvoit plus rejetter fur lui,
mais bien fur la néceffité, la complaifance qu'il alloit avoir en cette rencontre. Brouffel qui avoit été caufe de
la journée des Barricades par la confiance que les Parifiens avoient en fa
fauffe prud'hommie, car, il s'en falloit
bien qu'il ne fût auffi défintéreffé qu'ils
le prétendoient, fe laiffa gagner dans ces
conférences par le Cardinal. Il avoit été
fait Gouverneur de la Baftille de l'autorité de fa Compagnie qui s'étoit empa-
rée de ce Château peu après la fortie du
Roi de Paris. Son Eminence promit
de le faire confirmer dans ce Gouvernement par un Brevet de la Cour, &
même de lui en faire avoir la furvi-
vance pour fon fils; lui de fon côté
promit à ce Miniftre de lui être auffi
affectionné à l'avenir qu'il lui avoit été
contraire par le paffé : fa pauvreté fut
caufe de ce changement. Il avoit fort
peu de bien, & confidérant que s'il
perféveroit dans fes premiers erremens
tout ce qui en reviendroit à fes enfans
feroit d'aller un jour à l'Hôpital, il ne
fit pas cas, au préjudice de l'établiffement qui fe préfentoit pour lui & pour

sa famille, de se conserver la réputation d'intégre qui lui avoit été donnée
jusques-là. Par ce moyen le Cardinal
ne craignit plus que le Parlement in-
sistât davantage sur la suppression des
Lettres de Cachet ; parce que ce Magistrat étant ainsi assuré du Gouvernement de la Bastille avoit plus d'intérêt
que personne que la Cour en donnât
à foison. En effet, c'étoit ce qui pouvoit remplir ce Château de prisonniers ;
& comme c'est à celui qui y comman-
de à les nourrir, ce qu'il fait avec le
moins de dépense qu'il lui est possible,
il gagne beaucoup sur cette nourriture
que la Cour lui paye grassement. Son
fils étoit Conseiller du Parlement tout
aussi bien que lui, & même tout aussi
déchaîné qu'il le pouvoit être contre le
Cardinal ; mais quand il fut assuré de
la survivance de ce Gouvernement, il
suivit l'éxemple de son pere & devint
l'un de ses meilleurs amis. Il est vrai
que l'un & l'autre couvrit toujours son
jeu, parce que le Cardinal & eux y
trouvoient également leur avantage.

Après que son Eminence eut eu le
consentement du Parlement d'assister
aux Conférences, il ne fut plus ques-

tion de propofer qu'Elle eut à vuider le
Royaume comme il lui étoit ordonné
par divers Arrêts. Les Parifiens avoient
publié cependant qu'ils ne feroient jamais de Paix fans cette condition ; mais
comme il eut été de mauvaife grace de
faire en face un tel compliment à un
hómme qui ne cherchoit plus qu'à gra-
cieufer les Députés du Parlement & même à leur faire des graces comme il
avoit fait aux deux Brouffel, pourvû
toutefois qu'ils les vouluffent acheter au
même prix ; le Parlement auffi ne fongea plus aux intérêts du peuple, mais à
s'attirer l'amitié de ce Miniftre. D'ailleurs le Prince de Condé qui fe rendoit
de jour en jour plus confidérable à fes
amis & en même temps plus redoutable à fes ennemis, avoit promis, foi
de Prince, au Cardinal d'avoir le même
foin de fa fortune qu'il pourroit avoir
de la fienne propre ; promeffe qui étant
connuë du Parlement tenoit chacun dans
le refpect, parce qu'il n'y avoit pas de
plaifir à s'attirer un tel ennemi fur les
bras. Il étoit violent au dernier point &
fi dangereux de lui contredire, qu'il falloit être bien hardi pour s'y expofer. Il
affifta lui-même à ces Conférences auffi

bien que le Duc d'Orléans, & ils étoient
tous deux si bien unis que ce que l'un
vouloit, l'autre y consentoit en même
temps ; ainsi le Cardinal n'étoit pas
moins protégé de l'un que de l'autre :
raison plus que suffisante pour ne pas
réüssir facilement dans les projets qu'on
auroit pû faire contre lui.

La difficulté qu'il y avoit de donner de
ce côté-là contentement au peuple qui
avoit toujours desiré s'en défaire, & même qui le désiroit encore plus passionnément que jamais, fut que quand même
le Parlement n'eut pas commencé à s'y
relâcher beaucoup en sa faveur, ses Députés qui étoient des plus considérables de cette Compagnie se feroient
toûjous montrés plus froids sur cet arti-
cle. Le Peuple qui ne souffroit plus tant
depuis que la Reine avoit permis qu'il
entrât des vivres dans la Ville, & qui
même par cette facilité avoit comme
perdu le souvenir de sa misére passée,
ne put souffrir ce relâchement sans reprendre son esprit de sédition qui avoit
paru en tant de rencontres. Il cria qu'il
étoit trahi par ceux-là même à qui il
avoit remis ses intérêts entre les mains ;
& accusant sur-tout le Premier Président

qui étoit du nombre des Députés , quelques malheureux aufquels fe joignirent
des gens qui avoient un peu plus d'apparence s'en furent au Palais dans la réfolution de lui joüer quelques mauvais
tours. Ils n'avoient pas tout le tort
qu'on pourroit dire de foupçonner le
Premier Préfident. Le Magiftrat quoique fort honnête homme de fa perfonne , bon Juge & même homme de
bien , qualité encore plus eftimable que
tout le refte , n'étoit pas nuifible à fes
intérêts particuliers auffi-bien que l'a-
voit été Brouffel. Ainfi , comme il étoit
prevenu d'ailleurs que c'étoit s'acquitter de fa confcience que de faire rentrer
les mutins dans le devoir , il ne fe foucioit guére d'appuyer leurs prétentions.
Il comptoit même que moins ils les ap-
puyeroit , plus il fe rendroit digne des
graces qu'il efperoit de la Cour & qui
avoient même coulées fur fa famille ,
fans qu'elle en eût fçu profiter. En effet
c'étoit femer en quelque façon dans une
Terre ingrate que de lui faire du bien ,
& elle en étoit fi méchante ménagere
que ces bienfaits ne fervoient qu'à faire
déclamer davantage contre fa profef-
fion. Il avoit deux enfans , tous deux

dans la Robe, & tout auffi méchans ménagers l'un que l'autre ; l'aîné sur-tout aimoit la dépenfe à un point qu'el-le furpaffoit non-feulement fes forces ; mais qu'elle alloit même au-delà de toutes les bornes : pour l'autre, fa paf-fion dominante étoit la Chaffe, quoi-qu'il fût d'Eglife auffi-bien que de Robe, qualité qui ne femble pas beau-coup y convenir. Il eft vrai que la cho-fe n'eft pas fi hors d'exemple que l'on diroit bien. L'Oncle du Maréchal de Villeroi d'à-préfent, quoiqu'engagé encore plus avant dans les Ordres Sacrés, puifqu'il-étoit Archevêque de Lyon, en faifoit auffi-bien que lui, non-feulement fon principal plai-fir, mais encore fon unique occupa-tion ; il y dépenfoit tous les ans la plus grande partie de fon revenu, & le bien des pauvres alloit ainfi à entretenir des chevaux & des chiens, au lieu de le leur diftribuer, puifqu'il n'en étoit que dé-pofitaire.

Le Cardinal qui étoit bien informé de tout ce qui fe paffoit dans la famille de ce Magiftrat & qui ne fe foucioit guére bien fouvent de retenir fa penfée, difoit que cette grande barbe lui coûtoit

roit plus à entretenir qu'une douzaine d'autres; qu'elle se vantoit pourtant d'imiter les anciens Philosophes, mais que si la chose étoit vraie à son égard dont il n'avoit garde néanmoins de convenir, toûjours ne l'étoit-elle pas à l'égard de ses enfans à qui il avoit donné une fort méchante éducation; que l'aîné coûtoit tous les ans plus de vingt-mille écus au Roi, & que pour le cadet il avoit encore si bon appetit que si on l'en vouloit croire les meilleurs Bénéfices ne seroient pas encore trop bons pour lui; que ce qui étoit le plus extraordinaire c'est que le Pere qui sçavoit le desordre de ses enfans, ne laissoit pas de se rendre leur solliciteur à la Cour, marque que s'il étoit Philosophe comme il étoit bien aise qu'on l'éstimât, il faisoit dumoins si peu de cas de sa Philosophie qu'il ne se mettoit guére en peine de la faire passer jusques à ses enfans.

L'Aîné qui étoit aussi sensuel qu'il étoit grand dépensier, avoit épousé une sœur de la femme du Comte de Ravennes dont il avoit eu beaucoup de bien; cependant les bienfaits de la Cour ne lui suffisant pas tant il avoit bon appe-

tit, il en avoit déjà mangé la plus grande partie. Son Pere avoit été quelque
temps fans vouloir confentir à ce mária-
ge fous prétexte que fon fils s'étoit mef-
allié ; car le Pere de la Dame étoit fort
peu de chofe avant que de faire fortune,
& fon premier métier avoit été de faire
des calottes dans la Ville de Lyon,
mais de méchant calotier il étoit devenu
fameux Partifan ; & comme dans ce
temps-là auffi-bien que dans celui-ci,
c'étoit affez que d'être riche pour fe
choifir des gendres tels qu'on les vouloit, il trouvoit bien étrange que le
Premier Préfident fit ainfi le renchéri,
lui qui n'avoit pas grand chofe à donner à fon fils, pendant que fa fille avoit
dequoi le tirer de mifere. Cependant le
bon homme la grand barbe, à force de
faire réfléxion que s'il faifoit caffer ce
mariage, il faudroit rendre à cette
Dame le bien que fon fils en avoit touché, commença à n'être plus fi en coléra
qu'il l'étoit auparavant ; tant il eft vrai
que les Philofophes comme les autres
ont de la peine à fe défendre de l'intérêt. Il permit donc qu'elle vint demeurer chez lui, ce qu'il n'avoit jamais
voulu fouffrir auparavant : mais comme

Il croyoit indigne de sa qualité de faire des caresses, ni même de l'honnêteté à une personne pour qui il avoit toûjours témoigné beaucoup de mépris , il ne l'appelloit jamais ni Madame ni sa belle fille , soit qu'il en parlât à d'autres ou qu'il lui adressât la parole à elle-même. Ainsi , quand il lui falloit dîner & qu'il voyoit qu'elle n'étoit pas encore descenduë de son appartement , allez disoit-il à un laquais , avertir cette femme qu'à moins qu'elle ne veüille dîner par cœur, elle n'a qu'à descendre tout présentement. Et tous ses gens étoient si bien fait à son langage, que quoiqu'il y eût plusieurs femmes dans la maison, ils sçavoient néanmoins que quand il parloit de la sorte, c'étoit de sa belle fille qu'il vouloit parler.

Mais pour en revenir à mon sujet. Le Parlement ne se souciant guére de toutes les clameurs des Parisiens qui continuoient à se plaindre de ce qu'après avoir consumé beaucoup d'argent à soûtenir la Guerre contre le Cardinal , ils alloient en être guére plus avancés par la Paix qui se négocioit avec lui , puisqu'il demeureroit toûjours en place, il arrêta tous les articles du Traité dont les principaux regardoient fon intérêt particulier. Le Roi qui avoit accordé une amniftie aux rebelles , fut prié après cela de revenir à Paris où fa préfence devoit ramener l'abondance & la félicité , ce qui fe comprend affez de foi-même, puifqu'une grande ville comme celle-là & auffi peuplée ne fçauroit fleurir tant que le Prince en eft éloigné. Cependant depuis plus de trente ans que le Roi n'y fait plus fa demeure , elle a dû s'accoûtumer à cette éclipfe; tant eft toutefois qu'on ne s'accoûtume jamais au mal.

Dans le Traité qui fe fit , les Intérêts des Généraux du Parlement n'y furent pas plus confidérés que ceux du peuple. En étant donc grandement fcandalifés, ils firent tout ce qu'ils purent pour le faire rompre ; ils y employerent même des moyens dignes de punition. Ils firent foulever quelques malotrus qu'ils gagnerent par argent , lefquels s'en furent crier jufqu'à la porte de la Grand'-Chambre qu'ils ne fouffriroient pas ni eux ni tout le peuple qu'on les eut ainfi vendus à beaux deniers comptans ; qu'auffi feroit-ce à eux une lâcheté dignes de les faire méprifer de tout le monde s'ils ne se vengeoient dans peu de ceux qui, abusant de la confiance que ils avoient eu en leur bonne-foi, ne s'en étoient servis que pour rendre encore plus pesantes leurs chaînes qui ne leur étoient déjà que trop insupportables.

Comme ces clameurs qui tendoient à exciter une sédition ne furent pas secondées par la populace, ainsi que prétendoient ceux qui avoient mis en besogne ces ames mercénaires, le Parlement les méprisa; le peuple même devenu sage par la misére qu'il avoit souffert & ne voyant rien de pis que d'y retomber, aima encore mieux que le Parlement eût fait la Paix à des conditions peu avantageuses pour lui, que d'essuyer encore les malheurs qui avoient accompagnés leur rébellion. Il est vrai que pour empêcher que l'esprit de révolte ne se renouvellât chez eux, la Cour mit en pratique tout ce qu'elle crut lui être utile. Toutes les Communautés & tous les Couvens qui fournissoient des Prédicateurs aux Chaires de Paris eurent ordre de leur faire étudier l'Ecriture Sainte, où il est parlé de l'Obéïssance qui est duë aux Souverains, afin qu'ils en remplissent tous leurs sermons.

On n'entendit tonner autre chofe dans toutes les Paroifles & dans tous les lieux où l'on a coûtume d'aller entendré la parole de Dieu, ce qui joint aux fouvenir que chacun avoit de l'état où il avoit été réduit pendant le Blocus, contint les efprits durant un temps ; c'eft-à-dire, jufques à ce que l'ambition du Prince de Condé fut caufe d'une nouvelle rébellion beaucoup plus dangereufes encore que n'avoit été la premiere.

Les Généraux du Parlement toûjours mécontens de ce que la Paix s'étoit faite fans qu'ils euffent tirés les avantages qu'ils efperoient, après bien des murmures qu'ils prirent foin eux-mêmes de faire fçavoir au Cardinal, s'affemblerent fecrétement avec quelques Membres du Parlement qui croyoient comme eux que leurs intérêts y avoient été oubliés, comme s'ils euffent eu deffein d'éviter de nouveaux troubles. Il y a beaucoup d'apparence que quelque méchante volonté qu'ils puffent avoir, ils ne fe flatoient pas d'y réüffir ; mais fçachant le génie du Cardinal qui étoit fufceptible de toute forte de crainte, ils ne fongeoient qu'à lui faire peur ; afin

qu'à son ordinaire il le prévint par des
graces. Ils étoient persuadés plus que jamais par ce qu'ils voyoient arriver tous
les jours, qu'il n'y avoit point de meilleur
moyen pour en obtenir ce que l'on dé-
firoit. En effet, il n'y avoit rien de plus
commun à la Cour que d'y entendre
dire que quand on avoit l'esprit de lui
paroître redoutable, il n'y avoit rien
qu'on n'en pût esperer : & cette vérité
se fait sentir encore en cette rencontre,
n'y en ayant pas un de ceux-là, si l'on en
excepte le Duc de Bouillon, qui n'en ar-
rachât quelques bienfaits.

Pour lui, comme ses vuës étoient plus
grandes que celles des autres, puisqu'il
y alloit du salut de l'Etat, le Cardinal
ne lui cacha point qu'il s'abuseroit toujours lourdement quand il agiroit sur
ce principe. Son ambition ne lui pouvant permettre de vivre en particulier
après avoir été revêtu de l'ombre de
Souveraineté ; (car enfin d'être simple
Prince de Sedan, n'est être que Souverain en peinture ;) il avoit en prenant le
parti des rebelles, formé le dessein
de ne jamais mettre les armes bas qu'il
ne rentrât dans sa Principauté. Sans être
retenu par les grandes Terres qu'on lui

avoit données en échange lorfqu'il avoit
été obligé, pour fauver fa tête, de la céder au Roi ; ni fans être tenté pareillement du grand revenu que lui apportoient ces terres & qui furpaffoit de beaucoup celui dont il jouïffoit auparavant ,
il ne fongeoit qu'à rentrer dans fon patri-
moine qui lui fembloit tout autrement
avantageux que ce qu'on lui avoit donné. Il fçavoit que quoique fa Principauté fût de fi petite étenduë que pour ainfi
dire on la pouvoit couvrir avec un Man-
teau, fa fituation néanmoins étoit fi importante qu'il feroit recherché auffi-tôt
de tout ce qu'il y avoit de Puiffances
voifines;qu'Elles lui donneroient même
de gros fubfides pour y entretenir non-
feulement une bonne Garnifon, mais encore pour faire une dépenfe proportion-
née à fon Rang. L'on n'avoit eu garde,
quoiqu'il eût fait fentir fes fentimens lorfqu'il s'étoit livré au Parlement,d'en faire
aucun Traité avec lui : ceux qui y feroient entrés euffent bien fait pis en faifant cela que d'avoir envoyé vers l'Archiduc. Ils alléguoient à l'égard de celui-ci, que s'ils y avoient eu recours, ce
n'étoit qu'après que la Ville avoit été
bloquée & qu'on prétendoit les y faire

crever de mifere ; mais qu'euffent-ils
pu dire à l'égard de celui-là, puifqu'en
concourant avec lui dans fes projets,
c'eût été marquer un deffein formé d'é-
lever leur autorité fur les ruïnes de
l'Etat.

Le Vicomte de Turenne cadet du
Duc de Bouillon, homme fage & en
qui l'on reconnoiffoit mille bonnes
qualités, fur-tout qui excelloit dans le
métier de la guerre, avoit fuivi l'éxemple de fon frere en prenant pareillement
les armes contre fon Roi. Il y avoit été
entraîné par le même motif, ayant la
foibleffe de faire grand cas d'une Principauté qui avoit toujours été imaginaire dans fa maifon ; mais qui l'étoit
encore devenuë bien davantage depuis
que la Ville de Sedan n'étoit plus à
elle ; car ce qui fait le Souverain eft la
poffeffion d'une Souveraineté ; du moment que l'on en eft dépouillé, c'eft
un abus de prétendre qu'il y a encore
de l'*Alteffe* : fi elle fe confervoit malgré la dépoffeffion, toute la France en
feroit jonchée. Combien y avons-nous
de rejettons, des Maifons de Champagne, de Normandie, de Blois & d'une
infinité d'autres que je paffe fous filen-

ce ? il n'y auroit pas jusqu'au Baron de
Hames & au Chevalier de Couci son
frere, deux des plus méchans Sujets
qu'il y ait dans tout le Royaume, pour
n'en pas dire quelque chose de pis, qui
en qualité de descendans des Comtes
de Guines ne voulussent avoir le *pour*
à la Cour & de l'Altesse à Paris. Cependant, il n'y eut que cette chimere
qui engagea le Vicomte de Turenne
dans un parti contraire à son devoir.
Il fut même un de ceux qui fit le plus
d'efforts auprès de l'Archiduc pour le
faire agir : tant il est vrai que la vanité
fait d'impression sur les ames, même
sur celles qui semblent élevées au-dessus
des autres.

La plûpart des Généraux du Parlement avoient toujours eu quelque re-
lation à la Cour, soit par leurs parens ou par leurs amis tant qu'ils
avoient eu les armes à la main contre
le Roi. Le Prince de Conti avoit suivi
les mêmes erremens, ou plutôt il leur
en avoit montré le chemin, puisqu'il
étoit plus juste que le Chef apprit aux
Membres ce qu'ils avoient à faire que
le Chef l'apprit des Membres. Cependant, comme lorsque la paix s'étoit

faite, le Parlement les avoit oublié, &
que nonobſtant cet oubli ils n'avoient
pas laiſſé de ſe ſoûtenir d'eux-mêmes,
leur audace s'accrut non-ſeulement par
l'impunité, mais encore par les graces
qu'ils arracherent du Miniſtre. Ce qu'il
y eut de pis, c'eſt que ceux qui étoient
rentrés de bonne foi dans le devoir
voyant tant de foibleſſe dans le Miniſtére en conçurent un ſi grand mépris que chacun ſentit renaître en ſoi
un eſprit de révolte & de ſédition.
On ne tarda guére à en reſſentir de
triſtes marques ; en ſorte que, quoiqu'on eut beaucoup ſouffert pendant ce
temps de deſordre & de confuſion, ce
fut encore tout autre choſe dans la
ſuite.

Les Eſpagnols avoient beau jeu tan-
dis que cela ſe paſſoit, & ils n'oublierent pas auſſi de faire leurs affaires.
Cependant, la guerre civile ayant fini
juſtement dans le temps que la Campagne a coûtume de commencer, le
Cardinal voulut envoyer le Prince de
Condé à la tête de l'Armée de Flan-
dres, non pas tant toutes-fois ſur ce
qu'il prétendoit que ſa ſeule réputation y tiendroit les Ennemis dans le

respect, que par la jalousie qu'il commençoit à lui donner dans le Conseil. Ce Prince lui avoit vendu un peu cher le service qu'il lui avoit rendu en le vengeant du Parlement & des Parisiens. Comme il ne croyoit plus rien au-dessus de soi après être venu à bout avec le peu de monde qu'il avoit d'une entreprise si difficile, il lui fermoit la bouche d'abord qu'il connoissoit qu'il avoit quelque chose à dire qui ne s'accordoit pas avec sa pensée. Le Cardinal avoit tout souffert par le besoin qu'il avoit de lui ; mais se croyant alors au-dessus de ses affaires par le Traité qui venoit d'intervenir, il ne songea qu'à l'éloigner. Le Prince qui étoit naturellement d'une ambition démesurée, & à qui d'ailleurs le succès qu'il avoit dans toutes ses entreprises rehaussoit beaucoup le courage, considérant qu'il feroit bien mieux ses affaires à la Cour qu'à la tête d'une Armée, refusa le Commandement de celle qu'on lui offroit. Le Cardinal en fut extrêmement mortifié, d'autant plus que la Reine, que le Prince avoit gagné par adresse, entra dans ses sentimens. Son Eminence fut obligée après cela de jetter les yeux fur un autre Général, & ce fut fur le Comte de Harcour. Il entreprit le Siége de Cambrai, dont la Garnifon défoloit toute la frontiere de Picardie. Il y trouva, toutgrand Capitaine qu'il étoit, plus de difficulté qu'il ne s'étoit imaginé ; ainfi après y avoir perdu fon temps & du monde, il fe vit obligé d'en lever le Siége.

Madame de Chevreufe ayant appris en Efpagne les révolutions qui fe préparoient dans le Royaume dès la premiere défobéïffance du Parlement, en étoit partie tout auffi-tôt pour fe rendre fur la Frontiere afin d'être en état d'en profiter. Elle manda de là à tous fes amis de porter fon Mari à embraffer le parti de cette Compagnie d'abord qu'il en trouveroit l'occafion, & étant venuë elle-même à Paris d'abord que la Reine Mere en eut fait fortir le Roi, elle entra en grande liaifon avec le Duc de Beaufort, avec le Coadjuteur & plufieurs autres qui étoient ennemis jurés du Cardinal. Ce fut chez elle qu'on convint des Arrêts qui furent lancés contre fon Eminence, le Parlement ne faifant que fuivre les paffions de cette Dame & celles de tous fes amis. Le Cardinal

qui fçavoit que le Coadjuteur n'étoit
nullement bien avec le Prince de Condé,
parcequ'il en avoit été maltraité de paroles en plufieurs rencontres, fe fervit
de cette conjonêture pour lui faire accroire que ces conférences fecrettes, qui
fe tenoient chez cette Dame, regardoient
auffi-bien fa Perfonne que la fienne.

Ce Prince avoit fon foible, quoiqu'il
eût beaucoup plus d'efprit qu'un autre ;
& ayant donné dans le panneau, il prit
en averfion le Prince de Conti parcequ'il alloit fouvent chez cette Princeffe
auffi-bien que le Duc de Beaufort & le
Coadjuteur. Ils n'étoient pas déjà trop
bien enfemble auparavant le Prince de
Conti & lui à caufe qu'ils étoient rivaux;
mais comme il n'y a point d'amours
éternelles & que le Prince de Conti
commençoit à devenir amoureux de
Mademoifelle de Chévreufe, fille unique du fecond lit de la Ducheffe, fon
foupçon augmenta de moment à autre
fans qu'il trouvât moyen de s'en guérir.
Le Cardinal dont le fort étoit de jetter
de la divifion parmi les meilleurs amis,
ne fut pas long-temps fans s'appercevoir de la fituation où il avoit mis fon
efprit; enforte que pour achever de don-

ner la derniere main à son ouvrage, il
apofta quelques Cavaliers qui tirerent
des coups de moufqueton fur le Caroffe
de ce Prince lorfqu'il s'en retournoit la
nuit à l'Hôtel de Condé. Son Eminence
qui avoit fait diftribuer fes Emiffaires
dans tous les Quartiers de la Ville, y fit
femer le bruit en même temps, qu'on
avoit reconnu parmi ces Cavaliers des
Gens qui étoient au Coadjuteur, afin
d'appuyer encore par là fa médifance ;
ainfi ce Prince qui étoit déjà prevenu
contre lui, ne doutant plus qu'il ne fût
l'auteur de cet affaffinat, jura qu'il
ne feroit pas long-temps fans en tirer
vengeance, ou qu'il en mourroit à la
peine.

Le Coadjuteur qui étoit innocent
de ce qui s'étoit paffé, publia hautement que ceux qui l'accufoient ne le
faifoient que pour le perdre dans l'efprit de ce Prince, pour qui il avoit toujours confervé beaucoup de refpect.
Il tâcha même de faire fentir à tous
ceux à qui il en parla, que ce ne
pouvoit être que le Cardinal Mazarin
qui fût l'auteur de cette impofture. Le
Préfident de Nefmond qui étoit de fes
amis & qui l'étoit auffi de Mr. le Prince,

trouvant beaucoup d'apparence à ce
qu'il difoit , entreprit de les réconcilier
enfemble. Il dit donc au Coadjuteur de
fe trouver chez lui à une certaine heure ;
& ayant envoyé prier Mr. le Prince par
un billet de s'y rendre pareillement
pour une affaire de la derniere confe-
quence pour lui , il fit paffer dans fon
cabinet le Coadjuteur pendant qu'il attendit Mr. le Prince dans fa Chambre.
Il dit à celui-là qu'il n'auroit qu'à fortir du Cabinet quand il entendroit qu'il
l'auroit convaincu par fes raifons qu'il
l'accufoit fauffement de l'avoir voulu
faire affaffiner. Mr. le Prince vint un
quart d'heure après ; & comme le Coadjuteur s'étoit rendu là fans aucune fuite
dans une chaife dont les porteurs ne le
connoiffoient feulement pas, il monta
dans la Chambre du Préfident , fans
fçavoir qu'il y eût perfonne avec lui.
Le Préfident après s'être excufé de la
peine qu'il lui avoit donné de venir
chez lui , lui dit que l'affaire de conféquence pour laquelle il avoit pris la
liberté de lui écrire , étoit pour l'avertir qu'il donnoit trop d'avantage à fes
ennemis en accufant , comme il faifoit
avec tant de paffion , le Coadjuteur

d'une chofe à laquelle il n'avoit jamais
penfé; qu'il avoit ordre de le lui dire de
fa part, & qu'il étoit prêt non-feulement de l'en défabufer par tous les fer-
mens qu'il pourroit defirer de lui, mais
en uniffant encore fes intérêts aux fiens
par des liens fi forts que rien ne feroit
jamais capable de les rompre; qu'il oferoit lui affurer & même lui être caution de la fincérité de ce Prélat; que
l'habitude qu'il avoit dans fa Charge,
à reconnoître les innocens d'avec les
coupables, faifoit qu'il étoit plus difficile qu'un autre à être trompé là-deffus;
qu'il n'y avoit jamais pris le change,
& qu'il le prendroit encore moins en
cette occafion que dans aucune autre,
parce qu'il connoiffoit à fonds celui à
qui il avoit affaire.

Le Coadjuteur entendoit tout cela
du cabinet dont on avoit laiffé tout
exprès la porte entre-ouverte, afin qu'il
n'en perdît pas une feule parole. Il n'attendoit que la réponfe de ce Prince
pour en fortir, & pour lui aller affurer
lui-même que le Préfident ne lui difoit
rien qui ne fût vrai, & qu'il ne fût
prêt de fceller de fon propre fang.
Il avoit d'autant plus de lieu de s'atten-

dre que cette réponse lui seroit favorable, que ce Magistrat, qui n'étoit pas
des amis du Cardinal, lui avoit fait
connoître en même temps combien il
s'en devoit défier, & même qu'il faisoit tout ce qu'il pouvoit pour attirer
le Coadjuteur dans son parti ; mais la
passion de ce Prince l'aveuglant à un
point qu'il n'étoit pas capable de se
rendre à la raison, il lui répondit en
jurant, qu'il n'étoit pas nécessaire qu'il
lui dît qu'il étoit des amis du Coadjuteur, & qu'on le voyoit bien de la
maniere qu'il s'employoit pour lui ;
que cependant, il le croyoit encore trop
des siens pour l'obliger à ajoûter foi à
une chose dont il connoissoit lui-même
le contraire, qu'il n'y en avoit point
d'autre que le Coadjuteur qui l'eût fait
assassiner : c'est pourquoi, il pouvoit
compter qu'il seroit non-seulement son
ennemi mortel, tant qu'il auroit un
moment de vie, mais encore qu'il n'y
auroit jamais de sûreté pour lui à se
présenter devant ses yeux ; qu'il le
prioit de l'en avertir charitablement
comme un bon ami, qu'il lui en auroit même obligation tout le premier,
parce qu'il voyoit bien que n'étant pas

maître de fon reffentiment , il ne lui
reviendroit pas grand honneur, quelque fujet qu'il eût de lui vouloir mal ,
s'il mettoit jamais la main fur un homme de fon caractère.

Ces paroles qui étoient bien différentes de celles aufquelles le Coadjuteur s'attendoit , lui firent non feulement quitter le deffein qu'il avoit de
l'aller défabufer lui-même ; mais encore defirer de fermer la porte du cabinet fur lui fans qu'il le pût entendre ;
car , il ne s'y tenoit pas trop en fûreté
après ce qu'il entendoit, fi le Prince
venoit par hazard à s'appercevoir qu'il
y fût , ou qu'il vint à vouloir y entrer,
s'il en voyoit la porte ouverte. Cette
crainte étoit pardonnable à un homme
de fa condition qui devoit avoir l'humeur plus pacifique que guerriere :
d'ailleurs, ce qui pouvoit augmenter fa
frayeur, c'eft que Mr. le Prince entra
dans un fi grand emportement contre
lui, fur ce que le Préfident entreprit
encore de le juftifier dans fon efprit ,
qu'il y avoit tout lieu de craindre qu'il
ne fe fût pas poffédé s'il l'eût fçu fi
près de lui. Quoiqu'il en foit , la bonne volonté de ce Magiftrat n'ayant eu

aucun effet, le Coadjuteur qui fçavoit
fa violence ne fut plus nulle part fans
fe faire bien accompagner : le Prince
fit la même chofe de fon côté. Enfin,
la fortune qui permet fouvent qu'il arrive bien des accidens aufquels on ne
s'attend pas, fit qu'ils fe rencontrerent
tous deux quelques jours après, dans un
état où ils devoient fe rendre maîtres de
leur reffentiment. La Fête du St. Sacrement étant arrivée, & l'Archevêque de
Paris qui étoit déja fort âgé, ne pouvant fatisfaire ce jour-là à fes fonctions
à caufe de quelqu'incommodité qui lui
étoit furvenuë, le Coadjuteur prit fa
place & porta le St. Sacrement dans les
ruës où l'on avoit accoûtumé de le
porter. Le Prince de Condé paffa for-
tuitement dans ce temps-là fur le Quai
des Orfévres où étoit la Proceffion,
& ne fçachant fi c'étoit celle de Notre-
Dame ou de quelqu'autre Paroiffe voi-
fine, fon caroffe ne fe fut pas plutôt
arrêté qu'il reconnut le Coadjuteur qui
étoit fous le Dais. Il fe mit à genoux
pour adorer fon Maître, & oublia
fon reffentiment en faveur de celui à
qui il devoit tout refpect. Le Coadjuteur qui donnoit la Bénédiction au

peuple, la lui donna à lui-même en
se tournant tout-à-fait de son côté.
Le Prince remonta dans son carosse
d'abord qu'il fut passé, & rien ne le
faisant rentrer en lui-même, le Coadjuteur qui étoit obligé d'être à toute
heure sur ses gardes, fit proposer sous
main au Cardinal de s'unir avec lui,
moyennant qu'il le voulût défaire d'un
ennemi si formidable.

Son Eminence ne demandoit pas
mieux que de s'en défaire elle-même
parce que ce Prince prétendoit toûjours
lui commander absolument. Ce Ministre
qui sçavoit dissimuler mieux qu'homme
du monde, qualité qui lui étoit naturelle
& par l'inclination qu'il y avoit & par
sa naissance, si néanmoins on ajoûte foi
à ce qui se dit d'ordinaire des Italiens,
qu'on veut être de grands fourbes, lui
promit volontiers tout ce qu'il desiroit.
Ils entrerent en pourparler ensemble là-
dessus, & étant convenus tous deux
que pour n'avoir rien à craindre de ce
Prince, il falloit porter la Reine à lui
ôter la liberté, le Cardinal se chargea de
le faire moyennant qu'il voulût de son
côté le soûtenir avec ses amis, en cas
que quelqu'un se déclarât pour lui lors-

qu'il feroit arrêté. Le Coadjuteur le lui
promit fous condition que la Reine de-
manderoit pour lui au Pape le Chapeau
de Cardinal. Le Cardinal n'avoit guére
envie de lui faire ce plaifir, & il trouvoit que fa dignité de Coadjuteur ne
lui donnoit déjà que trop de crédit
dans la Ville, fans y ajoûter encore
celui qu'il tireroit de l'éclat de la
Pourpre ; mais comptant que le temps
lui fourniroit des moyens de manquer
à fa parole, il ne fit point de difficulté
de lui promettrre tout ce qu'il defiroit.
Ce Traité demeura fecret entr'eux
pendant quelque temps ; & comme il
falloit gagner le Duc d'Orléans, fans
quoi il n'y avoit pas d'apparence d'entreprendre de faire arrêter le Prince de
Condé, le Coadjuteur qui n'étoit pas
trop mal avec lui s'en chargea. Cela
étoit bien difficile fans engager l'Evê-
vêque de Langres dans leurs intérêts,
lui qui continuoit toûjours d'avoir fur
l'efprit de fon maître le même empire
qu'il y avoit eu dès le commencement
de fa faveur. Ce n'étoit pourtant pas là
le compte du Coadjuteur, parce que
comme cet Evêque prétendoit auffi-
bien que lui à la Pourpre, il eût voulu

avant que de s'engager à rien , qu'on
lui eût promis cet honneur , préférable-
ment à lui ; ainſi croyant que pour ſes
intérêts particuliers , il devoit lui dérober la connoiſſance de cette affaire ,
bien loin de lui en faire confidence , il
roula quelqu'autre moyen dans ſa tête
pour venir à bout de ſon deſſein.

Pendant que des choſes ſi conſidérables étoient en France le ſujet de l'agi-
tation de tous les eſprits , le Prince de
Galles que ſes peuples ne vouloient pas
reconnoître pour leur Roi , de peur
qu'il ne vengeât en même temps le
Parricide effroyable qu'ils avoient commis en ſa perſoune , & le mépris qu'ils
faiſoient depuis quelque temps de toute
la Maiſon Royale , chercha des amis
tant dehors que dedans ſon Royaume
pour les empêcher de le traiter auſſi
indignement qu'ils prétendoient. Toute la famille du Comte de Montaigu
étoit à lui , & les enfans de Milord
Brown , qui étoit ſon beau-frere , ayant
les mêmes ſentimens que leur Oncle
auſſi-bien que tous les autres parens de
ce Milord , ils s'unirent tous les uns
avec les autres pour ne pas ſouffrir que
un Tyran s'emparât de la Couronne ,

comme il témoignoit aſſez que c'étoit
là ſon deſſein. Ce n'étoient pas eux
ſeulement qui avoient cette penſée-là
de Cromwel, tous les autres en avoient
le même ſentiment, quoiqu'ils n'aimaſ-
ſent ni la mémoire du Roi défunt ni la
perſonne de ſon Fils. Cromwel qui faiſoit beaucoup de dépenſe en Eſpions &
qui étoit averti de toutes choſes à point
nommé, ayant ſçu ce que les Brown
tâchoient de faire contre lui, & que les
peuples le taxoient d'une trop grande
ambition, fit arrêter les enfans de ce
Milord, & prit d'autres meſures que
celles qu'il avoit priſes auparavant pour
s'inſtaller ſur le Trône. Ainſi au lieu de
ſonger davantage à ſe mettre la Couronne ſur la tête, il réſolut de différer
ſon deſſein juſques à ce qu'il en trouvât une occaſion plus favorable. Il commença donc à parler de mettre le Royaume en République, & ſa réſolution
ayant extrêmement plu à tous les Anglois, juſques aux grands Seigneurs
qui prétendoient que tout le pouvoir ſeroit entre leurs mains après cela, ou du
moins qu'ils y auroient auſſi bonne part
que les autres, on vit dans un moment
ôter des Regiſtres publics le nom des
Rois,

Rois, afin d'en abolir entierement la
mémoire. On arracha aussi de la Bourse, la figure de Charles I. & la canaille l'ayant traitée avec toute l'indignité
qu'on pouvoit attendre d'un peuple fu-
rieux & passionné, pour rendre cette
journée encore plus mémorable, on
fit des feux de joye par toute la Ville
à la Naissance de cette nouvelle. République.

Brown fut conduit au Château de
Talmouth où la fille du Gouverneur en
étant devenuë amoureuse, il lui proposa de faciliter son évasion & qu'il
l'épouseroit. Il sçavoit que le dessein
de Cromwel étoit de lui faire couper
la tête, & cette fille qui le sçavoit bien
aussi ne trouvant rien de difficile pour
lui sauver la vie, travailla dès le jour
même qu'il lui en eut fait la proposition, à la faire réüssir. Elle le fit déguiser après s'être assurée d'un Bâti-
ment pour les passer tous deux en Irlande : Ils sçavoient bien qu'ils y seroient en sûreté, & que toute la question étoit d'y pouvoir arriver sains &
sauves. Et en effet, ce Royaume où la
Religion Catholique est la Religion
dominante, s'étoit déclaré en faveur

du Prince de Galles, fur le bruit qui couroit que fon pere l'avoit fait élever dans la même Religion qu'il profeſſoit lui-même ſecrettement. Ce fut ainſi que Brown ſe ſauva pendant que Cromwel fit arrêter ſon pere à qui il réſolut de faire faire ſon Procès comme étant complice de tout ce que ſon fils avoit fait : ainſi, il lui fit donner des Commiſſaires, & l'ayant fait conduire à Exceſter où ces Commiſſaires s'étoient rendus, il mourut de frayeur le lendemain qu'il y arriva. Le bruit courut pourtant que Cromwel l'avoit fait empoiſonner, afin qu'on ne lui pût pas reprocher d'avoir fait mourir une perſonne de Qualité pour une choſe dont il étoit plutôt digne de louange que de blâme. Mais ce n'a été qu'injuſtement qu'on lui a imputé un ſi grand crime, & il en avoit déja commis aſſez d'autres ſans qu'il fût beſoin de lui ſuppoſer encore celui-là pour le rendre odieux.

Cependant comme ce Tyran ne voyoit point de moyen de s'emparer jamais de la Couronne, tant qu'il laiſſeroit quelque pouvoir aux Gens de Qualité qui n'étoient pas d'humeur à lui vouloir obéïr, il supprima bientôt la Chambre haute, & ne laissa qu'à celle des Communes le pouvoir qu'elles avoient accoûtumé d'avoir toutes deux; & la jalousie que les personnes qui ne sont pas de condition ont pour celles qu'elles voyent au-dessus d'elles par leur naissance, fit que le peuple lui donna mille bénédictions d'avoir fait un coup comme celui-là. Il crut que c'étoit véritablement alors qu'il commençoit à devenir libre, puisqu'après l'avoir délivré de la servitude d'un Roi qui le vouloit non-seulement assujettir, mais encore lui faire changer de Religion, il le délivroit encore de celle des Seigneurs. Il croyoit les devoir haïr, parce qu'il en soupçonnoit plusieurs d'aimer encore la Royauté; & que d'ailleurs, il trouvoit que le faste qu'ils étaloient aux yeux du Public avoit du moins quelque rapport à la tyrannie. Devant que ceci arrivât, ce peuple qui est assez inconstant naturellement, après avoir vu mourir leur Roi sur un échafaud, & y avoir beaucoup contribué, se mit en tête de venger sa mort, ou plutôt de piller sous ce prétexte quelques Maisons qui avoient la

réputation d'être bien remplies. Celle
du Colonel Malmey étoit de celles-là,
& comme c'étoit à lui que Cromwel
avoit confié la garde de ce Prince depuis qu'il avoit été arrêté, une troupe
de jeunes apprentifs aufquels fe joignirent toutes fortes de gens, s'en furent
chez lui, l'accufant d'avoir plus contribué que perfonne à fon malheur. Ils
firent même courir le bruit, quelques
jours auparavant, que ç'avoit été lui
qui en avoit été le bourreau. Ainfi,
comme il ne faut qu'une couleur pour
animer des féditieux, ceux-ci ne fe
furent pas plutôt affemblés au nombre
de cinquante que leur troupe fe groffit
à vuë d'œil. Les Emiffaires que Cromwel avoit par la Ville lui en donnerent avis en même temps, & un d'eux
ayant fait la même chofe à l'égard de
Malmey dans l'efpérance qu'il en feroit
reconnoiffant, celui-ci eut le temps de
s'enfuir par-deffus les tuiles de fa maifon. Cromwel que l'on n'avoit pas
trouvé à Wittheal ne put arriver affez à
temps à la maifon de ce Colonel pour
empêcher qu'il ne fût pillé. Ils en em-
porterent tout ce qu'il y avoit de bon
& de meilleur, & les habits des quatre

Bourreaux s'y étant trouvés dans une ar-
moire qu'ils avoient enfoncés, il y en
eut un qui les mit au bout d'un bâton
& les montra au peuple comme une
preuve qu'ils ne l'accufoient pas injufte-
ment d'avoir été le bourreau de leur Roi.
Cette vuë caufa une grande indignation contre lui, tant de la part de ceux
qui étoient encore affectionnés à la
mémoire de ce Prince que de ceux qui
ne l'étoient pas : car comme il n'y a
perfonne qui n'ait horreur d'une action
comme celle-là, leur paffion ne fut pas
affez grande pour leur faire excufer un
crime dans un homme qui, dans le
pofte où il étoit, devoit avoir des fentimens plus généreux & plus relevés.

Pendant que chacun le condamnoit,
il y eut un de fes voifins qui l'avoit
vu paffer par-deffus les tuiles de fa
maifon, qui vint annoncer à ces mutins l'endroit où il s'étoit retiré. Ils s'y
transportèrent à l'heure même, & l'ayant
trouvé caché dans un trou, ce fut un
miracle comment ils ne le tuèrent pas
fans lui donner le temps de fe juftifier.
Comme le Maître du logis où il étoit,
étoit de fes amis, il l'étoit venu avertir
de moment à autre de tout ce qui fe

E 3

BIBLIOTHEQUE ROYALE

paſſoit chez lui & de tout ce qui s'y
diſoit ; il ſçavoit ainſi qu'ils l'accuſoient
d'avoir fait mourir le Roi de ſa main ,
& que les habits que l'on avoit trouvé
chez lui en augmentoient encore la
penſée : il ſe jetta d'abord à leurs pieds,
les priant de ne le point condamner
ſans l'entendre. Il ſe trouva , par bonheur pour lui, parmi cette troupe, quelques gens à qui il avoit fait gagner de
fois à autre de l'argent ; ainſi ceux-ci
empêchant les autres de lui faire du
mal, ils lui donnerent le temps de ſe
juſtifier. Il leur dit qu'il n'y avoit rien
de ſi aiſé à lui que de le faire , & que
tels & tels l'avoient vu dans un tel endroit , & même lui avoient parlé dans
le temps qu'on éxécutoit le Roi. Les
gens qu'il nomma étoient des perſonnes d'honneur & demeuroient aſſez près
de-là ; l'un de ces ſéditieux ſe détacha
à l'heure même pour en aller ſçavoir la
vérité ; & ayant rapporté aux autres
qu'il ne leur avoit rien dit que de vrai ,
ils ſe contenterent d'avoir pillé ſa maiſon ſans lui faire de mal davantage.
Ils trouverent en ſe retirant Cromwel
qui venoit pour appaiſer ce deſordre :
il avoit quelques gens de guerre avec

lui ; mais ne trouvant pas qu'il y eut
de sûreté à les mettre aux mains avec
cette populace qui étoit en bien plus
grand nombre , & qui étoit armée les
uns d'une façon & les autres d'une autre , il se contenta d'en remarquer les
Principaux. Il les désigna ensuite à ses
Espions & ayant sçu qui ils étoient ,
ils lui en firent leur rapport. Il les fit
prendre lorsqu'ils étoient dans leur lit
& qu'ils y pensoient le moins , & les
ayant fait conduire sans bruit à Hicu-
gett, prison destinée pour les Criminels,
il les y fit étrangler.

L'Ecosse suivit l'éxemple de l'Irlande
& se déclara pour le Prince de Galles.
Elle le fit apparemment pour effacer, en
se déclarant ainsi pour lui, la tache
qu'on lui pouvoit reprocher, d'avoir
eu des Sujets qui avoient livré leur
Roi à ses Ennemis. Elle résolut de faire
corps à part de l'Angleterre & de faire
remonter ce jeune Prince sur le Trône.
Il avoit perdu quelques Batailles devant la mort de son pere , ce qui l'avoit
obligé de sortir hors du Royaume ,
de-peur qu'ils ne lui fissent le même
traitement qu'ils lui avoient fait. Il
avoit eu bien de la peine à trouver

retraite quelque part & encore moins
du fecours, parce que la Politique, qui
eft ce qui fait agir ordinairement les
Puiffances, avoit fait fermer les yeux
à fon malheur à la plûpart de celles à
qui il s'étoit adreffé pour en tirer. Il
n'en devoit point efperer plus naturellement que de la France, la Reine fa
mere étant propre fœur du feu Roi &
tante de celui qui étoit préfentement
fur le Trône. Il en pouvoit pourtant
prefque efperer autant de l'Efpagne,
Philippe IV. qui régnoit alors ayant
époufé la fœur de cette Princeffe. Mais
ces deux Etats qui étoient en guerre
l'un contre l'autre depuis fi long-temps,
ayant plus de foin de fe faire du mal
que de prendre le parti d'un Prince
opprimé, l'un s'excufa fur les divifions
inteftines qui le déchiroient, pendant
que l'autre le fit fur l'impuiffance où le
réduifoit une guerre de plufieurs années. L'excufe de l'un étoit pourtant
bien plus légitime que celle de l'autre,
puifqu'effectivement nos troubles continuoient toujours, quoiqu'ils femblaf-
fent en quelque façon appaifés par le
Traité dont j'ai parlé ci-devant. Quoiqu'il en foit, le Parlement d'Ecoffe ;

qui avoit envoyé vers Sa Majesté Très-
Chrétienne pour la prier de concourir
avec lui au bon desséin qu'il avoit en
faveur du Prince de Galles que l'on ne
laissoit pas de nommer Roi d'Angleterre quoiqu'il fut chassé de son Royaume, n'en ayant point reçu d'autre réponse que celle que je viens de dire
maintenant, il s'adressa à la Hollande
à qui il demanda le même secours. A
Cette République que l'on n'a jamais
accusé de pécher contre la politique,
avoit tous les jours tant de Démêlés
avec l'Angleterre, tantôt pour la pêche
des Harangs, tantôt pour le Commerce des Indes, tantôt pour le Pavillon;
& enfin pour un nombre infini d'autres
choses, qu'elle ne jugea pas à propos
d'employer ses forces de ce côté-là.
Elle crut au-contraire qu'elle devoit favoriser tant qu'elle pourroit les desséins
de la nouvelle République; afin que
n'étant pas plus qu'elle, & même qu'é-
tant plus nouvelle, elle se pût affranchir de quantité de choses que les Rois
d'Angleterre prétendoient exiger d'elle
sous prétexte qu'il y avoit bien de la
différence entre un Royaume ancien
& puissant, & un Etat qui ne s'étoit

E 5

formé que durant le Siécle précédent.

Cromwel fut averti par les Espagnols qui avoient déja résolus d'envoyer un Ambassadeur à la nouvelle République, des démarches des Ecossois, & de la réponse qu'ils avoient reçus de toutes ces Cours aussi-bien que d'eux-mêmes. Il avoit déjà sçu quelle avoit été la résolution de leur Parlement, ce qui lui avoit fait envoyer des gens en ce Pays-là pour tâcher de le réünir avec celui d'Angleterre dont il vouloit se séparer ; mais l'espérance que les Ecossois avoient de recevoir du secours des Puissances voisines, leur avoit fait boucher les oreilles à toutes ces propositions. Cependant, Cromwel étant ravi d'apprendre qu'ils étoient trompés, redoubla ses instances auprès d'eux pour faire en sorte qu'ils les écoutassent mieux qu'ils n'avoient fait. Ce qui empêchoit que les Ecossois ne fussent portés à lui accorder ses demandes, c'est qu'il y avoit toujours eu une certaine jalousie entre ces deux Etats, ainsi que j'ai rapporté ci-devant. L'Ecosse prétendoit donc qu'elle n'auroit jamais une occasion si favorable,

que celle-là pour s'affranchir du joug
que l'Angleterre lui avoit toujours
voulu impofer ; & que, foit que ces
deux Royaumes repriffent leur ancienne forme, ou que l'un demeurât en
Monarchie & l'autre en République,
il leur feroit toujours avantageux de
s'unir à leur Roi qui ne manqueroit
pas d'en avoir de la reconnoiffance en
temps & lieu.

Cromwel qui voyoit que c'étoit-là
la pierre d'achoppement, crut rompre
la glace tout-d'un-coup en propofant à
ces Peuples de les faire entrer en concurrence en toutes chofes avec les Anglois. La propofition leur plut effectivement, & la plûpart ayant été d'avis
de s'unir avec lui en prenant leur fûreté
là-deffus, il y en eut d'autres qui foit
qu'ils pénétraffent mieux dans l'avenir
ou qu'ils euffent de l'affection pour leur
Roi, leur remontrerent que quelque
Traité qu'ils puffent faire avec les Anglois, ils le rompoient d'abord qu'ils
en trouveroient l'occafion ; que cette
concurrence fi defirée ne pouvoit jamais
venir par leur canal ; qu'ils étoient trop
fiers & trop glorieux naturellement
pour permettre jamais qu'ils s'eftimaf-

fent leurs égaux, à moins que celui
qui leur commanderoit ne les y obli-
geât. Ayant aigri les efprits les uns
contre les autres, il s'éleva en même
temps une guerre civile dans cet Etat;
les uns voulurent qu'on s'accommodât
avec Cromwel & les autres qu'on ré-
tablît le Roi fur le Trône : un Parti
fe trouva néanmoins bien plus fort
que l'autre, & ce fut celui qui tint
pour Cromwel. Midleton, homme de
qualité du pays, fe fit chef de ceux qui
tenoient pour le Roi, & il entretint la guerre pendant je ne fçai combien de temps dans le Royaume, fans
avoir pour ainfi dire, ni troupes ni
argent. Il fe retira dans les Montagnes
quand il vit qu'il n'étoit pas en état
de tenir la campagne, & il étendit
fes contributions fi loin qu'il voulut
même faire contribuer jufqu'à la Ville
d'Edimbourg. Perfonne n'en ofa plus
fortir fans courir rifque de tomber entre les mains de ceux de fon parti. La
rançon qu'il tira de fes prifonniers lui
aida à faire fubfifter le peu de Troupes
qu'il avoit, auffi-bien que le bon ordre qu'il apporta aux contributions &
au pillage.

Le Parlement d'Ecosse qui ne se voyoit pas en sûreté non-plus que les autres, mit sa tête à prix, après lui avoir
fait diverses propositions pour lui faire
mettre les armes bas ; mais il étoit si armé des siens, parce qu'il ne faisoit d'injustice à personne & qu'il avoit le don
de contenter tout le monde, que, quoique le Parlement eut promis une grosse
récompense à celui qui tremperoit la
main dans son sang, il n'y en eut pas
un seul qui se mit en devoir de l'éxécuter. Le Parlement qui avoit cru que la
grandeur de la somme qu'il promettoit
en pourroit tenter quelqu'un & qu'il se
trouveroit délivré par-là d'un homme
qui désoloit entiérement le Pays, voyant
qu'il s'y étoit attendu inutilement, prit
le parti de lui chercher lui-même des
assassins. Il en trouva quatre qui lui firent serment, sous la promesse qui leur
fut faite d'une grosse récompense, dont
il leur fit avancer une partie, de mourir
bien-tôt en la peine, ou de lui apporter
sa tête. Ils partitent tous quatre d'Edimbourg bien résolus d'éxécuter leur dessein ; mais Midleton en ayant été averti
par un de ses amis qui étoit dans le Parlement, & que ces quatre hommes se

préfenteroient à lui fous prétexte de lui
faire offre de fervices, il les fit arrêter
en arrivant. Ils voulurent d'abord nier
toutes chofes ; mais comme il les avoit
fait féparer, ils fe couperent bien-tôt &
convinrent à la fin qu'ils n'étoient venus
que pour l'affaffiner. Le Parlement ne
fçut point qu'ils euffent été arrêtés &
s'attendoit tous les jours qu'on lui vint
dire que Midleton avoit été tué ; mais
un bon matin on lui vint annoncer une
autre nouvelle qui ne lui fut pas fi agréable; ce fut qu'on avoit apporté les corps
de ces quatre hommes jufqu'à demi-
lieuë d'Edimbourg, & qu'ils avoient été
mis fur le grand chemin comme on a
coûtume d'y mettre les mal-faiteurs qui
ont paffé par les mains de la juftice, ce
qui lui fit connoître que fon argent
étoit perdu auffi-bien que fes efpérances.
Cromwel ayant ainfi trouvé moyen de
divifer cet Etat & de n'en rien plus appréhender, ne fongea plus qu'à établir
fon autorité fous un autre nom que
celui de Roi pour qui les Anglois témoignoient trop d'averfion pour ôfer
encore y prétendre. Il avoit établi d'a-
bord un Confeil d'Etat, compofé de
quarante Perfonnes dont la plûpart

avoient été Commiffaires du feu Roi ;
ainfi comme ils n'étoient pas moins
criminels que lui, & qu'ils avoient
tous intérêt à ne point faire monter le
Roi fon fils fur le Trône, il n'eut qu'à
prendre garde à ceux qui fe laiffoient
un peu trop emporter, au préjudice de
fes intentions, à mettre tout le pouvoir entre les mains de la nouvelle République, pour régner fouverainement
fur cette Nation. Il fit couper la tête
cependant à quelques prifonniers de
guerre qu'il avoit fait dans un combat qu'ils lui avoient donné pour délivrer le Royaume de fa Tyrannie ; &
comme c'étoient des perfonnes de condition & qui appartenoient aux premieres Maifons du Royaume, cela
lui aliéna encore le cœur de la haute
Nobleffe qui n'étoit déja que trop ul-
cérée contre lui par la fuppreffion de
la Chambre-haute.

Il ne fe mit pas en peine de la regagner de quelque temps, parce qu'il ne
pouvoit fe rendre le peuple favorable
qu'en paroiffant fe déclarer contr'elle.
Cependant comme il fçavoit qu'il auroit befoin d'elle auffi bien que de lui
pour venir à bout de fes grands def-

fein, il lui rendit fous main tous les
services dont il fe put aviser, & la
fit même affurer fecrettement que le
temps viendroit bien-tôt qu'il prendroit fon parti, au préjudice de celui du peuple. Il y en eut qui lui vouloient tant de mal qu'ils prirent plaifir de divulguer ce qu'il leur avoit
fait dire en fecret ; mais le peuple qui
croyoit voir le contraire par fes actions, prit pour une médifance ce qui
n'étoit pourtant que la vérité, & ne
l'en aima que davantage. Auffi le Parlement qui n'étoit compofé que de
gens à fa dévotion, le déclara quelques
jours après, Généraliffime des Armées
de la Républipue, & lui donna pouvoir en même temps de difpofer de
toutes les charges qui avoient du rapport à cette dignité. Mais afin qu'il y
pût paroître honorablement, il lui
adjugea tous les revenus du Roi & y
joignit encore plufieurs droits nouveaux avec quelques confifcations. Il
devint donc plus riche en un moment
que n'avoit jamais été aucun Souverain qui eut commandé l'Angleterre,
ce qui eft affez extraordinaire pour un
Tyran. On lui accorda auffi une fom-

me de quatre-vingt mille guinées par mois pour l'entretien de son Armée ; & comme son intérêt étoit de demeurer toujours puissamment armé, il se servit du prétexte que Charles II. avoit beaucoup d'amis & de créatures dans le Royaume, afin d'augmenter plutôt ses Troupes que d'y faire quelque réforme.

Il ne ressembla pas au Cardinal Mazarin dont tout le soin & toute l'étude n'étoit que d'amasser de l'argent. Il dépensa avec plaisir tout celui qu'il put retirer ; mais en des dépenses solides & qui faisoient voir qu'il n'étoit pas moins politique qu'ambitieux. Il en gratifia les gens de guerre, & se les étant attaché par là, quoiqu'il en fût déjà aimé si éperdument qu'on put dire qu'il en étoit adoré ; il se mit en état par leur moyen de se rendre redoutable à tous ceux qui lui en vouloient ou qui étoient jaloux de son autorité. Cependant comme il sçavoit que la Religion est un frein pour retenir les peuples & pour imprimer du respect pour le Gouvernement, il assembla des Théologiens pour convenir d'un Formulaire de Foi qui put con-

tenter tout le monde ; car dans la mul-
tiplicité de Sectes qui régnoient dans
ces Pays-là , les uns vouloient une
chose & les autres une autre , & cette
diversité de sentimens étoit capable
d'ébranler les fondemens qu'il preten-
doit jetter de son nouveau pouvoir. Il
donna ordre pareillement de faire équi-
per une belle Flotte , & en ayant fait
donner le commandement à ses créatures , il songea de punir l'Irlande
d'avoir osé entreprendre de déclarer
Charles II. pour son Roi. Il passa lui-
même dans ce Royaume à la tête d'une
belle Armée, & croyant qu'il n'y paroî-
troit pas si-tôt que tout plieroit sous ses
volontés, il fut bien étonné de voir qu'il
étoit bien éloigné de son compte.

Le Duc d'Ormond commandoit en ce
Pays-là en qualité de Viceroi. C'étoit
lui qui avoit fait en sorte, dans la cons-
ternation où s'étoient trouvés tous ces
Peuples à la nouvelle de la mort de
leur Roi , de les retenir dans l'obéïssance qu'ils devoient au Roi son
fils. Il étoit pourtant bon Protestant ;
mais comme il n'y a point de Religion qui puisse dispenser de l'obéïssance que l'on doit à son Souverain,

le zéle qu'il avoit pour la fienne &
qui avoit fervi de prétexte à Cromwel pour lui faire abbatre la tête de
fon Roi , n'avoit pas empêché qu'il
n'eût fait tout ce qu'un homme de bien
eft obligé de faire en femblable occafion. La réputation de Cromwel qui
s'étoit étenduë dans les trois Royaumes à caufe de quelques avantages
qu'il avoit remporté en Angleterre
& en Ecoffe contre ceux qui avoient
ofé prendre le parti du Roi , commença à ôter le cœur aux Irlandois
avant même qu'il fe fût encore embarqué pour y venir. Ainfi chacun fe
retirant dans Dublin & dans les autres
Places où ils fe croyoient le plus en
fûreté , bien loin de raffurer par leur
nombre la garnifon qui y avoit été
mife pour défendre la Place quand ce
Tyran fe préfenteroit devant, lui com-
muniquerent leur crainte par celle qui
paroiffoit répanduë fur leur vifage.
Cromwel n'eut pas plutôt paffé la
Mer , que fans s'amufer aux petites Places , il marcha droit à la Capitale. Il
y mit le fiége & fe trouva lui-même
à l'ouverture de la tranchée qu'il fit
tracer affez près des murailles ; mais

apprenant que les ennemis se fortifioient dans Drogheda Ville située sur la Riviere de Boine & qu'il seroit difficile de les en chasser, s'il leur donnoit le temps d'y faire tout ce qu'ils prétendoient, il laissa la conduite de ce siége au Colonel Jones, & fut faire lui-même celui de cette Place. Jones eut assez bon marché de Dublin, pendant que Guillaume Tablot qui a été depuis Duc de Tirconnel & qui s'étoit jetté dans Drogheda où il commandoit la Cavalerie, arrêta quelques temps Cromwel par le grand nombre de sorties qu'il fit sur lui. Ce n'étoit pourtant encore là que son apprentissage dans le métier de la guerre où il ne s'est jamais même montré trop habile. Son fort effectivement n'a pas été d'égaler en cela ni le Prince de Condé ni le Vicomte de Turenne ; mais en récompense sa fidélité a été plus grande que la leur, puisque l'un a porté les Armes plusieurs années de suite contre son Roi & que l'autre n'a pas été exempt lui-même de ce défaut, quoiqu'il ait été un des plus grands hommes non seulement de ce siécle, mais encore de tous les siécles passés.

Auffi eft-ce là la feule tache que l'on puiffe trouver dans fa vie ; & fi on pouvoit l'en effacer, il y a peu de Héres qui lui fuffent comparables.

Drogheda ayant arrêté Cromwuel plus qu'il ne penfoit, il réfolut de ne pas pardonner à cette Ville qui ne lui pouvoit pas échapper, parce que le Duc d'Ormond n'avoit point de Troupes en Campagne capables de lui en faire lever le fiége. Ce qui l'anima encore davantage contre elle, c'eft que quoiqu'il y eut déja uneBréche capable d'y donner l'affaut, elle ne voulut point entendre parler de Capituler. Il ne voulut pas néanmoies fe preffer autrement de le donner, parcequ'il avoit déjà éprouvé tant de fois la valeur des Affiégés, qu'il vouloit applanir à fes foldats toutes les difficultés qui pouvoient fe rencontrer à fon deffein : Ainfi n'ayant rien oublié pour ce qui regardoit les mineurs & pour toutes les autres chofes qui conviennent dans une occafion comme celle-là, il fit tirer trois volées de canon qui étoient le fignal dont il étoit convenu avec fes Troupes quand il feroit temps qu'elles marchaffent aux ennemis. Il s'y trouva

lui-même pour les obliger d'y faire
leur devoir ; mais les Affiégés les ayant
repouffés jufques à deux fois, il couroit grand rifque de ne les y pas voir
retournes la troifieme , s'il n'eut pris
lui-même un Drapeau de la main d'un
Enfeigne qui s'enfuyoit , & n'eut dit
à ceux qui l'accompagnoient dans fa
fuite , que peut-être ne l'abandonne-
roient-ils pas dans le deffein qu'il avoit
de recouvrer leur honneur. Il s'en fut
de ce pas vers la Bréche , fans regarder
s'ils le fuivoient ou non ; mais ils
n'avoient garde d'y manquer, & il leur
en avoit plus dit par ce peu de paroles que s'il leur eut fait toute
fortes de reproches. Il planta lui-même ce Drapeau fur le pied de la Bréche , & cette action qu'il fit à la vuë
de tous les fiens leur ayant redonné
du courage , ils forcerent ceux qui
gardoient la Bréche & les pafferent tous
au fil de l'épée.

La Ville ayant été prife d'affaut de
cette maniere, il la donna au pillage
à fes foldats. Il y firent un nombre infini de cruautés , & ils n'y pardon-
nerent ni aux vieillards ni aux enfans.
Les femmes n'y furent guéré mieux

traitées, quoiqu'on ait du respect ordinairement pour leur sexe. Enfin, rien
ne manqua à cette Ville pour la ruïner
entierement, si non qu'on n'y mit pas
le feu ; & c'est ce que le soldat insolent & brutal n'eût pas manqué aussi de
faire, si Cromwel, qui croyoit l'avoir
assez punie, ne l'en eût empêché.

D'abord qu'il eut donné ses Ordres
pour réparer les fortifications & les
murailles que le Canon & les Mines
avoient abbatuës, il marcha contre
Wexford, Capitale d'une Comté qui
porte ce nom-là. Elle voulut se défendre à l'exemple de Drogheda ; le Gouverneur y fit même son devoir aussi-
bien que la Garnison : mais comme la
Ville étoit beaucoup plus remplie de
Protestans que de Catholiques, &
qu'ils desiroient de tomber sous la
puissance de Cromwel, ils lui donnerent avis que vers le point du jour
les Assiégés pourroient être surpris,
parce qu'ils se reposoient sans croire
qu'on les dût attaquer en ce temps-là.
Cromwel n'eut garde de manquer cette
occasion. Il fit monter ses Gens à
l'assaut par une Bréche que le Canon
avoit faite, & où il pouvoit entrer

vingt hommes de front. La Sentinelle ne les apperçut que quand ils furent au haut, & ceux qui la gardoient étant encore à moitié endormis, quand ils se présenterent pour la défendre, les Assiégeans en eurent bon marché. Les Habitans avoient demandé en donnant cet avis qu'on les éxemptât du fil de l'épée ; mais comme ils avoient oubliés de demander en même temps qu'on les sauvât aussi du pillage, parce qu'ils supposoient que l'un étoit la suite de l'autre, ils se trouverent bien loin de leur compte. Cromwel qui vouloit mettre le Soldat en œuvre, abandonna tout à leur discrétion & se contenta de leur défendre le viol & le meurtre. Cependant ses Ordres furent mal éxécutés à l'égard des Catholiques, & ils commirent mille desordres en leur personne sans que ce Génétal fit semblant d'y prendre garde.

Le désastre qui étoit arrivé dans ces deux Villes, fit qu'il trouva une furieuse résistance dans celle de Dungarvan qu'il fut assiéger ensuite. Tous les Habitans presque en étoient Catholiques, tellement que ne doutant point qu'il ne les traitât avec la même rigueur

gueur qu'il avoit traité ceux de Drogheda, ils se promirent les uns aux autres
de s'ensevelir sous les ruïnes, plutôt
que de se rendre. Ils firent le même
serment au Gouverneur, & il n'y eut
point jusques aux femmes qui pour seconder le dessein de leurs maris ne
fussent travailler elles-mêmes aux bré-
ches qui se trouvoient encore en quelques endroits de la Ville, lorsque l'ennemi arriva devant. Cromwel ne se
trouva que plus animé par-là, &
ayant fait dresser deux batteries de douze piéces de canon chacune, il commença à battre la Ville si rudement
que depuis qu'il étoit entré dans le Royaume, on n'avoit encore rien vû de
semblable. La garnison ne s'en étonna
pas non plus que les Habitans, & s'é-
tant rués sur ceux qui travailloient à
la Tranchée, il en firent une telle bou-
cherie qu'il n'y eut que les fuyards qui
se purent sauver de leurs mains. Ils
comblerent en même temps tout le travail qu'ils avoient fait, & cet affront
fut si sensible à Cromwel qu'il ne le
put déguiser à ceux qui approchoient
de sa personne. Les jours suivans, il y
reçut presque le même échec, telle-

ment que défefpérant de venir à bout de
fon entreprife, il décampa à la fourdi-
ne de peur d'y perdre le refte de fon
Armée.

La prife de Dublin & celles de Drag-
heda & Wexford avoient beaucoup réjouï à Londres ceux qui étoient dans
fes intérêts. Ils l'avoient élevé jufqu'au
Ciel, après ces conquêtes, & publiés
hautement qu'il n'appartenoit qu'à lui
de faire tant de miracles avec fi peu
de monde : Car quand il étoit entré
dans ce Royaume, il n'avoit pas plus
de quinze à feize mille hommes, au lieu
que le Viceroi en avoit deux fois autant.
Il eft vrai que ceux-ci étoient gens peu
aguerris & même mal armés, ce qui
diminuoit beaucoup de fon triomphe.
Cependant ceux qui venoient ainfi de
lui donner de l'encens, ne fçachant
maintenant comment faire pour excu-
cufer ce qui venoit de lui arriver devant Dungarvan, ils furent fi honteux
d'être obligés de changer de langage
que s'il ne les eût lui-même tiré de
cet embarras, ils étoient pour demeurer long-temps dans la confufion. Mais
il manda au Parlement d'Angleterre,
en lui annonçant cette méchante nou-

velle, que son Armée qui se trouvoit
diminuée par les Garnisons qu'il avoit
été obligé de jetter dans les Villes qu'il
avoit prises, & par la perte qu'il y
avoit faite, s'étoit trouvée si foible en
arrivant devant l'autre Place, qu'il
n'avoit jamais bien eu le dessein de
l'assieger ; qu'il avoit voulu la tâter
seulement pour voir si elle ne seroit
point intimidée de ce qui étoit arrivé
à Drogheda & à Wexfort, & si cela
ne la porteroit point à se rendre ; qu'il
avoit ainsi demeuré huit jours devant,
mais que voyant qu'il ne falloit pas
s'y attendre, il avoit jugé à propos
de tourner ses Armes d'un autre côté.
Qu'ainsi il étoit besoin pour l'honneur
de la République de lui envoyer du
renfort de peur que les Rebelles le voyant si foible, ne se portassent plus
que jamais à entretenir leur révolte.

Le Parlement fit faire en même
temps une nouvelle Levée, tant de
Cavalerie que d'Infanterie, pendant
que Cromwel crut qu'il pouvoit aller
décharger sa Colere sur la Ville de
Waterford, mais il y trouva la même
résistance qu'il avoit faite devant Dungarvan ; de sorte qu'il fut encore obli-

gé d'en lever le fiége. Deux événe-
mens fi favorables aux Armes du Viceroi firent que croyant qu'il fe pourroit défendre, pour peu qu'il fût fecouru, il fit paffer la Mer à deux perfonnes de confiance avec ordre à l'une
d'aller trouver Charles qui étoit en Hollande dans l'une des Terres du Prince
d'Orange, & à l'autre de s'acheminer en France où étoit toujours la Reine
d'Angleterre. La Princeffe d'Orange
étoit fœur de Charles, & c'étoit ce
qui lui avoit fait chercher fa retraite
en ce Pays-là, d'autant plus qu'il y
étoit plus à portée que dans un autre endroit, de fçavoir ce qui fe paffoit en Angleterre où il fçavoit que
fa Maifon avoit encore beaucoup d'a-
mis & de ferviteurs. Mais outre que
la politique ne permettoit pas aux Etats
de troubler les deffeins de la nouvelle
République, le Mariage du Prince
d'Orange avec cette Princeffe lui étoit
dévenu fi fufpect, qu'elle ne croyoit pas devoir beaucoup contribuer
à le rendre encore plus puiffant en
faifant remonter fon beau-frere fur le
trône. Et en effet le Prince d'Orange,
ou pouffé d'ambition, ou par un feu

de jeuneſſe, car il n'avoit pas encore vingt ans, entreprit de s'emparer d'Amſterdam ; mais ce deſſein ne lui ayant pas réüſſi, Charles en reſſentit le contre-coup par le refus qui lui fut fait tout de nouveau, de lui donner aucun ſecours pour faire rentrer ſes Sujets dans le devoir. Les Etats avoient déjà reconnus la République d'Angleterre en lui envoyant un Ambaſſadeur. Or l'Eſpagne & la Suede firent auſſi la même choſe ; mais l'une bien plus finement que l'autre. L'Eſpagne ſe contenta de ne point rappeller ſon Ambaſſadeur, pendant que la Suede y en envoya un tout nouveau. Le Portugal & quelques autres Puiſſances ſuivirent encore bien-tôt leur exemple. Il n'y eut que le Roi Très-Chrétien qui ſe montra moins prompt que les autres à lui donner de l'encens. Il trouva qu'il lui eût été honteux de le faire, lui qui avoit à venger le mari d'une fille de France que ces peuples avoient fait mourir ſi inhumainement. Ainſi, il rappella ſon Ambaſſadeur, ce qui fut encore plus ſenſible à Cromwel que ne l'avoit été l'affront qu'il avoit reçu devant Dungarvan & Waterford. Cette République envoya

auffi des Ambaffadeurs aux Princes qui
lui en avoient envoyés, & en étant
venu un à la Haye, il y fut obligé de
ne point fortir que bien accompagné,
parce qu'il fçavoit que le Prince & la
Princeffe d'Orange ne le pouvoient voir
de bon œil, lui qui venoit d'une part
qui leur devoit être fi odieufe. Le Duc
d'York d'ailleurs étoit auffi dans cette
Ville; & comme il y avoit encore des
Anglois qui avoient mieux aimé fortir
de leur Pays que de s'unir aux Parri-
cides de leur Roi, il trouva qu'il y
avoit à craindre pour lui, qu'ils ne le
priffent à leur avantage & qu'ils ne lui
fiffent un méchant parti.

Les Efpagnols furent ravis quand ils
virent que la France avoit rappellé
l'Ambaffadeur qu'elle avoit en Angleterre; ils bâtirent de grands deffeins
là-deffus: mais comme ils vouloient
voir le nouveau Gouvernement plus
affermi avant que de fe déclarer entiérement, ils ordonnerent à Dom
Alphonfe Marquis de Cardenas, à qui
ils avoient donné le caractére de leur
Ambaffadeur en cette Cour, du temps
de Charles I. de les inftruire éxactement de toutes chofes, avant que de

faire aucune démarche qui pût inté-
reſſer leur honneur. Il ne reſta donc là
d'abord que comme un homme que
l'on avoit oublié & à qui l'on n'avoit
pu encore envoyer ſes ordres à cauſe
de la diſtance des lieux ; mais quand
il vit que la Puiſſance de la nouvelle
République s'affermiſſoit peu-à-peu,
& que Cromwel y devenoit Tout-
puiſſant, il ne tarda guére à paroître
en ce Pays-là, non-ſeulement en la
même qualité qu'il y avoit paru du
temps du feu Roi, mais encore d'y
être ſecondé par le Marquis de Leyde
qui y paſſa quelque temps après comme Ambaſſadeur extraordinaire de cette
Couronne.

Il eſt impoſſible de dire combien
cette démarche fut ſenſible à Charles.
Il en parla à ſes plus Confidens comme
d'une choſe qu'il ne pourroit jamais
oublier, pendant qu'il fut extrêmement édifié de la conduite de la France.
Cette derniere Couronne, pour ne ſe
pas démentir de ce qu'elle venoit de
faire, ne ſçut pas plutôt le déſavanta-
ge que Cromwel avoit eu en Irlande,
qu'elle promit du ſecours à la perſonne que le Viceroi avoit envoyé à la

Reine d'Angleterre. Elle fit plus : comme elle se doutoit qu'après avoir fait rappeller son Ambassadeur, les Espagnols ne manqueroient pas beaucoup de facilité auprès de Cromwel pour tout ce qu'ils voudroient lui proposer, elle envoya un Gentilhomme en Ecosse au Comte de Douglas, afin qu'il assurât les Ecossois qu'elle étoit prête de les assister dans les bons desseins qu'ils avoient pour leur Roi. Ce Comte étoit celui qui étoit venu en Cour lui demander le secours qu'elle lui avoit refusé, ou par politique, ou peut-être à cause de la guerre civile dont elle se trouvoit alors déchirée. Mais l'accommodement qui s'étoit fait entre le Parlement & Elle, lui donnant quelque relâche, elle lui fit dire que si le Parlement d'Ecosse vouloit reprendre les bons sentimens qu'il avoit eu pour Charles II, elle étoit toute prête à le secourir. Douglas qui avoit l'honneur d'être parent du Roi d'Angleterre, & qui d'ailleurs lui étoit affectionné, se tint fort honoré de cette Commission. S'en étant ainsi chargé très-volontiers, il porta le Parlement à rappeller le Roi & à lui mettre la Cou-

ronne fur la tête. Devant néanmoins
que ce Corps y confentît, il voulut
que Charles lui accordât des conditions,
fi fâcheufes à un Roi, qu'il n'y eut que
l'état où il fe trouvoit qui pût l'obliger
d'y foufcrire. Mais les Rois étant con-
traints fouvent auffi-bien que les Particuliers, de céder à la néceffité, ce
Prince fit tout ce qu'il voulut, dans
l'efpérance qu'il viendroit un temps
où il pourroit fe relever de la dureté
des conditions qui lui étoient impo-
fées préfentement.

Pendant que cela fe paffoit, Cromwel après avoir reçu le fecours qu'il
avoit demandé à la nouvelle République, voulut effacer la honte qu'il avoit
reçuë devant Dungarvan & Waterford, par la prife de quelques Places.
Il le fit effectivement, quoiqu'il n'ofa
pourtant attaquer celles-là dont la conquête lui eut été tout autrement glo-
rieufe que celles des autres. Cependant cela n'ayant pas laiffé d'abbatre
le courage des Irlandois, Cromwel re-
paffa en Angleterre fur l'avis qu'il eut
des mouvemens qui fe préparoient en
Ecoffe. Il laiffa la conduite de cette
guerre à l'un de fes gendres nommé

E 5

Ireton. Il l'avoit choisi entre mille autres pour lui donner sa fille, sans prendre garde ni à sa Naissance ni à son Bien. Après l'avoir connu dans les Troupes lorsqu'il n'étoit encore que Lieutenant de Cavalerie, il lui avoit trouvé tant de bravoure & tant de tête, que quoique sa Puissance commençât à égaler celle des plus grands Rois, il ne l'avoit pas jugé indigne de son alliance. Ireton avoit cru d'abord, lorsqu'il la lui avoit proposée, qu'il ne le faisoit que pour éprouver s'il auroit assez d'ambition pour y prétendre, & peut-être pour inférer de-là qu'un homme qui sçavoit si peu se connoître étoit à appréhender. Ainsi, au-lieu d'accepter cet honneur, il s'en étoit éloigné comme d'une tentation à laquelle il n'étoit pas capable de succomber. Cromwel ne fut pas fâché de le trouver si modeste, & l'en estimant encore davantage, il lui dit que ce n'étoit pas pour le tenter comme il croyoit, qu'il lui faisoit cette proposition ; mais parcequ'il l'estimoit assez pour le préférer à tous ceux qui se présentoient pour être les maris de sa fille.

Ce mariage s'étant ainsi achevé, &
Ireton ayant toujours répondu à la
bonne opinion qu'il avoit conçuë de
lui, il furpaſſa tout ce que ſon beau-
pere avoit fait dans l'expédition qu'il
venoit de lui commettre. Il acheva de
conquerir l'Irlande en moins de rien,
& ayant fait tomber devant lui les murailles de Dungarvan & de Waterford
qui s'étoient maintenuës devant Cromwel, il réduiſit ſi bas le parti du Roi
qu'il fut obligé de s'aller cacher dans
les Montagnes. Ireton le pourſuivit juſques-là, & le Chevalier Pouillis qui
étoit à la tête des Troupes Royales s'y
défendit quelque temps, dans l'eſpérance que le ſecours que la France promettoit ne tarderoit guére à arriver ;
mais la ſaiſon de s'embarquer commençant à n'être plus bonne, & apprenant d'ailleurs que les troubles de
ce Royaume recommençoient de plus
belle, ce qui lui fit croire qu'elle ne ſe
déferoit point de ſes forces dont elle
avoit aſſez affaire pour elle-même, il
entendit à un accommodement qu'Ireton lui fit propoſer. Il eſt vrai que ce
qui l'y obligea le plus, c'eſt qu'il ſe
voyoit reſſerré de tous côtés, & en

état de tomber bien-tôt entre les mains
de son ennemi.

Devant que Cromwel arrivât à Londres, il apprit une nouvelle dont il
fut fort irrité. L'Ambassadeur que la
nouvelle République avoit à la Haye
s'y montrant d'autant plus insolent
envers la Famille Royale, qu'il étoit un
de ceux qui avoient osé condamner le
feu Roi à la mort, vingt hommes
masqués l'attaquerent & vengerent dans
son sang celui du Roi qu'il avoit ré-
pandu avec tant d'injustice. Le meurtre
fit peur aux Etats qui ne vouloient
point de guerre avec la nouvelle République; & lui ayant envoyés des
Ambassadeurs avec une Copie des in-
formations qu'ils avoient fait faire de
ce meurtre, sans avoir jamais pu sçavoir sur qui on pouvoit rejetter un
coup si hardi, ils furent assez mal reçus
d'abord, parce que Cromwel prétendoit qu'il n'étoit pas aussi difficile de
s'en éclaircir qu'ils vouloient le lui faire accroire. Et en effet, la commune
opinion, & qui étoit même assez vrai-
semblable, étoit que la chose venoit
de ceux qui touchoient de plus près au
feu Roi. Cependant quand il eut bien

fait le difficile, comme s'il n'eût pas
voulu croire ce qu'on lui difoit, il fut
obligé de fe taire à la fin à caufe de la
guerre dont les Ecoffois le menaçoient.
Ils armoient puiffamment pour rétablir
le Roi fur le Trône comme ils le lui
avoient promis ; & Cromwel faifant
là même chofe de fon côté, il voulut
avant que de fe mettre en Campagne,
tâcher d'appaifer cet orage, fans être
obligé d'en venir aux mains avec eux.
Mais ils avoient pris des mefures trop
étroites avec Charles pour les pouvoir
rompre préfentement, de forte que
quelque Traité qu'il leur eût propofé
cela fut abfolument inutile. Le Parlement d'Ecoffe fe déclara pour lui néanmoins & mit des Troupes fur pied.
Charles choifit pour fon Général un
Gentilhomme de ce Pays-là nommé
Montrofe, d'une fageffe confommée,
& qui avoit rendu fon nom fameux
par quantité de belles actions. Il
avoit foutenu le parti de Charles tant
qu'il avoit cru que fes fervices lui
pourroient être utiles ; mais ayant reconnu malheureufement que la défobéïffance de fes peuples étoit trop générale pour efpérer de le faire remonter

sur le Tróne ni lui, ni ses enfans, il
s'en étoit allé chercher fortune dans les
Pays Etrangers, jusques à ce que les
choses pussent changer de face. Il étoit
passé au service de l'Empereur où il
étoit en si grande estime qu'il n'avoit
point hésité de lui donner le Commandement d'une de ses principales
Armées. Il y avoit soûtenu la réputation qu'il avoit acquise ailleurs par de
nouveaux lauriers qu'il avoit cueilli en
diverses rencontres, & comme Cromwel le connoissoit, il eut plus de peur
de lui seul qu'il n'en eut presque de
tout le parti qui se déclaroit contre lui.

Et en effet, il eut été comme impossible que sa tyrannie qui commençoit à se faire connoître aux Anglois
n'eût été abbattuë à ce coup-là, si la
guerre d'Irlande eût encore subsisté, ou
que la France eût pu assister Charles
comme elle l'avoit promis à la Reine
sa mere. Mais Ireton ayant soumis entiérement le premier de ces Royaumes,
& le second étant en troubles plus que
jamais par la haine qu'on continuoit
de porter toujours à Mazarin, la valeur & la conduite de Montrose succom-

berent bien-tôt fous le nombre , comme je le dirai dans un moment. J'ai déjà touché quelque chofe de ce qui fut caufe des nouveaux defordres de la Cour de France ; mais afin de rien laiffer d'imparfait , il me femble qu'il eſt non-feulement à propos , mais encore très - néceffaire que je reprenne cette affaire où j'en étois demeuré.

Le Prince de Condé qui comptoit toujours que le Cardinal Mazarin ne lui devoit plus rien refufer après les fervices qu'il lui avoit rendus , étant devenu à la fin infupportable à ce Miniſtre par toutes les graces qu'il prétendoit en arracher ; Son Eminence ne l'eut pas plurôt rendu irréconciliable avec le Coadjuteur & avec tous ceux de fon parti par la rufe dont il a été parlé tantôt , qu'il réfolut de s'affurer de fa perfonne. La chofe demeura quelque temps fans éxécution à caufe du Duc d'Orléans que l'on ménageoit fans la participation de l'Evêque de Langres. Le Coadjuteur qui s'étoit chargé de cette affaire y employa la Duchesse d'Orléans fa femme qui étoit jaloufe de ce que fon mari avoit bien plus de confiance en lui qu'en elle. Elle n'étoit

guéres capable de conduire une intrigue comme celle-là, elle qui avoit
beaucoup moins d'efprit que de beauté ;
mais le Coadjuteur ayant fuppléé à ce
défaut par fes bons confeils, il lui dit
que lorfqu'elle le verroit dans un état à
avoir befoin d'elle, & où les hommes
ne fçauroient rien refufer à une femme,
quand bien même, pour ainfi dire,
elles leur demanderoient leur vie, elle
lui fit jurer de lui accorder non-feulement une chofe dont elle avoit maintenant à le prier, mais encore de n'en
jamais parler à perfonne. Le Duc le lui
promit à l'heure même, & lui en eût
encore promis bien davantage dans
l'état où il étoit, fi elle le lui eût demandé ; ainfi cette Princeffe ne faifant
plus de difficulté de lui ouvrir fon
cœur, lui dit que le Prince de Condé
étoit fi entêté de fon mérite depuis
quelque temps, qu'il ne gardoit plus
de mefures avec perfonne, qu'il s'étoit
brouillé avec le Cardinal & avec le
Coadjuteur d'une maniere fi hautaine
qu'il y auroit lieu de s'en étonner, fi ce
n'eft qu'il ne gardoit pas plus de mefures avec lui-même qu'il faifoit avec
les autres ; qu'il venoit de rompre le

bâton d'un Exempt de ses Gardes en
entrant dans son anti-chambre, sous
prétexte que le bout lui en avoit frisé les
cheveux ; qu'il devoit être plus sensible à ce manque de respect qu'il ne le
paroissoit, & ne se pas contenter des
excuses qu'il lui en avoit faites.

Il étoit arrivé effectivement à ce Prince de se porter à cet excès, sans considerer que, tout Prince du sang qu'il
étoit, il ne laissoit pas d'y avoir beaucoup à dire entre lui & un fils de
France, comme étoit le Duc d'Orléans. Ce Duc qui étoit plus sensible à
ses plaisirs qu'à tout le reste, après
en avoir senti quelqu'émotion de colere, de prime abord, comme cela ne
sçauroit manquer dans une rencontre comme celle-là, étoit rentré tout
aussi-tôt dans son assiéte ordinaire,
parce que l'Evêque de Langres qui étoit
revenu dans les intérêts du Prince de
Condé, avoit pris soin de rabbatre les
coups. La Duchesse qui le sçavoit, prit
sujet de là de lui faire voir combien
il étoit indigne de son estime, lui
qui avoit conseillé de ne pas faire plus
de bruit qu'il avoit fait d'une chose
de si grande conséquence. Elle conclut

ainfi de-là qu'il devoit non-feulement
lui cacher fes affaires dorénavant, mais
encore chercher à fe venger d'un Prince fi imprudent & fi hautin. Le Duc
qui étoit d'autant plus fufceptible aux
impreffions qu'on vouloit lui donner,
qu'il étoit plus foible, tomba d'accord qu'elle avoit raifon; tellement
que la Ducheffe voyant les chofes en
fi bon chemin, acheva de le pouffer à
la vengeance par de nouveaux fujets
de jaloufie qu'elle lui donna. Elle lui
reprefenta que la Cour de ce Prince
étoit toujours plus groffe que la fienne & que c'étoit fans doute ce qui
le rendoit fi hardi que de faire tout
ce qu'il faifoit. Enfin elle lui fit comprendre que s'il vouloit augmenter fon
autorité & le reduire à la raifon, il
n'y avoit point de meilleur moyen
pour en venir à bout que de s'affurer de fa perfonne, que le Cardinal
en étoit d'accord auffi-bien que le
Coadjuteur, mais que le fuccès de
cette entreprife ne dépendant que du
fecret, il ne falloit point qu'il en parlât à l'Evêque de Langres; que fans
cela, le Prince de Condé le fçauroit
tout auffi-tôt, & qu'il étoit hom-

me enſuite à ſe raccommoder avec ſon Eminence & à lui faire peut-être tout du 'pis qu'il pourroit.

Le Duc conſentit à tout ce qu'elle voulut ; & lui ayant promis non ſeulement de garder le ſecret, mais encore de voir ſecrettement le Cardinal & le Coadjuteur pour prendre avec eux toutes les meſures néceſſaires dans une occaſion comme celle-là , il lui tint ſa parole, quoique ſon Eminence & le Coadjuteur appréhendaſſent toutes choſes de la foibleſſe ordinaire de ſon eſprit. Le Prince de Condé n'avoit garde de ſe défier de ſon malheur, parce qu'il ſçavoit qu'on n'oſeroit jamais entreprendre un coup comme celui-là ſans la participation du du Duc d'Orléans dont il ſe croyoit aſſuré par le moyen de la Riviere : car il avoit promis à celui-ci d'employer tout ſon crédit pour lui faire avoir le Chapeau de Cardinal ; & comme ce Prélat ſçavoit que ſon Eminence le craignoit , ce qui valloit mieux mille fois avec elle que d'en être aimé, il avoit uni ſes intérêts aux ſiens ſi étroitement que rien n'étoit capable de les rompre.

La Reine qui defiroit par - deffus
tous les autres qu'on s'affurât de la
perfonne de ce Prince que le Cardi-
dinal lui rendit fufpect, vit en particulier le Duc d'Orléans & le Coadjuteur chez un nommé Renard dont la
maifon avoit une porte qui entroit
dans les Thuilleries. Elle y vint par
cette porte à deux heures après minuit, & le Cardinal s'étant rendu *incognito* par le même endroit, le Duc
d'Orleans qui étoit allé tout exprès à
Chaillot fous prétexte d'une partie de
plaifir, fe leva une demi-heure-aupa-
ravant fans que perfonne le fçût que
fon Valet-de-Chambre à qui il avoit
fait accroire qu'il fe levoit pour quelques amourettes. Il fortit fecrettement
de la maifon où il étoit & ayant trouvé Labilloy, qui fût depuis fon Capitaine des gardes, à cent pas de là
avec fon frere, ils l'efcorterent tous
deux jufques chez Renard d'où ils le
ramenerent deux heures après. Le
Coadjuteur fe rendit auffi à ce rendez-vous fans que perfonne n'en fçut
rien, & étant convenus là tous quatre que l'on ne fe faifiroit point du
Prince de Condé que l'on ne fe faifît

en même temps du Prince de Conti
& du Duc de Longueville, la difficulté fut de les raffembler tous trois fans
qu'ils fe défiaffent de leur malheur.
Mr. de Matignon qui étoit proche parent du Duc de Longueville avoit, par
bonheur pour la Reine & pour les
trois autres qui étoient de fa confidence, une affaire au Confeil d'en-
haut dont il follicitoit le Jugement.
Il en avoit parlé plufieurs fois au Cardinal, & en ayant encore entretenu
le lendemain fon Eminence, qui en
matiere de fineffe ne le cédoit à nul
autre, elle crut que cette conjoncture lui étoit favorable pour parvenir
à fes deffeins ; ainfi quoique dans les
autres follicitations que Mr. de Matignon lui avoit faites, elle l'eût comme
affuré que fon affaire étoit indubita-
ble, elle lui parla préfentement fur un
autre ton. Elle lui dit que le Confeil
y trouvoit quelque difficulté & que
tout ce qu'elle lui pouvoit dire en bon
ami étoit de faire trouver, lorfqu'elle
fe jugeroit, tout ce qu'il avoit de
perfonnes qui étoient dans fes intérêts afin de l'appuyer de toutes leurs
forces.

Le Conseil du Roi étoit en ce temps-là composé de plus de personnes qu'il ne l'est aujourd'hui. Tous ceux qui avoient le don de se faire craindre en étoient aussi-bien que ceux qui étoient affectionnés à l'Etat. Ainsi, quoique le Prince de Conti & le Duc de Longueville ne vinssent que de poser les Armes qu'ils avoient prises contre sa Majesté, ils y avoient place tout des premiers. Mr. de Matignon après avoir remercié le Cardinal de son bon avis, fut trouver le Duc de Longueville & le pria de lui vouloir rendre service en cette occasion; le Duc le lui promit, & comme il ne pouvoit lui en rendre de meilleur que de se trouver lui-même au jugement de son affaire, quoiqu'il n'en pût être le Juge en qualité de son parent, il le fit non seulement, moins il pria encore le Prince de Condé & le Prince de Conti de s'y trouver eux-mêmes, afin d'y avoir soin de ses intérêts. Le jour que cette affaire se devoit rapporter, la Reine fit doubler la Garde du Palais Royal, sous prétexte qu'elle vouloit faire arrêter un certain homme qui se fiant sur les

amis qu'il avoit à la Cour & dans
le Parlement, parloit si mal de tout
ce qui se passoit dans le Ministére,
qu'il étoit capable de séduire les autres par ses méchans discours. Mr. le
Prince qui étoit allé au Palais Royal,
voyant qu'on doubloit la garde, la
Reine lui dit en particulier, de peur
qu'il n'en conçût de soupçon, que ce
que l'on en faisoit n'étoit que dans
le dessein que je viens de dire. Il donna dans le panneau, & s'en étant re-
tourné diner à l'hotel de Condé, il
fut faire des visites l'après-dinée.

Les Finances qui avoient été gou-
vernées pendant quelque temps par
le Maréchal de la Meilleraie, après
être sorties de ses mains, avoient encore passées par celles d'un autre, &
étoient enfin revenuës à Mr. Demeri
que l'on avoit été obligé de faire revenir parce qu'il n'y avoit personne
de plus capable que lui de cet Emploi. Le Maréchal de la Meilleraie avant
que d'être destitué de sa charge en
avoit eu divers avis qu'il ne pouvoit
croire véritables, parce que comme il
n'y faisoit point profession d'y piller,
il s'imaginoit que le Cardinal feroit

une grande faute de lui ôter. Ainſi
il avoit repondu à ceux qui lui en
avoient parlé, qu'ils avoient de méchants Mémoires, mais qu'il ne laiſſoit
pas de leur avoir obligation de leur avis.
Il demeura quelque temps dans cette
penſée; mais la choſe lui étant confirmée de pluſieurs endroits différens,
il commença à ſe douter qu'il pourroit bien ſe tromper lui-même. Cela
lui fit ſonger à demander qu'en le deſ-
tituant, on lui donnât du moins la
ſurvivance de ſes charges pour ſon
fils avec un Brevet de Duc & Pair.
La Maréchale de la Meilleraie d'aujourd'hui, qui mouroit d'envie d'être
Ducheſſe, & qui avoit beaucoup de crédit ſur l'eſprit de ſon mari, l'y porta;
mais comme le Cardinal ne ſongeoit
pas encore à marier ſa niéce à ſon fils,
comme il s'eſt fait depuis, il ne voulut pas lui accorder ce qu'il lui demandoit parceque naturellement il n'o-
bligeoit que ceux qu'il craignoit. Quoiqu'il en ſoit Mr. le Prince ayant été
averti avant que de ſortir de chez lui,
par un billet dont il ne connoiſſoit pas
la main, que s'il retournoit ce jour-
là au Palais Royal il y ſeroit arrêté,
il eut

il crut que l'on ne lui donnoit cet avis
que pour l'intimider, & il n'y fit aucun fondement. Enfin, comme on ne
fçauroit jamais éviter fon malheur,
après avoir fait toutes fes vifites, il
s'en fut chez Mr. d'Emeri pour lui parler d'une Ordonnance qui lui devoit
être délivrée, & fur laquelle il avoit à
donner quelques inftructions ou à lui
ou à fes Commis. Le Portier de Mr.
d'Emeri ayant dit à un de fes Valets-
de-pied qu'il n'étoit pas au Logis,
Mr. le Prince lui fit demander fi Guerapin fon premier Commis y étoit : le
Portier lui répondit qu'ouï & s'offrit
à le faire defcendre ; mais Monfieur le
Prince ayant voulu monter lui-même
à fon Bureau, il l'entretint de fon
affaire avec tant de bonté que Guerapin s'en trouva tout charmé.

Ce Commis étoit parfaitement bien
auprès de fon Maître ; de forte qu'il lui
faifoit part de tout ce qui venoit à fa
connoiffance de quelque conféquence
qu'il pût être. Guerapin fçavoit qu'on
devoit l'arrêter, parce que d'Emeri le
lui avoit dit. Ce Sur-Intendant l'avoit
fçu adroitement & fans que Mr. le
Cardinal eut eu intention de le lui ap-

prendre. Etant allé au Palais - Royal
pour y recevoir ſes ordres ſur quelques affaires , ce Miniſtre lui avoit dit
de lui apporter en louis d'or le conte-
nu d'une Ordonnance qu'il lui avoit
donné , il y avoit quelques jours , &
qui étoit très-conſidérable. Il lui avoit
dit pourtant en la lui donnant , qu'il
n'en étoit pas preſſé , & que cela lui
ſuffiroit pourvû qu'il lui tint cet argent
prêt vers le milieu du mois prochain.
Ce changement & l'impuiſſance où il
étoit de payer une ſi groſſe ſomme dans
le temps de vingt-quatre heures qu'il
lui ordonnoit préſentement de la payer, l'obligerent de demander à ſon
Eminence la raiſon pour laquelle elle
paroiſſoit maintenant ſi preſſée , elle
qui ne l'étoit pas , il n'y avoit que
quelques jours. Il vit que cette demande l'embaraſſoit ; il étoit d'autant
plus curieux de ſçavoir cette raiſon,
qu'il ne ſçavoit pas que les beſoins
de l'Etat demandaſſent une précipitation ſi extraordinaire : auſſi ne l'eût-
il pas ignoré ſi cela eût été, puiſqu'il
entroit même avec elle juſques dans les
dépenſes les plus ſecrettes. Le Cardinal
n'avoit pas trop d'envie de lui appren-

dre ce qui se passoit; mais ayant affaire de lui de toute nécessité pour être
payé de cet argent ., il lui répondit
que les choses en étoient présentement
à un tel point dans l'Etat qu'il verroit dans peu sa fortune ou tellement
affermie que personne n'oseroit plus
entreprendre de l'ébranler ., ou tellement renversée qu'il seroit obligé de
quitter la partie à ses ennemis ; que
c'étoit pour cela qu'il lui demandoit
cette somme , parce qu'il devoit se précautionner contre tout ce qui pouvoit lui arriver de fâcheux. Ces paroles exciterent encore davantage de
curiosité à d'Emeri ., & feignant qu'il
épuiseroit plutôt toutes les bourses de
ses amis que de manquer à lui rendre ce service dans le temps qu'il le
lui demandoit, il l'obligea par ce faux
zéle à lui découvrir ce qu'il avoit envie de lui tenir caché. Son Eminence lui dit le dessein que l'on avoit pris
d'arrêter les Princes , & qu'il étoit
résolu de s'enfuir s'il étoit si malheureux que de manquer son coup ;
qu'aussi-bien il n'y auroit plus d'autre
parti à prendre pour lui que celui-là ,
puisqu'il sçavoit bien que de l'humeur

dont étoit Mr. le Prince , il ne lui pardonneroit jamais.

D'Emeri étoit allé trouver Guerapin au fortir du Palais-Royal, & en lui donnant l'ordre d'aller chercher cet argent, il lui avoit confié en même-temps le fecret qu'il venoit d'apprendre. Au-refte, ce Commis voyant la bonté avec laquelle Mr. le Prince lui parloit, en fut fi charmé , qu'il ouvrit la bouche plufieurs fois pour l'avertir de ne pas retourner de ce jour-là au Palais-Royal , fi non qu'il s'en repentiroit. Il y réfifta néanmoins tant qu'il fut devant lui ; mais il ne s'en fut plûtôt allé qu'il eut regret de ne l'avoir pas fait. Ainfi , courant lui même après fon caroffe , il demanda au portier par où il avoit pris. Il fçut qu'il avoit tourné du côté de la ruë de Richelieu ; & ne l'ayant pu joindre , quelque diligence qu'il pût faire, il fe trouva fi effouflé en arrivant au carrefour qui eft au milieu de cette ruë qu'il fut obligé de dire à un porteur de chaife de courir après lui , & de dire à un Valet-de-pied d'avertir Mr. le Prince qu'il avoit à lui parler. Le Porteur-de-chaife fuivit tout le long de la ruë de Richelieu, croyant qu'il n'avoit point pris d'autre chemin. Mais le Cocher avoit détourné par la Ruë Traverfiere, parce que Mr. le Prince vouloit faire encore une vifite du côté des Thuilleries devant que de fe rendre au Palais - Royal. Le Porteur - de - chaife manqua ainfi de s'acquitter de fa commiffion, & étant arrivé dans la Ruë St. Honoré, & perfonne n'y ayant vû paffer ce carroffe, il s'en fut dire à Guerapin qui le fuivoit au petit pas, qu'il ne fçavoit ce qu'il étoit devenu. Guerapin en fut au défefpoir après ce qu'il venoit de faire, & n'en ayant pu fçavoir des nouvelles lui-même quoiqu'il s'en informât pareillement, il s'en retourna à fon Bureau dans la crainte de ce qui alloit arriver.

Mr. le Prince n'ayant trouvé perfonne où il étoit allé arriva fur la brune au Palais - Royal où le Prince de Conti & le Duc de Longueville s'étoient déjà rendus à la priere de Mr. de Matignon. Le Duc d'Orléans y arriva auffi un moment après; & tous les ordres étant donnés pour éxécuter ce que l'on avoit projetté, le Cardinal qui étoit dans la Chambre du Confeil avec les premiers Princes, pendant que la Reine mere & le Duc d'Orléans passerent d'un autre côté sous prétexte de quelqu'affaire, feignit d'avoir oublié quelques papiers qui lui étoient nécessaires devant que de parler de ce qui regardoit Mr. de Matignon.

L'Evêque de Langres à qui le Duc d'Orléans avoit procuré une place au Conseil étoit là avec eux en attendant que la Reine & son Maître vinssent prendre la leur. Au-reste Son Eminence voulant l'en tirer, afin que si son coup venoit à manquer, il ne pût rien conseiller aux Princes de funeste contr'elle, le pria de vouloir l'accompagner jusques dans son Cabinet où elle feignoit d'aller chercher ses papiers. L'Evêque y fut avec elle sans se défier d'aucune chose. Cependant le Cardinal l'ayant fait passer par un petit escalier dérobé & y montant le premier, il apperçut à la clarté d'une Bougie qu'il avoit prise pour lui éclairer, qu'il avoit des bottines & même qu'il s'étoit muni d'éperons. Le Cardinal les lui avoit fait voir en levant sa soutanne & l'Evêque ne sçachant ce que cela vouloit dire, le trouva si

éperdu quand il se vit en lieu de le
regarder en face, qu'il jugea qu'il y
avoit quelque chose de conséquence
sur le tapis. Comme il se croyoit assuré de la faveur de son Maître, il ne
feignit point de lui demander quel
voyage il vouloit faire pour avoir déjà
pris des bottes & des éperons. Le Cardinal fut si interdit à ces paroles, qu'il
n'auroit sçu que lui répondre, si dans
ce même moment un de ses Gentilshommes nommé Labadie à qui il avoit
donné ordre de se tenir en embuscade
pour prendre garde à ce qui se passeroit, ne lui fût venu dire de n'être
plus en inquiétude, parce qu'on venoit
d'éxécuter les ordres qu'il avoit donnés. Guitaut & Comminges son neveu
ayant eu celui d'arrêter ces Princes,
leur demanderent leurs épées, lorsqu'ils
étoient bien éloignés d'y songer. Mr. le
Prince dit à Comminges qui lui faisoit
ce fâcheux compliment qu'il n'y pensoit pas, & que son épée n'ayant jamais rien fait qui ne fut à l'avantage
du Roi & de l'Etat, on la lui devoit
moins ôter qu'à un autre. Il soutint
son malheur avec un courage digne de
ses actions, pendant que le Prince de

Conti & le Duc de Longueville en tomberent dans le dernier abbatte-ment.

Peut-être que, comme ils se trou-voient coupables après avoir pris les armes contre le Roi, cela leur faisoit craindre qu'on ne leur fit le même traitement qu'on avoit fait au Duc de Beaufort qui avoit bien la mine, s'il n'eut trouvé moyen de se sauver, de demeurer encore long-temps en prison quoiqu'il y eut déjà quatre ou cinq ans qu'il y étoit. Au-reste, le Prince de Condé n'ayant point ce reproche à se faire & sçachant que bien-loin de-là il avoit suivi aveuglément le parti de la Cour, parut aussi fier en allant en pri-son qu'il avoit toujours fait en allant au combat.

Le Comte de Miossens qui com-mandoit les Gendarmes du Roi, & qui étoit un des plus fins Courtisans qu'il y eût, eut ordre de les mener à Vin-cennes, lieu qu'on avoit destiné pour leur prison. Comme il n'avoit osé com-mander la Brigade des gens armés qui étoient de quartier auprès du Roi, de-peur que quelques curieux ne de-mandassent ce que l'on en vouloit fai-

-re, ce Maréchal n'eut pas beaucoup de
monde avec lui pour les conduire. Il
avoit été obligé d'envoyer des Billets
chez chacun de ces Gendarmes vers
l'heure de leur dîner pour les avertir
de le venir trouver ; & n'en ayant pu
raffembler que feize, pour les conduire
dans ce Château, il les fit paffer hors
de la Ville : & un caroffe du Roi dans
lequel ils étoient s'étant rompu à deux
cent pas hors de la porte de Richelieu,
il ne fut pas fans appréhenfion que le
Cocher n'eut été gagné pour faire naître
tout exprès cet accident, afin que leurs
amis montaffent à cheval pendant ce
temps-là, pour leur donner le fecours,
dont ils avoient befoin dans une occafion fi preffante. Ainfi, il fut tout prêt
de les obliger à monter en croupe derriere trois Gendarmes & à laiffer-là
leur voiture ; mais le Cocher contre
qui il juroit & peftoit lui ayant paru de
bonne-foi, il fe raffura & lui donna le
temps qu'il lui falloit pour aller chercher
un Charron qui pût remédier à ce qui
venoit d'arriver. Mr. le Prince feul avoit
tant d'amis que s'ils euffent fçu cet accident, ils n'euffent pas manqué de le
fecourir. Cependant, comme dans ces

fortes d'occafions, ceux qui ont le plus
de part dans les bonnes graces d'un
malheureux, craignent qu'on ne les
rende refponfables de leurs deffeins,
ils monterent auffi-tôt à cheval & fe
fauverent les uns d'un côté, les autres
d'un autre. Ceux qui étoient dans les
intérêts des Princes de Condé & de
Conti, prirent le chemin des Places
qui leur appartenoient, pendant que les
amis du Duc de Longueville furent
en Normandie pour faire révolter cette
Province.

L'Evêque de Langres, après avoir
demandé au Cardinal ce qu'il vouloit
faire de fes bottes & fes éperons, ne
fçut pas plutôt que ces Princes étoient
arrêtés qu'il devint pâle comme un
mort. Son Eminence plutôt pour l'in-
fulter que pour être en peine de ce qu'il
avoit, lui demanda s'il fe trouvoit
mal pour changer ainfi de couleur en
un moment. L'Evêque connut bien fa
malice, & pour lui faire voir qu'il
n'étoit pas à fçavoir préfentement que
fon Maître l'avoit trompé & qu'il avoit
été de la partie, il lui répondit que
Graces au Seigneur il fe portoit bien;
qu'ainfi ce n'étoit point aucune in-

commodité qui eût causé ce qu'il avoit
remarqué sur son visage, mais une réfléxion qu'il venoit de faire dont il se
ressouviendroit toute sa vie. Qu'il avoit
pensé à une faute qu'il avoit commise
ce jour-là ; que cette faute étoit d'a-
voir attendu si tard à dire son Bre-
viaire parce qu'il y eût vu un passage
qui lui eût servi extrêmement pour n'ê-
tre pas surpris de ce qu'il voyoit aujourd'hui. Que ce passage étoit qu'il
falloit bien se garder de mettre sa confiance dans les Princes ni dans les fils
des hommes, &c. & que David qui
avoit dit cela & qui avoit le don de
Prophétie, avoit prévu apparemment
en le disant, que le Duc d'Orléans
le tromperoit , & qu'il y en auroit
d'autres qui s'uniroient avec lui pour
le lui faire faire. Si le Cardinal eut osé,
il l'eut bien fait arrêter lui même dans
le moment ; & peut-être même n'eût-il
il pas tant attendu à le faire parce qu'il
sçavoit bien, il y avoit déjà long-temps,
qu'il n'étoit pas de ses amis ; mais n'o-
sant entreprendre un coup comme celui-là sans la participation de son Maître, il dissimula son ressentiment jusques à ce qu'il pût trouver lieu de

le faire éclater. Auffi n'oublia-t-il rien
pour en venir à bout ; mais le Duc
d'Orleans qui étoit auffi fujet à la Vi-
ciffitude que le temps, fe repentit bien-
tôt de ce qu'il avoit fait : de forte qu'il
fut le premier à demander la liberté
des Princes, lui fans le confentement
de qui on n'eût jamais ofé les enfermer.

L'Evêque de Langres qui connoiffoit la portée de fon efprit, après l'a-
voir gourmandé étrangement du vi-
lain tour qu'il venoit de lui faire,
jufques à le rendre comme muet &
fans en pouvoir tirer un feul mot, le
prit après cela fur un autre ton. Il lui
remontra le préjudice qu'il fe faifoit
à lui-même de rendre par-là le Cardinal fi puiffant, & que c'étoit le moyen de s'en repentir tout le premier.
Il lui dit auffi que le Roi ne devant
plus guere tarder à devenir Majeur,
toute l'autorité fe trouveroit bien-tôt
entre les mains de ce Miniftre ; au-
lieu que s'il fût demeuré bien uni avec
Mr. le Prince, il eût même balancé
l'autorité Royale en quelque façon.
Qu'il avoit perdu non-feulement par un
coup comme celui-là, la confiance

que les créatures de ce Prince avoient
en fa perfonne, mais encore celle de
fes propres créatures ; qu'elles ne fe
pouvoient plus fier en lui, puifqu'il agif-
foit ainfi lui-même contre fes propres
intérêts & fans leur faire aucune part
de fes deffeins: que pour lui, après avoir
cru quelquefois être honoré de fon ef-
time & de fon amitié, il voyoit bien
qu'il s'en étoit flaté vainement. Le Duc
lui répondit que Mr. le Prince l'avoit
obligé lui-même à faire ce qu'il avoit
fait ; qu'il lui avoit perdu le refpect
en plufieurs rencontres, & furtout en
rompant comme il avoit fait le bâton
de l'éxempt de fes gardes. Que s'il ne
lui avoit pas parlé de la réfolution qui
avoit été prife dans le Confeil de l'arrêter, c'eft que la Ducheffe fa femme,
du canal de qui l'on s'étoit fervi pour
tirer fon confentement, lui avoit fait
jurer fur l'Evangile de n'en rien dire
à perfonne ; qu'après l'avoir promis,
comme il avoit fait, fans fçavoir ce
qu'on lui vouloit demander, il n'eût
pas été bien à lui de fauffer fon ferment; qu'il avoit été affez fâché de ne
lui en pouvoir pas demander fon avis,
mais qu'il eût été le premier lui mê-

me à le blâmer de l'avoir fait, s'il
fût venu jamais à ſçavoir à quoi il
étoit engagé par ſa parole.

Le Vicomte de Turenne qui étoit
extrêmement aimé des Troupes qu'il
commandoit , étoit toujours ſur la
Frontiere d'Allemagne , quoique la
paix eut été faite en ce pays-là. Il étoit
des amis du Prince de Condé , & il
avoit d'ailleurs l'honneur de lui être
aſſez proche parent pour embraſſer ſes
intérêts. Ainſi , ne balançant point à
prendre ſon parti , il ne différa de le
faire qu'autant de temps qu'il lui en
falloit pour débaucher les Troupes qui
étoient ſous ſon commandement. Peut-
être que tout parent & tout ami qu'il
étoit de ce Prince , il ne ſe fut jamais
porté à cette déſobéïſſance & à cette
félonnie , ſi ce n'eſt qu'il étoit mé-
content du Cardinal. Le Maréchal de
Chaulnes , pere du dernier Duc de
Chaulnes , étant venu à mourir , il demanda à ſon Eminence de lui vouloir
procurer le Gouvernement d'Auvergne
qu'il avoit. C'étoit un pas qu'il falloit faire avant que d'en parler à la
Reine mere , puiſque ſans ſon conſentement il n'y avoit rien à eſperer ; mais

le Cardinal qui avoit fait venir à Paris une grande quantité de Niéces qu'il avoit en Italie & qui vouloit les établir en France, afin d'y avoir quelque support par le moyen des personnes de qualité qu'il prétendoit leur faire épouser, lui repondit froidement qu'il ne lui conseilloit pas de faire cette demande à sa Majesté, parce qu'il sçavoit bien que la Reine destinoit ce Gouvernement à un autre. En effet il le vouloit avoir pour lui-même afin de le donner à quelqu'une de ses Niéces & qu'il servît à lui faire trouver un Mari. Le Vicomte de Turenne ne lui voulut point demander à qui la Reine le vouloit donner, il crut que cela lui seroit fort inutile, & qu'il lui devoit suffire de sçavoir le peu de bonne volonté qu'il avoit pour lui. Cependant la Veuve de ce Maréchal qui demandoit aussi ce Gouvernement pour son fils ainé, qui est mort fort jeune, ayant eu la même réponse de ce Ministre, elle se montra plus curieuse que lui. Ainsi lui ayant demandé à qui la Reine le destinoit afin qu'elle pût voir si ses services prévaloient à ceux de son Mari ; car dans ce temps-là on se donnoit souvent la licence de parler de la sorte à un Ministre; il lui répondit séchement que c'étoit à lui, & qu'il ne lui conseilloit pas d'y trouver à redire.

Mr. de Turenne ne pouvant donc être guere plus mal satisfait qu'il étoit du Cardinal, commença à caresser les Colonels qui n'avoient pas la plûpart beaucoup d'attache pour ce ministre; la raison est qu'au lieu de les payer de leur solde, il en convertissoit l'argent à son profit particulier; ainsi, il il étoit dû aux uns un an tout entier, aux autres plus ou moins, selon les amis qu'ils avoient auprès de lui. La Cour eut avis des desseins de ce Général, & sçachant qu'il tachoit de les débaucher sous l'esperance qu'il leur donnoit, que ceux qui prendroient le parti des Princes ne feroient jamais de paix avec lui qu'ils ne les fissent payer jusqu'au dernier sou, & même qu'ils feroient en sorte de leur compter eux-mêmes une partie de ce qui leur étoit dû; Elle ne sçut comment faire pour parer ce coup-là: Elle l'eût bien sçu pourtant si elle eût eû elle-même de l'argent à leur donner; mais

elle n'avoit pas un fou, parce que lorfque le Cardinal avoit mis une fois
quelque chofe dans fes coffres., il n'en
reffortoit jamais que pour fes intérêts
particuliers.

Il y avoit alors dans les Finances
un nommé Hervard, Suiffe de Nation
& dont les inclinations étoient tout-
à-fait conformes à ce qui fe dit des
gens de fon Pays. Il aimoit l'argent
autant & plus que pas un de fes Compatriotes, quoiqu'on les accufe de l'aimer beaucoup : auffi avoit-il fait une
grande fortune ; mais n'en étant pas
encore fatisfait, il regarda, à ce que
l'on prétend, cette occafion comme la
chofe du monde la plus favorable pour
lui. Il crut que s'il avoit la commiffion
de les aller trouver, comme fi cela ne
venoit que de lui, & qu'il leur portât
un peu d'argent, ils le préféreroient à
toutes les efpérances que leur pouvoit
donner Mr. de Turenne ; qu'il les re-
tiendroit de cette manière, non-feulement dans le Service du Roi, mais encore qu'ils lui céderoient pour le quart
& même pour moins, tout ce qui leur
pouvoit être dû. Cependant, comme il
fçavoit que le Cardinal avoit tout auffi

bon appétit que lui, & que fans lui
faire part du profit que l'on feroit là-
deffus, il n'y auroit point de rembour-
fement à efperer pour perfonne, il s'en
fut le trouver & lui propofa fa penfée.
Le Cardinal qui y trouvoit fon compte,
ce qui le touchoit toujours extrêmement, y voyant encore le moyen de fe
conferver cette Armée, l'embraffa &
lui dit que s'il rendoit ce fervice-là au
Roi, il le feroit valoir fi bien quelque
jour auprès de Sa Majefté, qu'il n'y
auroit rien qu'il n'en dût attendre.
Ils convinrent fur quel pied ils traite-
roient avec ces Colonels, & Hervard
lui ayant fait entendre qu'il lui falloit
emprunter de l'argent à gros intérêts,
il fit fon parti fi bon avec lui, que jamais il n'avoit fait un voyage qui lui
dût être fi utile que le devoit être celui-là. Il fut en pofte à l'Armée & s'y
étant rendu *incognito*, il trouva que ce
qu'il avoit deviné étoit jufte ; fçavoir
que les Colonels aimeroient mieux de
l'argent comptant que des promeffes.
Il leur fournit des Lettres de Change
fur Lyon & fur Bâle, moyennant de
groffes remifes ; & les ayant obligé
par-là à ne plus écouter ce que le Vi-

comte de Turenne leur propofoit, il leur dit que s'ils vouloient faire oublier au Roi la faute qu'ils avoient fait de l'éxécuter, il falloit qu'ils l'arrêtaſſent. Il y en eut quelques-uns qui y prêterent l'oreille ; mais quelques autres ne voulant pas tremper dans une ſi grande perfidie envers leur Général, ils l'avertirent ſous main de prendre garde à lui, parce qu'il ſe tramoit quelque choſe d'étrange contre ſa perſonne. On croit même qu'on lui ſpécifia les choſes mot-à-mot, & qu'on l'avertit auſſi que d'Hervard étoit dans ſon Armée. Quoiqu'il en ſoit, comme on n'eſt jamais en ſûreté quand on fait mal, & que ce Général n'ignoroit pas qu'il n'eût tort de vouloir débaucher ces Régimens, il ſe déroba la nuit & ſe contenta d'en emmener deux qu'il avoit à lui. L'un étoit de Cavalerie & l'autre d'Infanterie : celui de Cavalerie étoit le plus beau Régiment & le plus nombreux qu'il y eut dans toutes les Troupes ; il étoit de ſeize cent chevaux tout auſſi bien monté que le pouvoit être la Maiſon du Roi.

D'Hervard s'en revint en Cour après cela, & le Cardinal lui fit le même accueil que s'il fût venu de délivrer ce Royaume d'une inondation de Barbares. Il le préfenta à la Reine tout comme il avoit fait de Bonneau quelques temps auparavant, & lui dit des chofes auffi obligeantes de lui qu'il pouvoit avoir fait de l'autre. Le Maréchal de la Meilleraye qui connoiffoit ces deux perfonnages, & à qui on avoit mandé d'ailleurs de l'Armée que, quoique d'Hervard ne lui eût payé qu'une partie de ce qui lui étoit dû, il n'avoit pas laiffé de fe faire donner une Quittance générale, tout comme s'il eût payé le total, ne put fouffrir tant d'encens prodigué fi mal à propos. Il dit tout haut qu'on lui donnoit des louanges qu'il méritoit bien moins qu'une corde, & que s'il avoit affaire à lui, ce feroit-là la récompenfe qu'il lui donneroit. Il n'ofa blâmer le Cardinal fi ouvertement ; mais lâchant de fois à autre des paroles qui faifoient affez connoître ce qu'il avoit fur le cœur, il donna de grands foupçons qu'ils n'avoient pas oubliés tous deux leurs intérêts particuliers en faifant femblant de n'agir que pour ceux de l'Etat.

Le Vicomte de Turenne se rendit à
Stenay où étoient déja plusieurs créatures du Prince de Condé. Cette Place
étoit à ce Prince, & la Duchesse de
Longueville sa sœur y ayant aussi choisi
sa retraite, ils délibererent tous ensemble ce qu'il y avoit à faire de plus
expédient pour la liberté des prisonniers : chacun y convint qu'il n'y avoit
que par la force qu'on pût esperer de la
leur rendre, puisque non-seulement la
Reine s'étoit moquée de ce que Madame la Princesse lui avoit pû représenter
là-dessus, mais encore que le peuple
de Paris s'étoit réjouï de leur malheur.
Cela étoit pourtant bien extraordinaire
lui qui auparavant d'abord que son
carosse passoit par les ruës, chacun
sortoit en même temps de sa maison
pour lui desirer mille Bénédictions.
C'étoient ses grandes actions qui lui
avoient attirés cette estime universelle,
& il y a bien de l'apparence qu'on ne
s'en fût jamais démenti s'il n'eût point
entrepris de servir d'instrument à la
Reine mere & au Cardinal pour éxercer leur vengeance. Mais le Blocus de
Paris, & les ravages que ses Soldats
avoient fait à la Campagne, avoient

fait fuccéder la haine à l'amitié qu'on
lui portoit ; de forte que le même jour
qu'il fut arrêté, le peuple de cette
grande Ville en fit des feux de joie
fans qu'il lui en fut fait aucun Commandement. Cela penfa defefperer fes
amis, & ce fut auffi la raifon pour laquelle ceux qui étoient à Stenay réfo-
lurent de faire la guerre fans faire aucun fonds fur ce peuple. Cela ne fe
pouvoit fans lever des Troupes, &
comme il falloit de l'argent devant que
pouvoir délivrer des Commiffions,
on envoya à l'Archiduc pour fçavoir
ce qu'il feroit d'humeur de faire dans
une occafion comme celle-là. Il promit
monts & merveilles, & ayant dépê-
ché un Gentilhomme à Stenay fans fe
contenter de donner bonne réponfe à
celui qu'on avoit envoyé, on fe pré-
para à fe mettre en Campagne, d'abord
que le fecours d'hommes & d'argent
qu'il faifoit efperer, feroit venu. La
Ducheffe de Longueville de fon côté
offrit fes pierreries qu'elle avoit apporté avec elle, afin que l'on pût faire
un plus grand effort. Ce n'eft pas
qu'elle defirât un accommodement ;
elle ne demandoit tout au contraire

qu'à brouiller les cartes, parce que
s'étant mise mal avec son mari, pour
quelque soupçon qu'il avoit, elle n'appréhendoit rien tant que d'être obligée
de retourner avec lui.

Cette Princesse, dont je me garde-
rois bien de rien dire, si ce n'est que
son histoire est si publique, qu'il n'y a
personne qui ne la sçache, étoit accouchée pendant le Blocus de Paris,
d'un Garçon que son mari ne croyoit
pas être de son fait. Je ne sçai quelles
preuves il en pouvoit avoir ; mais si
l'on veut ajoûter foi au bruit commun,
il y avoit dix-sept mois qu'il ne cou-
choit point avec elle, lorsqu'elle étoit
accouchée. L'on donnoit cet enfant au
Prince de Marsillac que l'on sçavoit en
être passionnément amoureux. La foiblesse qu'ils avoient l'un pour l'autre étoit même connuë de toute la
Cour, & le Vicomte de Turenne ne
l'ignorant pas non plus que les autres,
il sembloit qu'il ne se dût pas laisser
prendre à un objet qui étoit déja pris,
& où il n'y avoit pas grand'chose à
espérer. Mais comme il étoit de com-
plexion amoureuse, quoiqu'il semble
que cela ne s'accorde guére bien avec

la qualité de Général, il ne se pût empêcher de lui faire offre de ses services. La Duchesse avoit beaucoup d'esprit & étoit extrêmement enjouée ;
ainsi voulant se faire un divertissement
à ses dépens, elle fit mine de l'écouter pour voir s'il entendoit à faire l'a-
mour aussi-bien qu'à faire la guerre :
mais trouvant qu'il y avoir bien de la
différence, elle en fit des railleries au
Marquis de la Mouttaye qui n'étoit pas
trop mal dans son esprit. Le Vicomte
de Turenne en sçut quelque chose,
& comme il n'étoit pas homme à
souffrir qu'on le méprisât impunément, il en eut quelques paroles avec
elle, quoiqu'il ne soit guére permis à
personne d'entrer dans un différend de
cette nature avec une Dame à qui l'on
prend la peine d'en compter. Les amis
de Mr. le Prince qui craignoient que
leur mésintelligence ne fût capable de
nuire à ses affaires, tâcherent de les
raccommoder. Le Vicomte de Turenne qui étoit fort duppe en amour y
donna les mains facilement ; mais ayant
sçu que malgré ce prétendu raccommodement, la Duchesse ne laissoit pas
de continuer toujours de le railler avec

de

de certaines gens qui n'étoient pas
dans ses intérêts, il se mit en Campagne tout le plutôt qu'il lui fut possible pour en passer sa fantaisie. L'Archiduc lui donna des Troupes & de l'argent pour faire la guerre, & étant
convenus ensemble que l'un entreroit
en France par la Champagne & l'autre
par la Picardie, pendant que le Duc
de Lorraine se serviroit de cette occasion pour tâcher de recouvrer ses Etats,
chacun prit sa marche de son coté.

Quelques autres amis de Mr. le
Prince prirent encore les armes en sa
faveur, & comme il avoit des Places
fortes en Bourgogne & en Berry, &
que d'ailleurs il avoit le Gouvernement
de ces deux Provinces, ils s'attendirent
de les faire déclarer en sa faveur. La
Duchesse de Longueville en avoit bien
espéré autant de la Normandie où elle
s'étoit retiré devant que d'aller à Stenay; mais le Cardinal y ayant mené
le Roi lui-même, parce qu'il sçavoit
que sa présence étoit plus capable que
toutes choses de contenir chacun dans
le devoir, Rouen qu'elle avoit tâché
de débaucher, ouvrit non-seulement
ses portes, mais encore les autres Pla-

ces où son mari avoit des Gouverneurs
à sa dévotion, firent encore la même
chose : Elle se sauva même de Dieppe
avec bien de la peine. Elle étoit entrée
dans le Château dans l'espérance que le
Gouverneur y tiendroit bon pour elle ;
mais comme ce n'étoit pas une Place à
soûtenir long-temps un Siége contre une
Armée Royale, elle ne vit pas plutôt que
la résolution lui manquoit, qu'elle s'a-
bandonna entre les mains d'un Gentilhomme nommé Chambois qui étoit regardé en ce temps-là, où tout le monde
ne faisoit pas profession de bravoure &
d'intrépidité, comme un Héros tout
extraordinaire. Il vint à bout effectivement de son entreprise, ce qui servit
encore à augmenter sa réputation.

Les Bourdelois qui ne manquent
guére d'occasion de se soulever quand
ils croyent le pouvoir faire sans se trop
exposer, prirent aussi le parti des Princes & offrirent retraite à la Princesse
de Condé. Elle étoit d'abord passée en
Berry ; mais ne s'y croyant pas en sûreté, elle fut ravie des offres qui lui
étoient faites en ce Pays-là où elle
croyoit devoir être bien mieux. Le Duc
de Bouillon qui avoit fait comme son

frere, c'est-à-dire, qui avoit quitté le parti du Roi pour prendre celui du Prince de Condé, l'accompagna à Bourdeaux où elle fut reçuë avec toutes les marques de bienveillance qu'elle pouvoit desirer. Le Prince de Marsillac pour ne pas donner à parler à tout le monde, ce qui n'eût pas manqué d'arriver s'il eut été trouver la Duchesse de Longueville à Stenay, choisit aussi sa retraite auprès d'elle. Les Bourdelois s'étoient déja révoltés sur la fin de l'année 1648. & avoient été trop heureux que le Roi leur eût voulu accorder une Amnistie; mais comme s'ils eussent oubliés qu'il n'étoit pas moins en état de les punir qu'il le pouvoit être en ce temps-là, ils se mirent à se fortifier & à faire mille autres choses qui ne témoignoient que trop leur désobéïssance. Le Cardinal mit promptement une Armée sur pied pour envoyer de ce côté-là : cependant, il n'eut pas plutôt ramené le Roi de Normandie qu'il lui fit prendre le chemin de la Bourgogne. Le Comte de Tavannes dont la Maison avoit quelque crédit en ce Pays-là, tâchoit d'y faire révolter la Ville de Dijon, espérant que l'exem-

ple de la Capitale entraîneroit le reste
de la Province à faire la même chose.
Les Principaux du Parlement & du
Peuple en étoient assez d'avis, parcequ'ils aimoient Mr. le Prince & qu'ils
se plaignoient d'ailleurs que quoiqu'ils
fussent un Pays d'Etats, on y violoit
tous leurs Priviléges. Enfin, tout paroissoit assez disposé à la révolte, parcequ'ils voyoient déja trois grandes Provinces qui s'étoient déclarées pour le
Prince de Condé ; mais la diligence
que le Roi avoit fait pour retenir la
Normandie dans le devoir, ayant surpris la plûpart, ils différerent leur résolution jusques à ce qu'ils eussent appris véritablement si la nouvelle que faisoient courir ceux qui tenoient le parti
du Roi se trouveroit véritable : car ils
ne pouvoient croire que le Cardinal
étant haï comme il l'étoit de tous les
Peuples, eût pu trouver moyen de retenir des esprits qui devoient être encore plus animés contre lui que les
autres, parce qu'il avoit fait arrêter un
Prince qui, outre qu'il étoit leur Gouverneur, étoit d'une Maison assez ai-
mée en ce Pays-là, pour y prendre son
parti. Quoiqu'il en soit, la nouvelle

dont ils vouloient douter, parce qu'elle
ne leur étoit pas agréable, leur ayant
bien-tôt été confirmée de toutes parts,
ils congédierent Tavannes & ne le voulurent plus écouter. Il s'en fut à Bellegarde qu'il avoit fait fortifier autant
que la briéveté du temps le lui avoit
pû permettre & se préparant à la bien
défendre, il s'y enferma avec quelques
autres amis de Mr. le Prince.

Le Roi apprit devant que d'arriver à
Dijon que tout ce que Tavannes avoit
pû faire pour obliger cette Ville à lui
fermer les portes, lui avoit été inutile.
Cependant, comme il sçavoit qu'il
n'avoit pas tenu à grand'chose que cela
ne se fût fait, il y eut quelques-uns
des plus coupables qui furent relegués,
les uns à un endroit & les autres à un
autre. Tavannes fit une belle défense
dans Bellegarde ; mais n'ayant point de
secours à espérer, il ne songea plus
qu'à faire une capitulation honorable.
Le Roi eût pû le traiter en Criminel,
puisqu'il l'étoit véritablement, & ne lui
point faire de quartier ; mais considérant que s'il le poussoit à l'extrémité,
il pourroit encore tenir quelque temps
& tuer bien du monde, il envoya or-

dre à celui qui commandoit ſes Troupes à ce Siége de le recevoir à com-
poſition. La priſe de cette Place ôta au
Cardinal tout le ſujet de crainte qu'il
pouvoit avoir de ce côté-là. Ainſi, il
emmena le Roi à Paris réſolu de lui
faire faire encore le voyage de Guyen-
ne. Il ne voulut pas l'entreprendre
néanmoins qu'il n'eût été auparavant en
Picardie pour retenir dans l'obéïſſan-
ce quantité de Gouverneurs de Places
dont il doutoit de la fidélité : car il
n'y en avoit preſque pas un qui dans
ce temps de trouble & de rébellion ne
tâchât de ſe faire craindre , & qui n'éxi-
geât des graces du Miniſtre avant que
de lui vouloir promettre de demeurer
attaché à ſon devoir.

Le mauvais état des affaires de France réjouïſſoit fort Cromwel qui après
avoir vû retirer de Londres l'Ambaſſadeur que notre Couronne y avoit , ne
doutoit pas qu'elle n'embraſsât les intérêts de Charles , & qu'elle n'appuyât
de toutes ſes forces la bonne volonté
que les Ecoſſois avoient pour lui.
Montroſe arriva cependant en Hollande , où s'étant abouché avec Sa Majeſté
Britannique , le Prince d'Orange lui

procura des Vaisseaux pour passer chez
ces Peuples qui, bien-loin d'être tous
d'accord ensemble de recevoir Charles, paroissoient fort divisés là-dessus.
Le Parlement de ce Royaume à qui
Cromwel avoit laissé plus d'autorité
qu'il n'en avoit du temps de ses Rois,
y ayant pris goût, continuoit toujours
de s'y opposer & de vouloir demeurer
dans une intime union avec lui. Ainsi,
après avoir levé des Troupes pour empêcher la descente de Montrose, il en
donna le Commandement au Comte
Lesley. Ses forces étoient supérieures
de beaucoup à celles que Montrose con-
duisoit; mais Charles qui se fioit aux
intelligences qu'il croyoit avoir dans
ce Pays-là, lui dit non-seulement de ne
rien craindre, mais encore qu'il étoit
si sûr de son fait, qu'il vouloit l'y accompagner lui-même. Son conseil le
trouvoit à propos & soutenoit que,
quoique la réputation de son Général
fût capable de faire de grandes choses,
d'abord qu'on le sçauroit embarqué,
sa présence ne laisseroit pas de pro-
duire encore tout un autre effet. Ce
Conseil n'étoit composé que de Jeunesse dont les Principaux étoient Tal-

bot & Grenfilel qui a été fait depuis
Comte de Bacth. Leur Jeuneffe qui ne
leur permettoit pas encore de faire réfléxion à toutes chofes, rendit leur
avis fufpect à ce Général. Il dit au Roi
que pour lui il étoit d'un autre fentiment, & que s'il l'en vouloit croire,
il attendroit à paffer dans ce Royaume
qu'il fçût de quelle maniere il y auroit
été reçu ; qu'il ne difconvenoit pas que
fa préfence n'y animât fon parti ; mais
que comme il étoit de la prudence de
fçavoir auparavant s'il feroit auffi fort
qu'on le lui faifoit efpérer, il y arriveroit toujours affez à temps, puifque
le trajet qu'il avoit à faire pour s'y rendre, n'étoit pas bien long.

Le Prince d'Orange en qui Charles
avoit beaucoup de confiance, ayant été
de l'avis de Montrofe, il fut réfolu
que le Roi furfeoiroit fon paffage jufques à ce que ce Général lui eût donné
de fes nouvelles. Montrofe s'embarqua
cependant, & fit fa defcente fans que
le Comte de Lefley qui avoit divifé
fes Troupes en plufieurs endroits de la
Côte pût l'en empêcher. Il les raffem-
bla alors pour marcher contre lui ;
& comme il faifoit garder les paffages

par où les amis de Charles pouvoient
venir, le fecours que Montrofe en reçut fut fi foible qu'il voulut éviter le
combat que Lefley lui préfentoit. Il
avoit grande raifon, puifque les Troupes de ce Général étoient deux fois
plus nombreufes que les fiennes ; mais
Lefley l'ayant entouré dans des rochers où il fe croyoit hors d'état d'être
forcé, le manque de vivres l'obligea
à la fin de donner quelque chofe au
hazard. Il confidera qu'il ne pouvoit
lui arriver pis que d'être, comme il
étoit, à la veille de mourir de faim,
& qu'il valloit encore mieux mourir
en brave homme que comme un mifé-
rable. Il étoit de la prudence de Lefley
d'éviter le combat à fon tour, puifqu'il
étoit affuré qu'il feroit obligé de fe
rendre à lui mort ou vif, pourvû qu'il
lui pût toujours empêcher de recouvrer des Vivres comme il faifoit ; mais
fes gens qui fe déplaifoient eux-mêmes
dans ces rochers, l'ayant preffé de les
en tirer en les menant à la charge, il
oublia ce que la raifon lui confeilloit
pour ufer envers eux de complaifance.
Il méritoit par-là que la fortune lui
tournât le dos, & qu'elle le traitât com-

me elle en avoit souvent traité d'autres
en semblable rencontre : mais ayant été
plus heureux que sage , il battit Montrose à platte-couture. La plûpart de-
ses gens furent passés au fil de l'épée ,
& ce qui en échappa s'étant rendu à
discrétion , il s'enfuit tout seul dans les
Montagnes & s'y cacha pendant quelques jours dans une roche. La faim l'en
fit sortir au bout de quelques temps ,
& s'étant adressé malheureusement à
un Paysan qui avoit été Soldat autrefois , pour lui demander du pain , ce
Paysan le reconnut.

Lesley avoit fait publier un Ban par
lequel il promettoit une grosse somme
à celui qui le livreroit entre ses mains ;
& cet argent tentant ce Paysan , il le
fut avertir de l'endroit où il s'étoit retiré. Lesley l'y fit prendre & l'ayant
fait mener à Edimbourg , le Parlement
à la suscitation de Cromwel lui fit son
Procès comme s'il eût été criminel de
Léze-Majesté : car cet Usurpateur n'eut
point de repos qu'il ne l'eût fait périr
à cause de son expérience dans le métier de la guerre , qui lui faisoit craindre qu'il ne retournât auprès de Charles , & qu'il ne lui fît de la peine quelque jour.

Quelques Membres de ce Parlement voulurent entreprendre de le sauver, & ne feignirent point de remontrer aux autres qu'ils rendroient leur mémoire odieuse à la postérité s'ils condamnoient un homme à mort pour avoir pris le parti de son Prince légitime ; mais les amis que Cromwel avoit dans le Parlement croyant que c'étoit à cause de cela même qu'il le falloit traiter plus rigoureusement, parce que son impunité donneroit plus d'audace à ceux qui lui pourroient ressembler, ils ne voulurent pas les en croire. Montrose fut ainsi condamné à être pendu & la Sentence fut exécutée, quoique l'Empereur & Sa Majesté Très-Chrétienne eussent envoyé tout exprès à la priere du Roi d'Angleterre des Couriers en ce Pays-là pour prier le Parlement de ne le pas traiter d'une autre maniere que l'on faisoit ordinairement des prisonniers de guerre.

Ce malheureux événement recula les espérances de Sa Majesté Britannique, d'autant plus que les troubles de France dont il eût pu esperer du secours s'ils eussent pu se calmer, continuoient avec plus de violence que jamais,

bien-loin d'être prêts de prendre fin.
Le Parlement qui n'avoit point voulu
d'abord contrecarrer les desseins de
la Cour, avoit regardé la prison des
Princes comme une chose dont il ne se
devoit point mêler, à moins que de
vouloir empiéter sur l'autorité Royale.
Broussel qu'elle avoit gagné par le
moyen du Gouvernement de la Bastille,
avoit été ainsi d'avis que sans avoir
égard à une Requête que le Prince de
Condé avoit présentée à la Compagnie
un peu après la prison de ses enfans
& de son gendre, on assurât la Reine
de la soumission qu'on auroit toujours
pour ses ordres. La Reine avoit été ravie de ces sentimens, & le Coadjûteur
y entretint le Parlement tout autant
qu'il put, parce que non-seulement il
recueilloit le fruit, lui & les siens,
de son union avec le Cardinal ; mais
encore qu'il appréhendoit que si le
Prince de Condé sortoit jamais de prison, il n'y auroit plus d'endroit en
France où il pût être en sûreté. La Duchesse de Chevreuse sa bonne amie
étoit mieux en Cour que jamais ou
du moins la Reine en témoignoit toutes les apparences, parce qu'elle sça-

voit qu'elle avoit beaucoup de crédit
sur l'esprit de ce Prélat; & dans le
Parlement Sa Majesté avoit redonné les
Sceaux à sa considération à Monsieur
de Châteauneuf, & les avoit ôté au
Chancelier. Celui-ci qui sçavoit qu'un
Chancelier est bien peu de chose sans
les Sceaux, portoit impatiemment d'en
être privé, mais n'osoit rien dire de
peur qu'il ne lui arrivât encore pis.
Enfin, il ne restoit plus pour l'accom-
plissement du Traité qui avoit été fait
entr'eux & le Ministre, si non que le
Coadjuteur eût le Chapeau de Cardinal. Il en parloit tous les jours à Son
Eminence; mais comme ce n'étoit pas-
là son compte & qu'elle ne vouloit pas
le rendre égal à elle, & se mettre par-
là en état de se faire encore plus d'amis
& de créatures qu'il n'en avoit, tantôt
elle y faisoit naître des difficultés de la
part du Pape, tantôt d'un autre côté.
Le Coadjuteur ne s'accommoda pas de
toutes ces remises, & jugeant qu'il cou-
voit quelque mauvais desseins, il voulut le réchauffer pour lui en faisant
prendre une autre assiette au Parlement.
On commença à y murmurer de la
longueur de la prison des Princes, &

que bien-loin d'avoir produit la paix dans l'Etat comme on l'avoit fait efperer d'abord, elle n'avoit produit au contraire que le foulevement de plufieurs Provinces.

Le Cardinal ne fit pas femblant de prendre garde à ces murmures, & ne fongeant qu'à remettre la Guienne dans le devoir & à s'oppofer aux deffeins du Vicomte de Turenne qui étoit entré en Campagne à la tête d'une Armée compofée la plûpart de Troupes Efpagnoles, il envoya le Comte du Pleffis contre lui ; qui avoit été fait Maréchal de France, il y avoit déja quelques temps. La frontiere de Picardie demeura cependant fans défenfe, & les ennemis qui y avoient fait déja quelques conquêtes l'année d'auparavant, y en firent encore celle-là, fans qu'il fût poffible de les en empêcher. Ce ne fut pas de ce côté-là feul que nos divifions nous apporterent du préjudice ; nous nous en reffentîmes bien encore en d'autres endroits. Les Efpagnols reprirent en Italie, Piombino & Porto-longone, & il fût encore arrivé bien pis en Catalogne, fi le Cardinal n'eût prévenu les deffeins du Comte de

Marcin. Ce Comte qui étoit une des
créatures du Prince de Condé, avoit
été envoyé en ce Pays-là pour y commander les Armées du Roi. Il en étoit
digne par son courage, & par une infinité de grandes actions qui l'avoient
rendu considérable à Sa Majesté aussi-
bien qu'au Prince de Condé. Ce dernier l'estimoit si fort que quoiqu'il fût
étranger & qu'il n'eût pas grande naissance, il lui avoit fait épouser une
personne fort riche, & qui étoit alliée
aux premieres Maisons du Royaume.
La reconnoissance que Marcin en avoit
se trouva jointe à l'inclination que les
braves gens ont les uns pour les autres.
Il n'eut pas plutôt appris le malheur
qui lui étoit arrivé, qu'il écrivit à
Madame la Princesse qu'elle eut à tenir
bon en Berry, & qu'il la joindroit
bien-tôt avec toutes les Troupes qu'il
avoit sous son Commandement. Madame la Princesse ayant passé du Berry
dans la Guienne, ainsi que je l'ai rapporté ci-devant, il compta de s'acheminer de ce côté-là; mais sa Lettre
ayant été interceptée, par bonheur
pour la Cour, le Cardinal qui avoit
déja parole de Mr. de Mercœur frere

aîné du Duc de Beaufort d'époufer une de fes niéces, lui fit prendre la pofte pour empêcher fes mauvais deffeins. Il le munit de Lettres pour tous les principaux Officiers qui étoient dans ce Pays-là; il leur donna ordre de lui obéïr non-feulement, mais encore de lui aider à fe faifir du Comte de Marcin. Ce Prince partit fans que perfonne fçut où il alloit, de-peur que quelque ami de Mr. le Prince n'en donnât avis à ce Comte & qu'il ne fe fauvât par la fuite, s'il voyoit qu'il ne fût pas en état de lui réfifter. Mr. de Mercœur ne s'étant fait connoître fur fon paffage qu'à ceux qu'il fçavoit bien intentionnés pour le Roi, arriva en Catalogne fans que Marcin eut le moindre vent de fa venuë. Ainfi ayant fait tout ce qu'il devoit faire pour fe rendre maître fûrement de fa perfonne, il le fit arrêter & conduire dans la Citadelle de Perpignan.

Le Cardinal apprit cette nouvelle avec beaucoup de joie; & comme ce Prince avoit emporté avec lui le Brevet de Viceroi de cette Province, il commença à prendre poffeffion de cet emploi. C'étoit quelque chofe pour la

Cour qu'une affaire comme celle-là ;
puisque si Marcin fut venu à bout de
ses prétentions, c'en étoit fait, non-
feulement de tout ce Pays-là, mais encore du Roussillon qui fût demeuré
fans défense : Le Languedoc même en
eût peut-être encore souffert. Cependant, comme ce qui se passoit en
Champagne, paroissoit encore à ce
Ministre de plus grande conséquence
que tout le reste, il ne sçut pas plutôt
que le Vicomte de Turenne, après
avoir pris quelques bicoques, s'avançoit droit à Rhetel pour venir ensuite
jusques aux portes de Paris, qu'il fit
fortir les Prisonniers de Vincennes où
il ne les croyoit plus en sûreté. L'on
croit qu'un Gentilhomme, pour qui
l'Archiduc avoit beaucoup d'amitié &
qui étoit Pensionnaire du Cardinal,
lui donna avis d'user de cette précaution, parce que le dessein du Vicomte
de Turenne, étoit de détacher un parti
d'abord qu'il se feroit rendu Maître de
Rhetel, de le suivre de près & de les
venir enlever de-là : on prétend même
qu'il en étoit convenu avec l'Archiduc, & que ce coup leur paroissoit im-
manquable. Au-reste, le Cardinal les

ayant prévenus par-là, il fit conduire
les Princes à Marcoussi & de-là au Ha-
vre-de-Grace. Il en avoit donné la
garde à un nommé de Bar qui fut
bien-tôt Gouverneur d'Amiens, &
dont il avoit déja commencé à faire la
fortune. De Bar qui esperoit tout de
lui & qui avoit ordre expressément de
ne laisser approcher personne de ces
Princes, s'acquitta si éxactement de cet
emploi, que craignant, comme il n'entendoit pas le Latin, que le Prêtre qui
lui venoit dire la Messe, ne se servît
de ce Sacrifice pour lui donner quelques nouvelles, voulut l'obliger à ne
la dire qu'en François. Le Prêtre lui
répondit, en se moquant de lui, qu'il
en eût donc un ordre auparavant de
Sa Sainteté; & de Bar s'étant emporté
contre lui de ce qu'il ne vouloit pas
lui obéir, Mr. le Prince demeura sans
Messe, jusques à ce que le Cardinal
lui eût mandé qu'il lui sçavoit gré de
son zéle, mais qu'il le poussoit un peu
trop loin. Mr. le Prince se plaignit à
de Bar de ce qu'il ne lui permettoit
plus de remplir le devoir d'un Chré-
tien; & comme celui-ci étoit Gascon
& que les gens de ce Pays-là ne man-

quent jamais de défaites, il lui dit
qu'il ne s'en devoit pas prendre à lui,
mais à Dieu qui avoit envoyé une maladie à l'Aumônier qui avoit coûtume
de la lui dire auparavant. Mr. le Prince
lui demanda s'il n'y avoit point d'autre
Prêtre que lui pour prendre sa place;
il lui répliqua qu'il y en avoit, à la
vérité, & même un assez grand nombre & principalement en Normandie où
ils étoient; mais que, comme il n'avoit
ordre de se servir que de celui-là, il ne
lui étoit pas permis de rien faire au-
delà de son pouvoir.

Ce Prêtre ressuscita d'abord que le
Cardinal eut mandé ce que je viens de
dire; & comme il avoit fort bon visage quand il revint, Mr. le Prince se
doutant de quelque chose lui demanda
en présence de ce de Bar ce qu'il avoit
eu pour le laisser si long-temps sans
Messe; qu'on lui avoit voulu faire accroire qu'il avoit été malade, mais qu'il
y paroissoit si peu sur son visage qu'il
n'en croiroit rien que quand il le lui
diroit lui-même. Le Prêtre qui avoit
ordre de ne lui pas répondre quand il
l'interrogeroit, ne dit mot, quoique
Mr. le Prince, pour faire voir à de Bar

qu'il reconnoissoit ses finesses, lui dit
encore en raillant, qu'il commençoit à
voir qu'il avoit été plus malade qu'il
ne pensoit, puisque même il en avoit
perdu la parole. Le Cardinal fit rire la
Reine de la précaution que de Bar avoit
voulu prendre & le Maréchal de Grammont l'ayant sçu, il en fit rire aussi
Monsieur le Prince quand il fut sorti
de prison.

Quoique le Cardinal eut usé de précaution en faisant sortir les prisonniers
de Vincennes, il ne laissa pas d'être
en grande inquietude du siége de Rhetel que le Vicomte de Turenne avoit
formé. Il manda au Comte Duplessis,
qui s'étoit arrêté sur la Frontiere de
Picardie pour observer une autre Armée d'Espagnols qui étoit de ce côté-
là, d'en partir promptement & de
lui aller faire lever ce siége; mais le
Vicomte de Turenne l'ayant achevé
devant qu'il y put arriver, il se fut
poster à Sompy qui n'est pas bien
loin de cette Ville. L'Archiduc qui
voyoit qu'il étoit déjà entré si avant
dans la Champagne l'y joignit, croyant que rien ne leur pourroit plus
résister. Leur jonction acheva de dé-

concerter le Cardinal , qui jugeant que
tout étoit perdu s'il ne reprenoit cette
Place , & qu'il ne trouvât moyen de les
chasser de-là , excita toute la Jeunesse
de la Cour à aller trouver le Maréchal
Duplessis qui étoit à la veille de donner Bataille. Il n'eût pas eu besoin dans
un autre temps de lui rien dire pour
lui faire faire son devoir : la Noblesse
Françoise a cela de propre en elle ,
qu'elle méprise aisément la vie quand
il y va de son honneur ; mais comme
il y en avoit plusieurs qui tenoient par
des liens secrets aux Prisonniers , la
presse n'en eût pas été bien grande ,
si la Reine ne les eût pas excités elle-
même à la même chose. Elle fit bien
plus : Elle conseilla encore à Son Eminence d'y aller en personne , lui faisant entendre qu'il seroit bien plus en
droit de dire à tout le monde de la
suivre , si on l'y voyoit marcher la
premiere. Elle crut qu'elle avoit raison ; & ayant monté à cheval , elle se
rendit dans le Camp du Maréchal-du
Plessis à qui il avoit envoyé quelques
jours auparavant du renfort. Les deux
Armées étoient déja en présence ; &
comme il n'y avoit qu'un petit ruisseau

qui les séparât, pour peu de chemin
qu'elles vouluſſent faire l'une ou l'autre, elles ne ſe pouvoient plus défendre d'en venir aux mains.

L'Archiduc ayant aſſemblé le Conſeil de Guerre, pour ſçavoir s'il devoit
ſe retirer ou hazarder le combat, il s'y
trouva des gens de différent avis ; les
uns lui dirent que ce ſeroit trop ſe riſ-
quer que de combattre dans un endroit
ou la retraite lui ſeroit impoſſible s'il
venoit à y avoir du pire ; les autres
que c'étoit inutilement qu'il eſperoit
de triompher de la France s'il laiſſoit
échapper cette occaſion : Que le gain
de la Bataille le meneroit juſques aux
Portes de Paris ; & que comme ſes Soldats aſpiroient à une ſi riche proye,
il n'y en avoit pas un qui ne demandât qu'on les menât à la charge ; qu'ils
ſe feroient tous tailler en piéces plutôt
que de reculer, parce que outre le péril
qu'ils ſçavoient bien qu'il y auroit à
le faire, ils renonceroient par-là à leurs
eſpérances. Ce qu'on lui diſoit, étoit la
pure vérité : ſes Soldats qui avoient
commencé à boire du vin de Champagne, ne reſpiroient plus que le combat, afin de s'avancer toujours de plus,

en plus dans un Pays qui leur fourniſ-
ſoit un breuvage où ils trouvoient bien
plus de goût qu'à celui dont ils avoient
coûtume de ſe ſervir. D'ailleurs quelques-uns d'entr'eux qui avoient été
autrefois à Paris, & qui ſçavoient de
combien de belles Maiſons cette grande Ville eſt environnée, avoient inſi-
nués aux autres que s'ils pouvoient jamais parvenir ſeulement à la voir, ils
n'avoient plus que faire de ſe mettre en
peine de rien pour être riches. Ainſi,
ils ne ſçurent pas plutôt qu'il y en
avoit dans le Conſeil de Guerre qui
prétendoient détourner l'Archiduc de
combattre, qu'ils s'en furent au quartier du Roi pour les accuſer de trahi-
ſon. L'Archiduc crut que c'étoit le
Vicomte de Turenne qui les faiſoit
agir, parce qu'il ne demandoit qu'à
combattre. L'on avoit envoyé cependant des Eſpions dans le Camp du
Maréchal du Pleſſis pour ſçavoir à
combien montoit au juſte le ſecours
que le Cardinal lui avoit amené; car il
y en avoit dans ce Conſeil qui ſoûte-
noient qu'il n'étoit que de quatre mille
hommes, pendant que d'autres vouloient abſolument qu'il fût de deux fois

autant. Les cris que faisoient ces Soldats obligerent l'Archiduc de mettre la
tête à la fenêtre & de leur dire de se
retirer ; mais ils crierent bataille encore plus fort qu'auparavant ; de sorte
que ne voulant point obéïr qu'il ne
leur eût promis de leur donner satisfaction , il crut qu'il ne risqueroit rien
à le faire , puisque cette ardeur ne pouvoit présager que la victoire. Ainsi le
combat ayant été résolu , il se mit à la
tête de l'aîle droite de son Armée ,
& donna la gauche au Vicomte de Turenne. Le Maréchal du Plessis se mit
pareillement à la tête de l'aîle droite
de la sienne , & ayant donné la gauche
au Marquis de la Ferté que l'on avoit
fait revenir tout exprès de Lorraine ,
où il étoit auparavant , afin qu'il se
trouvât à cette occasion , le combat
commença le lendemain matin , & fut
extrêmement opiniâtre de part & d'autre. L'aîle droite des Ennemis plia
néanmoins à la fin devant le Marquis
de la Ferté ; & la victoire eût été entiérement de son côté , si par malheur le
Vicomte de Turenne n'eut remporté le
même avantage sur le Maréchal Duplessis , qu'il venoit de remporter sur
l'Archi-

l'Archiduc. Chacun tâcha de se rallier
à la faveur de ceux qui avoient triom-
phé de leur côté ; & s'étant donné un
second choc, le Maréchal Dupleſſis eût
ſi bien ſa revanche ſur les Troupes rebelles qui lui étoient oppoſées qu'il les
mit en fuite incontinent. Le Marquis de
la Ferté fit la même choſe pour la ſecon-
de fois de celles de l'Archiduc ; & ce
Prince voyant que tout étoit perdu, ſe
ſauva des premiers de peur d'accroître
encore ſa diſgrace en tombant entre les
mains de ſes Ennemis. Le Vicomte de
Turenne ne voulut pas ſuivre ſon éxemple ſi-tôt ; & ayant voulu tenir ferme
encore avec quelques gens qu'il avoit
ralliés, peu s'en fallut qu'il ne fût fait
priſonnier. Là plûpart de ceux qui lui
aiderent à combattre furent tués devant
lui ; & n'y ayant plus lieu de tenir bon,
parce que la frayeur fit débander les
autres tout auſſi-tôt, il prit le parti à la
fin de ſe retirer où il pourroit. Quelques Officiers qui étoient échappés du
carnage ne le voulurent pas abandonner ; & comme il y en avoit un qui
étoit du Pays, il lui promit qu'il le
conduiroit ſi bien qu'il lui feroit éviter
d'être fait priſonnier. Il en fut ravi,

parce qu'il n'y auroit pas eu de sûreté pour lui à tomber entre les mains du Cardinal. Il l'avoit fait déclarer criminel de Leze-Majesté ensuite de sa révolte, & il n'aimoit pas à être réduit à sa discrétion. Cependant, quelque promesse que cet Officier lui eut faite, un Escadron le poursuivit de si près qu'il crut qu'il trouveroit mieux son compte à lui faire tête qu'à lâcher toujours le pied devant lui. Il le dit à ses Officiers, & que leurs chevaux n'en pouvant plus aussi-bien que le sien, il valloit mieux mourir les Armes à la main que de perdre peut-être la tête sur un échaffaud comme Rebelles. La partie n'étoit pourtant pas égale, & les ennemis étoient pour le moins cinq contre un; mais la nécessité qui ne permet pas souvent de considerer bien des choses, les obligerent à faire ce qu'ils n'eussent pas fait dans un autre temps; ils entrerent l'épée à la main dans cet Escadron, & y firent un grand carnage sans qu'il y en eut un seul d'eux qui fut tué. Il est vrai que la mort du Capitaine qui le commandoit fut cause de tout ce desordre: Car le Vicomte de Turenne qui sçavoit qu'il n'y a que les

Officiers qui donnent du courage aux Cavaliers, avoit dit à ceux qui étoient auprès de lui, qu'il falloit tâcher de le mettre hors de combat auſſi-bien que le Lieutenant & le Cornette ; & que s'ils en pouvoient venir à bout, ils en auroient bien-tôt bon marché. Cela arriva juſtement comme il l'avoit prédit, & leurs Ennemis ne virent pas plutôt leurs Officiers tués qu'ils ne ſongerent plus qu'à prendre la fuite.

Le Marquis de la Ferté qui s'étoit extrêmement ſignalé dans ce combat en eut le bâton de Maréchal de France auſſi-bien que les Marquis d'Aumont & d'Hocquincourt Lieutenants-Généraux qui y avoient fait pareillement leur devoir. Le Comte de Grancey qui prétendoit ne s'y être pas moins diſtingué qu'ils pouvoient l'avoir fait, en fut jaloux ; & comme on étoit dans un temps où l'on faiſoit bien des choſes que l'on n'oſeroit faire dans celui-ci, il dit à Mondejeu, Gouverneur d'Arras qui croyoit auſſi avoir mérité la même dignité, que s'ils faiſoient bien, ils s'en iroient tous deux dans leurs Gouvernemens paſſer leur chagrin. Le Comte de Grancey avoit celui de Gra-

velines ; & s'y en étant allé quelques
jours après sans congé de la Cour où
il étoit revenu après cette Bataille, le
Cardinal craignit qu'il ne groffit encore le nombre des Rebelles. Il ap-
préhenda même qu'il ne débaucha le
Comte d'Estrades qui commandoit
dans Dunkerque, & que toute cette
Côte qui avoit tant coûté d'argent &
de Soldats avant que de tomber fous la
domination du Roi, n'en fortît par le
mécontentement de ce Gouverneur.
Ainſi, il envoya après lui pour lui dire
que fi Sa Majefté ne lui avoit pas donné
le Bâton de Maréchal de France comme
aux autres, ce n'étoit que parce qu'on
n'en pouvoit tant faire à la fois ; mais
qu'Elle fe fouviendroit en temps & lieu
de fes fervices, & que pourvû qu'il fe
donnât un peu de patience, c'étoit une
chofe qui ne lui pouvoit jamais manquer. Le Comte qui avoit affez prati-
qué ce Miniftre pour fçavoir que les
promeffes ne lui coûtoient rien, crut à
propos de ne s'y fier que de bonne
forte. Il répondit à celui qui lui vint
faire ce compliment de fa part, qu'il
ne lui demandoit rien ; & que tout ce
qu'il vouloit préfentement, étoit de

paſſer ſa vie en homme privé & ſans
ſonger à autre choſe qu'à bien conſerver ſa Place: Il fit en même temps
quelques Recruës pour ſa Garniſon ;
& Son Eminence en ayant eu avis, crut
plus que jamais qu'il ne ſongeoit qu'à
ſe rendre indépendant de la Cour. Il
lui envoya un nouveau Courier pour
lui dire qu'il voyoit bien qu'il étoit
fâché ; mais qu'il avoit grand tort,
puiſque le Roi ne ſongeoit qu'à lui
faire tout le bien qu'il lui ſeroit poſſible. Comme ce n'étoient-là que des
paroles & que le Comte vouloit des
effets , il lui rendit compliment pour
compliment & tâcha toujours d'augmenter la jalouſie. Enfin, il tira des
aſſurances que le Roi lui accorderoit
ce qu'il deſiroit, & quoique ce ne fut
pas encore ſi-tôt, on ne laiſſa pas néanmoins de lui tenir parole.

Mr. d'Emery mourut cependant & ne
fut pas malheureux que cela lui arrivât
avant que les affaires ſe brouillaſſent
davantage ; car comme il étoit haï du
peuple , comme le ſont preſque tous
ceux qui ont le maniement des Finances , il lui fût peut-être encore arrivé
pis que d'être relegué, comme il l'avoit

été quelques temps auparavant. Madame de la Vriliere demeura héritiere de
tous ses Biens, parce qu'un fils qu'il
avoit fait de Robbe & qui n'avoit pas
à beaucoup près tant d'esprit qu'il en
avoit, étoit mort avant lui. Le Cardinal, qui faisoit argent de tout,
chercha quelqu'un qui lui voulut donner de l'argent pour avoir la Charge
de Sur-Intendant, & comme elle n'é-
toit pas mauvaise & qu'on s'y pourroit
bien rembourser de celui qu'on lui
compteroit, il trouva assez de Marchands qui lui en offrirent de bonnes
sommes. Il ne fut donc plus question
que de sçavoir celui qui lui en donneroit le plus ; & la faisant éxercer en
attendant comme par *interim*, Mr. de
la Vieuville qui l'avoit déja euë sous le
régne du feu Roi, lui en offrit quatre
cent mille francs. Il y en avoit qui en
vouloient donner davantage ; mais le
Cardinal qui n'étoit pas duppe sur son
intérêt, aima mieux avoir à faire à lui
qu'à un autre ; parce que comme il
étoit déja vieux, il s'attendoit qu'il
mourroit bien-tôt & qu'il ne seroit
guéres sans la revendre. Il le fit attendre néanmoins jusques à l'année sui-

vante, avant que de conclure ce marché, parce qu'il vouloit qu'il allât jufques à cinq cent mille francs qu'il en refufoit d'une autre perfonne. Mr. de la Vieuville n'avoit jamais été bien propre pour le métier des Finances qui demande un homme expéditif, & qui prenne fon parti fur le champ en beaucoup de rencontres. Il ne fçavoit le plus fouvent que répondre à ce qu'on lui difoit ; de forte qu'au lieu d'aller au fait, il cherchoit à détourner les chiens, afin de confulter là-deffus quelque perfonne qui y eut plus d'intelligence que lui. Auffi avoit-il fi peu de réputation dans le temps même qu'il étoit plus jeune & qu'il avoit éxercé cette Charge, que jufques aux Marmitons, il n'y avoit perfonne qui ne lui eût déclaré la guerre. Ayant été quelque temps fans faire paffer les clefs de cuifine de Sa Majefté, ces Marmitons s'affemblèrent jufques au nombre de deux cent & furent une belle nuit, lui faire le plus beau charivari du monde. Ils y retournerent encore le lendemain avec leurs chaudrons & leurs broches ; & l'euffent obligé de renoncer de lui-même à cette Charge, fi le Roi ne l'eût fait fans eux, en le faifant arrêter & conduire au Château d'Amboife.

Le Comte de Grancey n'étoit pas le feul qui voulût être Maréchal de France, d'autres qui l'avoient encore bien moins mérité que lui, le vouloient être auffi à toute force. Le Comte de Mioffens trouvoit que d'avoir conduit Mr. le Prince à Vincennes, c'étoit une action qui valloit du moins le gain d'une Bataille. Comminge renchériffoit encore par-deffus lui : il foûtenoit qu'il avoit effuyé un bien plus grand danger en lui demandant fon épée, que lui à le conduire en prifon lorfqu'il n'en avoit plus. Auffi pourfuivit-il Son Eminence fi vivement là-deffus & avec des raifons qu'il croyoit fi fortes pour lui, qu'elle ne fçut prefque que lui répondre. Il lui dit que le Maréchal de Themines qui avoit arrêté autrefois le pere de ce Prince, avoit été honoré de cette Dignité dès le lendemain, & que pour lui il n'en étoit pas plus avancé quoiqu'il y eût déja près de cinq mois qu'il eût entrepris une action fi hardie. Le Cardinal voulut d'abord le renvoyer à la Reine, afin de fe délivrer de fes

importunités ; mais voyant que quoiqu'il lui pût dire, il revenoit toujours.
à la Charge, il lui répondit à la fin
qu'il n'y avoit point de satisfaction à
faire plaisir à des ingrats ; qu'un autre
à sa place auroit donné tout son bien
de tout son cœur pour avoir eu l'honneur comme lui d'arrêter le premier.
Prince du Sang ; que cela lui alloit.
donner place dans l'Histoire où il n'eût.
peut-être jamais été sans cela : que cependant au lieu d'en avoir de la reconnoissance il étoit tous les jours à le
persécuter ; qu'il lui rapportoit l'exemple du Marquis de Themines, comme
s'il n'eût pas eu par-devers lui des
actions de valeur qui lui avoient fait.
donner le Bâton de Maréchal de France,
sans que la Commission dont il parloit.
y eût euë la moindre part ; qu'il ne
l'avoit eu que comme Capitaine des
Gardes du Corps de quartier à qui
on ne la pouvoit ôter naturellement ;
qu'ainsi quand on lui en avoit donné
une pareille, on en devoit bien plutôt attendre des remerciemens que des.
persécutions pareilles à celles dont il.
l'assassinoit tous les jours. Comminges.
lui voulut répliquer, que s'il ne lui

vouloit pas donner de l'honneur, il lui
rendit du moins son argent auffi bien
qu'à fon oncle ; qu'il lui avoit propofé
cela comme une récompenfe, & de
fon action qui avoit fon mérite quoiqu'il en pût dire, & de cette fomme
qu'on leur faifoit perdre comme fi on
la leur voloit fur le grand chemin :
qu'il étoit bien fâché d'être obligé de
lui parler de la forte ; mais que, fe
voyant gueux & méprifé, c'étoit bien
le moins, ce lui fembloit, que de lui
permettre de fe plaindre.

Son Eminence lui répondit qu'elle
ne prétendoit pas l'en empêcher ; qu'il
le pouvoit faire tant qu'il voudroit
pourvû qu'il la laiſsât en repos ; qu'elle
lui permettoit même de fe pourvoir
contre le Maréchal de la Meilleraie
qu'il devoit accufer de fon malheur &
non pas elle. Ce fut toute la réponfe
qu'il en put tirer ; pendant que le
Comte de Mioffens plus fin & plus
adroit que lui fçut fi bien ménager
l'efprit de Son Eminence qu'il obtint
à la fin ce qu'il defiroit ; quoiqu'il
n'eut pas plus de lieu que lui de l'efperer. Comminges n'ofa éclater par le
refpect qu'il avoit pour la Reine à qui

ils étoient redevables son oncle & lui
de tout ce qu'ils étoient : il ne put
s'empêcher néanmoins de se plaindre
du recours que ce Ministre lui donnoit
contre le Maréchal de la Meilleraie,
comme s'il avoit rien fait que de con-
cert avec lui & même en vertu d'Arrêts du Conseil qu'il lui avoit fait expédier. Il en parla même à la Reine
qui lui dit de prendre patience , &
qu'on lui donneroit avec le temps
quelque récompense pour son argent ;
que le Cardinal n'étoit pas peu em-
barrassé à satisfaire tout le monde &
principalement dans un temps où les
Ennemis du Roi son fils prétendoient
aussi bien que ses véritables serviteurs,
avoir part à ses bienfaits.

Le succès de la Bataille de Rhetel
donna bien quelque joye à la Cour ;
mais comme elle étoit troublée par les
nouvelles de la révolte de Bordeaux
qui continuoit toujours , le Cardinal
résolut de mener Sa Majesté en Guienne pour voir si Elle y pourroit calmer
toutes choses aussi facilemeut qu'Elle
avoit fait dans les autres Provinces
qui s'étoient déclarées pareillement
pour les Prisonniers. Le Duc de Bouil-

lon & les autres Rebelles n'avoient pas
été plutôt dans cette Ville qu'ils y
avoient levés des Troupes avec quelqu'argent qu'ils avoient eux-mêmes &
d'autre qu'ils avoient tiré du Roi
d'Espagne vers qui ils avoient envoyé.
Sa Majesté Catholique qui avoit approuvé tout ce que l'Archiduc avoit
fait en faveur du Vicomte de Turenne,
voyant qu'il ne lui pouvoit rien arriver de plus avantageux que de fomenter nos divisions, n'eut garde de
leur refuser le secours qu'ils lui avoient
envoyé demander. Le Duc de Bouillon
qui avoit été déclaré Généralissime des
Bourdelois se mit en même temps aux
champs avec ces Troupes qui n'étoient
pas trop nombreuses ; & comme il n'en
falloit pas avoir beaucoup pour se rendre maître de quelques Forts que Sa
Majesté tenoit au tour de cette Ville,
tant pour la contenir dans le devoir,
elle qui étoit portée naturellement à la
rébellion, que pour assurer la levée
des Droits établis sur les Marchandises
qui passoient sur la Garonne & sur les
autres Rivieres qui sont de ce côté-là,
il en vint à bout facilement. Il prit
entr'autres celui qui étoit à la tête de

l'Ifle de Saint George ; & le Baron de
Canolle l'ayant voulu défendre jufques
à l'extrémité, croyant toujours qu'il
feroit fecouru, il fut fait prifonnier de
guerre. Le Duc de Bouillon le fit conduire à Bordeaux, où il lui donna la
Ville pour prifon, après avoir pris fa
parole qu'il n'en fortiroit point fans le
lui demander préalablement. Le Baron
qui aimoit les Dames s'y divertit avec
elles en attendant que la Cour l'échan-
geât avec quelqu'un ou qu'elle payât
fa rançon ; mais le Maréchal de la
Meilleraie fâché de ce que le Gouverneur que le Duc de Bouillon avoit mis
dans le Château de Vaire ofât entreprendre d'arrêter fon Armée, il jura
qu'il ne l'auroit pas plutôt entre les
mains qu'il le feroit pendre. Il n'y
manqua pas ; & la nouvelle en ayant
été portée au Duc de Bouillon, il envoya dire au Baron de Canolles, qui
étoit alors au Bal, qu'il fe préparât à
mourir. Ce compliment le furprit ; lui
qui ne fçavoit pas avoir rien fait qui
le lui pût attirer ; & s'en étant expli-
qué avec celui qui le lui faifoit de fa
part, il déplora fon malheur, d'abord
qu'il fçut qu'on vouloit le faire fervir

de représailles. Toutes les Dames de la
Ville demanderent sa grace, & il y en
eut même qui se jetterent aux pieds de
Madame la Princesse qui inclinoit à
son pardon ; mais le Duc de Bouillon
& les autres amis de Mr. le Prince lui
ayant remontré qu'elle devoit bannir
sa miséricorde à moins que de vouloir
ruiner les affaires de son mari ; elle ne
jugea pas à propos d'insister davantage en faveur de ce malheureux Baron.
Le pauvre homme fut ainsi pendu &
servit de victime à une malheureuse
politique qui fit horreur même à ceux
qui le firent mourir.

L'Armée du Maréchal qui étoit plus
nombreuse que les Rebelles n'avoient
crus , jetta de l'épouvante dans leur
esprit, sur-tout sçachant que celui qui
la commandoit n'étoit pas le moins
habile des Maréchaux de France , &
que d'ailleurs, il étoit homme à ne
leur point faire de quartier : car il
avoit cela de bon en lui , qu'il étoit
très-attaché au service du Roi & incapable d'entrer dans aucune brigue
qui y fût contraire. Ils dépêcherent de
nouveaux Couriers à Madrid pour y
représenter que sans un secours plus

considérable que celui qu'ils avoient reçus, il leur étoit impossible absolument de lui faire tête. Le Roi d'Espagne qui venoit de recevoir la nouvelle de la défaite de l'Archiduc, & en même temps que le Cardinal faisoit tout son possible pour regagner le Vicomte de Turenne, assembla son Conseil pour lui demander comment il avoit à se conduire dans une conjoncture comme celle-là. Il sembla, de la maniere qu'il lui exposa ce qui se passoit, que ce seroit autant d'argent perdu que celui-là, principalement sur ce qu'on lui avoit aussi mandé d'un autre côté que la plûpart des Bourdelois commençoient à se repentir d'avoir entrepris si legérement la défense d'un parti qui étoit incapable de lui-même de résister à son Souverain. Mais son Conseil lui ayant remontré que quelque foible qu'il fût, il devoit l'épauler de toutes ses forces, il leur envoya encore ce qu'ils lui demandoient. Ils tinrent bon par ce moyen jusques à l'arrivée du Roi, qui ayant amené de nouvelles Troupes au Maréchal, rendirent ses forces si supérieures aux leurs qu'ils résolurent de ne

pas faire davantage une défenfe inutile.
Les Bourdelois contribuerent fur-tout
à leur faire prendre cette réfolution par
des Députés qu'ils envoyerent fecrettement au Cardinal afin d'en faire leur
Traité meilleur. Le Cardinal voulut
faire le fin fe voyant recherché fépa-
rément des deux côtés; & faifant toujours avancer le Maréchal, il crut que
plus il le feroit tenir, plus il les obligeroit de fe rendre la corde au cou;
mais les uns & les autres ayant reconnus fes fineffes, ils fe réünirent enfemble & ne parlerent plus que de fe défendre. Cela obligea le Cardinal de
remettre le Traité fur le tapis, & ayant
offert une abolition générale à la Ville,
& un fauf-conduit aux Rebelles pour
fe retirer où bon leur fembleroit, cette
Ville retourna fous l'obéïffance de fon
Souverain.

Les Hollandois qui avoient toujours
été dans l'alliance du Roi; mais qui
avoient eu quelque jaloufie de ce qu'il
étendoit fes conquêtes de leur côté,
ne virent pas de trop bon œil que
cette Ville fût rentrée dans le devoir.
Ils fçavoient qu'il y avoit déja long-
temps qu'elle avoit envie, à leur éxem-

ple, de s'ériger en République & de faire une alliance offensive & défensive avec eux. La politique vouloit qu'ils desiraffent qu'elle y pût réüffir, surtout ayant plus de sujet que jamais, de haïr le Gouvernement Monarchique à cause de l'entreprise que le Prince d'Orange venoit de faire sur Amsterdam. Ils en avoient fait arrêter les Principaux Auteurs : cependant la mort de ce Prince les délivra de cette inquiétude. Il mourut qu'il n'avoit pas encore vingt-cinq ans accomplis ; & comme il semble qu'on ne puisse mourir à cet âge-là d'une mort naturelle, cela fit croire à beaucoup de gens qu'il avoit été empoisonné. Il y en a même encore quantité qui le croient ; mais c'est ce que je me donnerai bien de garde d'asfurer, laissant à chacun la liberté de croire tout ce que bon lui semblera.

La Ville de Bordeaux ayant été ainsi remise dans le devoir, Mazarin crut que rien n'étoit plus capable de troubler sa félicité. Ainsi, apprenant que Cromwel, après avoir établi en apparence une nouvelle République en Angleterre faisoit naître tant de diffi-

cultés à cette efpece de gouvernement
qu'on lui avoit déja offert la Couronne ; il lui dépêcha une perfonne qui
étoit tout-à-fait dans fes interêts pour
le féliciter fur cette bonne nouvelle.
Cromwel qui étoit extrêmement politique n'avoit eu garde d'accepter cette
propofition ; & afin de donner plus
d'envie à ces peuples de le faire monter fur le Trône , il leur avoit dit
qu'il valloit bien mieux qu'ils jettaffent
les yeux fur Charles qui y avoit bien
plus de droit que lui par fa naiffance
& par fon mérite ; & qu'il oublieroit
de bon cœur tous les maux qu'ils
avoient faits à fon pere en confidéra-
tton de ce qu'ils feroient retournés à
leur devoir. Il fçavoit que la plupart
avoient de l'averfion pour la maifon
de ce Prince , lefquels étoient alors les
plus puiffans qu'il y eut dans l'Etat.
Auffi comme il n'euffent pas trouvés
leur compte à lui mettre la Couronne fur la tête , ils fe récrierent fi
fort contre fa propofition qu'il crut
qu'il n'en devoit plus parler. Celui
que le Cardinal lui avoit envoyé ,
ayant bien-tôt reconnu fa fineffe ,
& que les Brigues qu'il avoit dans le

Parlement étoient telles qu'il y avoit
beaucoup d'apparence qu'il l'établi-
roit bien-tôt fur le Trône, ajoûta aux complimens qu'il lui avoit
déja fait, une propofition dont fon
Eminence l'avoit chargé en cas qu'il
vît que les affaires allaffent bien. Ce
fut de lui offrir les forces de la
France, pour parvenir à fes deffeins ;
& afin qu'il ne crut pas que le Cardinal ne cherchât qu'à tirer fon fecret
fans avoir deffein d'effectuer fes promeffes, il lui propofa en même temps
de fa part, le Mariage d'une de fes
niéces avec fon fils ainé. Cromwel
lui répondit que la chofe valloit bien
la peine d'y penfer, & qu'il ne lui refuferoit pas vingt-quatre heures pour
cela. L'Envoyé du Cardinal bien-loin
d'y trouver à redire, lui repliqua qu'il
étoit le Maître d'en prendre d'avantage s'il youloit & qu'il attendroit fa
réponfe. Cromwel affembla fes amis
pour leur communiquer cette affaire ;
& comme Lambert & Harriffon étoient
ceux en qui il avoit le plus de confiance, ce fut à eux qu'il expofa ce
que celui-ci lui avoit propofé. Le Cardinal les avoit fait gagner par argent,

afin qu'ils ne s'oppofaffent pas au bonheur de fa niéce, qu'il prétendoit voir
bien-tôt Reine : ainfi lui ayant dit
qu'il ne pouvoit mieux faire que d'accepter les offres de fon Eminence ;
Cromwel leur repondit qu'après y
avoir bien penfé toute la nuit, il fe
trouvoit fâché de leur dire qu'il étoit
d'un fentiment tout contraire au leur :
qu'il convenoit bien avec eux que fi
le Cardinal vouloit lui promettre le fecours de France fans obliger fon fils
à époufer fa niéce, il feroit bien imprudent de le refufer ; mais que de l'accepter à une condition fi defavanta-
geufe pour lui, ce feroit vouloir fe
perdre, bien loin d'en avancer fes affaires : que la niéce de fon Eminence
étoit catholique, qualité incompatible
avec celle de Reine d'Angleterre : que
le feu Roi ne s'étoit perdu que par-
là ; tellement que quand il n'y auroit
que fon exemple, c'en étoit plus qu'il
ne lui en falloit pour le rendre fage.
Lambert & Harriffon ne fçurent que
lui repondre, quelque envie qu'ils euffent d'obliger Son Eminence, qui leur
avoit fait promettre monts & merveilles par fon envoyé, pourvû qu'ils
portaffent Cromwel à cette alliance.

L'envoyé du Cardinal n'ayant plus rien à esperer, après cette réponse, re-revint à Paris pour lui rendre compte de sa commission. Ce Ministre s'étoit si bien attendu à voir réüssir ses desseins, qu'il fut au desespoir de se trouver si loin de son compte. Il lui dit que tout grand politique que fut Cromwel, il n'y entendoit rien à ce coup-là ; puisque quelques délicats que fussent les Anglois sur les matieres de Religion, il eût bien fallu malgré eux qu'ils eussent calé la voile s'il eut été assisté des forces du Roi. Cromwel cependant alla toujours son chemin pour monter sur le Thrône, & crut avoir si bien pris ses mesures que la chose ne pouvoit plus lui manquer doresnavant. Les peuples vinrent effectivement au Parlement pour le demander pour leur Roi : quelques Membres même de ce Corps oserent dire en pleine assemblée, que la Nation ne pouvoit jamais être plus heureuse que lorsqu'elle seroit gouvernée par un homme si sage & si prudent. Mais comme la plûpart n'avoient commis le Parricide effroyable qu'ils avoient fait que pour se délivrer de la Royauté ;

au lieu de leur donner leurs suffrages,
ils exciterent le peuple sous main à se
plaindre de ce qu'après s'être déclaré
lui - même contre le Gouvernement
Monarchique; comme contre une chose qui sentoit la tyrannie, il ne laif-
soit pas de vouloir la mettre dans sa
maison. Il fut bien surpris d'un changement si peu attendu; & connoissant
trop l'esprit des Anglois pour vouloir persévérer après cela dans son dessein , il déclara en plein Parlement
qu'il n'avoit jamais songé à mettre la
Couronne sur sa tête ; que parce qu'il
sembloit qu'on l'y voulut obliger.
Qu'ils sçavoient bien tous qu'il avoit
été le premier à proposer de créer une
République, qu'ils avoient suivis son
avis ; & que puisqu'il ne s'en trouvoient pas mal, il ne comprenoit pas
comment ils avoient si-tôt songé à
changer cette forme de Gouvernement;
que pour lui, il l'approuvoit toujours
tout autant qu'il avoit jamais fait pendant qu'il détestoit de tout son cœur
la Royauté.

De si belles paroles & si conformes
aux sentimens dont les Peuples étoient
alors remplis, firent que la colère qu'ils

se sentoient contre lui passa en aussi
peu de temps qu'elle s'étoit allumée.
Ils lui redonnerent leur amitié & leur
estime qu'ils étoient prêts de lui ôter ;
& se servant adroitement de ce nouveau changement, il fit tout ce qu'il
put pour usurper l'autorité Royale ;
quoiqu'ils ne voulussent pas lui donner le nom de Roi. Le Cardinal qui
le haïssoit depuis le refus qu'il avoit
fait de son alliance, fut fort fâché de
le voir rétabli si bien dans leurs bonnes graces ; ainsi au lieu de lui envoyer faire des compliment sur son retour d'Irlande, comme firent la plupart des autres Puissances voisines, il
dit en pleine Cour, afin que cela fût
rapporté aux Anglois, qu'il trouveroit
bien-tôt moyen d'avoir la qualité de
Roi qu'ils n'avoient pas encore voulu
lui donner. La Reine d'Angleterre jugeant, de l'air dont il avoit dit ces
Paroles, qu'il falloit qu'il y eût de
la mésintelligence entre eux, tâcha
de l'augmenter par toutes sortes d'a-
dresses. Elle lui fit faire mille faux rapports ; & comme il faut peu de chose à un Italien pour lui faire prendre
feu, rien ne l'empêcha de donner du

fecours au Roi fon fils que les defordres qui regnoient dans le Royaume.

Les Peuples après avoir témoigné
de la joie de la prifon des Princes,
commençoient à les plaindre, parce
qu'ils n'en étoient pas plus heureux,
quoiqu'ils leur euſſent attribués une
partie de leur malheur. La Princeſſe de
Condé Douairiere fe fervit adroitement de ce temps-là pour préfenter
une nouvelle Requête au Parlement
áfin de lui faire prendre connoiſſance
de la prifon de fon fils. Il ne l'avoit
pas voulu faire la premiere fois qu'elle
lui en avoit préfenté une; mais ayant
changé maintenant de fentiment, cette
Compagnie lui fit dire fecrettement que
Madame la Princeſſe fa belle fille en
donnât auſſi une de fon côté & qu'elle
y auroit bien-tôt égard. Madame la
Princeſſe fit ce que le Parlement vouloit; & s'étant aſſemblé extraordinairement là-deſſus, la Cour n'en eut pas
plutôt avis qu'elle manda les Gens du
Roi pour fçavoir ce que cela vouloit
dire. Le Coadjuteur qui faifoit mou-
voir ce Corps à fon gré, & qui vouloit par-là obliger le Cardinal à lui
faire avoir ce qu'il lui avoit promis,
l'avoit

l'avoit préparé à la réponse qu'il devoit faire à Sa Majesté par la bouche
des Gens du Roi. Ainsi quand la Reine leur demanda pourquoi le Parlement s'assembloit & si c'étoit à lui
à entrer en connoissance pourquoi elle
avoit fait arrêter les Princes ; ils lui
repondirent qu'il ne l'eût pas fait si
ce n'est que tous les Peuples commençoient à en murmurer : qu'il avoit sçu
que la Noblesse s'assembloit en plusieurs Provinces sous ce prétexte &
que le Clergé en faisoit de même :
que les uns & les autres prenoient intérêt à leur détention , de sorte qu'il
étoit à craindre qu'il n'en arrivât du
desordre ; que le Clergé se plaignoit
de ce qu'on traitoit ainsi le Prince de
Conti qui étoit engagé dans les Ordres sacrés ; qu'il étoit aisé de prévoir
de là que cette affaire ne pouvoit avoir
que de très méchantes suites ; tellement
que le Parlement avoit cru de sa
prudence , d'y apporter tout le reméde
qu'il pourroit. La Reine ne fut point
contente de cette réponse;& quoiqu'elle
fit faire quantité de propositions à cette
Compagnie , pas une ne lui fut agréable parce qu'elles ne l'étoient pas au

Coadjuteur & à ceux de son parti. Leur
dessein étoit, quand le Coadjuteur seroit
Cardinal , de faire donner un Arrêt par
lequel tous les Etrangers seroient exclus du Ministére, & d'obliger ensuite
le Cardinal Mazarin de s'en retourner
en Italie. Ce Ministre qui en eut le
vent & que le Coadjuteur prétendoit
bien avoir sa place , n'eut garde de
se hâter de lui procurer cet honneur ;
& cherchant plutôt à se raccommoder avec le Prince de Condé , il fit
diverses propositions à ses Gens d'affaire. Ils mouroient d'envie de le voir ,
pour lui apprendre ce qui se passoit ;
ainsi ils ne voulurent point entreprendre de rendre réponse à son Eminence
qu'ils n'en eussent conferé avec lui.
Mais l'appréhension qu'avoit ce Ministre, qu'au lieu de concourir à ses desseins , ils ne le portassent au contraire
à s'accommoder avec le Coadjuteur
qu'il sçavoit lui faire plusieurs propositions de son côté, fit qu'il ne leur
voulut pas accorder cette permission.

La Reine d'Angleterre étoit au desespoir de toutes ces intrigues qui s'op-
posoient au rétablissement du Roi son
fils, qui n'étoit pas encore désesperé ;

quoique le paſſage de Montroſe en
Ecoſſe eût eu une cataſtrophe ſi pitoya-
ble. Cromwel pour plaire aux Anglois
qui haïſſoient toujours les Ecoſſois de
plus en plus, s'étoit porté à leur faire
de mauvais traitemens, ſous prétexte
qu'ils ſe devoient révolter la plûpart
en cas que Montroſe eût eu quelque
ſuccès dans ſa deſcente. L'on à prétendu que cette conduite n'étoit pas d'un
grand politique comme il avoit toujours paru, & qu'il les animoit par-
là à lui en faire paroître leur reſſen-
timent à la premiere occaſion : mais
ſoit qu'il ne les crût plus en état de
lui nuire, après le ſupplice d'un homme qu'il regardoit comme le ſeul Capitaine dont Charles ſe pouvoit ſervir
contre lui, ou qu'il fût dans l'obligation d'avoir cette complaiſance pour
les Anglois; ces Peuples lui en ſçurent
ſi mauvais gré que ceux qui lui avoient
paru les plus affectionnés, lorſque
Montroſe avoit fait éclore ſes deſſeins,
furent les premiers à ſe déclarer contre lui. Ils envoyerent à Charles pour
lui dire que toute la Nation concour-
roit à ce coup-là à le faire remonter
ſur le Trône, & que s'il ne ſe fût pas

pas tant preſſé de faire paſſer la Mer
à Montroſe ; ils auroient le plaiſir préſentement de combattre ſous ſes En-
ſeignes : mais que puiſqu'il n'étoit plus
& qu'ils étoient privés de ce bonheur,
ils le ſupplioient de venir lui-même ſe
mettre à leur tête, & qu'ils mourroient
tous devant que de l'abandonner.

Charles en avoit déja été trompé
tant de fois, outre qu'ils étoient cauſe
de la mort du Roi ſon pere, qu'il
douta quelque temps s'il devoit ſe fier
à eux ; mais comme il n'y a guére de
pire condition que celle d'un Roi dépouillé, & qu'il étoit encore d'autant
plus à plaindre qu'il venoit de perdre le
Prince d'Orange qui n'oublioit rien à
le conſoler dans ſes malheurs, il fit un
nouveau Traité avec eux. Les conditions lui en parurent encore plus dures
qu'elles n'avoient fait dans l'autre Traité ; parce qu'effectivement ils exigerent
des choſes de Sa Majeſté par leſquelles
l'on eût dit qu'il ſe défaiſoit d'une
partie de ſa Souveraineté entre leurs
mains. Les Eſpagnols n'avoient vû
qu'avec regret le premier ſoulevement
de ce Royaume, parce que ce leur
étoit un obſtacle aux deſſeins qu'ils

avoient de profiter de la méſintelligen-
ce qui paroiſſoit entre Cromwel & le
Cardinal Mazarin. Ils avoient fait diverſes propoſitions à celui-là pour faire
une ligue offenſive & défenſive avec
eux contre la France ; mais ſoit qu'il
n'y trouvât pas tant d'avantages qu'ils
tâchoient de le lui perſuader, ou qu'il
ne ſe vît pas encore aſſez affermi pour
oſer entreprendre une guerre étrangere,
il avoit toujours differé de leur accorder ce qu'ils lui demandoient. Au-reſte
dans le temps qu'ils l'en preſſoient le
plus, ils perdirent preſque toute eſpérance d'y pouvoir réüſſir, par une choſe qui arriva en Eſpagne ſemblable à
celle qui étoit arrivée à la Haye l'année d'auparavant. L'Ambaſſadeur de
la Nouvelle République, après avoir
fait ſon entrée à Madrid, ayant demandé une Audiance particuliere au
Roi ſur des choſes de conſéquence
dont il étoit chargé de la part de
Cromwel, ne s'en fut pas plutôt re-
tourné chez lui qu'il y fut attaqué devant ſa porte où il s'y étoit mis à prendre le frais, lorſqu'une troupe de gens
maſqués lui donnerent mille coups de
poignards après ſa mort. Le Roi d'Eſ-

pagne qui fçavoit les foins que fon
Ambaffadeur à Londres prenoit pour
faire un Traité avec Cromwel, fut au
defefpoir de cet accident qu'il prévoyoit le devoir éloigner. Il donna
ordre en même temps qu'on fe faifit
de ces affaffins ; mais ils étoient déja
bien-loin quand les Algouafils fe rendirent fur le lieu où s'étoit fait le délit.
Tout ce que la Juftice put faire, pour
entrer dans les fentimens du Roi, fut
de dreffer un Procès-Verbal pour juftifier de fa diligence. Le Roi l'envoya à
Londres à fon Ambaffadeur avec ordre d'affurer Cromwel qu'il étoit au
defefpoir de cet accident ; qu'il n'avoit
pas tenu à lui que les affaffins n'euffent
été pris & qu'il travailloit encore ac-
tuellement à les faire prendre. Et de
fait, il en avoit donné ordre à ceux
qui ont foin ordinairement de ces fortes de chofes, & ils s'étoient mis en
campagne tout auffi-tôt. Cromwel
qui avoit été touché fenfiblement de
l'affaffinat qui avoit été fait à la Haye,
ne le fut pas moins de celui-ci ; de
forte que fi le Cardinal eût pris ce
temps-là pour lui propofer quelque
Traité contre cette Nation, il eût eu

peine à s'en défendre. Cependant comme cet Ufurpateur étoit déja averti fous main des deffeins des Ecoffois, il fit mine de fe contenter des excufes de Sa Majefté Catholique qui dans le fonds ne pouvoit être refponfable de cet accident, puifqu'il étoit arrivé fans fa participation & même à fon infçu.

Le bruit de la révolte des Ecoffois furprit les Hollandois & les embarraffa. Ils fçurent qu'ils rappelloient Charles après l'avoir exclu de la Couronne par plufieurs Actes du Parlement; & comme ils avoient refufés des Troupes au Cardinal Mazarin, parce qu'ils ne fçavoient s'il les vouloit employer au rétabliffement de ce Prince ou à fe maintenir dans fon pofte dont il paroiffoit toujours qu'on le vouloit chaffer, ils eurent peur que cela ne leur fit du tort auprès de Charles s'il venoit à remonter fur fon Trône. Ils mirent en délibération s'ils lui enverroient faire compliment fur cette nouvelle, ou s'ils feindroient de l'ignorer. La crainte qu'ils avoient de fe faire des affaires avec Cromwel qui ne témoignoit pas trop les aimer, faifoit qu'ils euffent bien voulu pouvoir agir en cette occafion comme s'ils euffent été à mille lieuës de Charles ; mais comme il travailloit à leur vuë à fon embarquement, ils ne jugerent pas à propos de faire les aveugles, puifqu'il ne leur étoit pas permis de le devenir. Ainfi, l'ayant envoyé congratuler fur l'efpérance qu'il devoit avoir maintenant de remonter fur le Trône, il ufa de diffi-mulation envers leurs Députés tout comme ils faifoient à fon égard. Il leur rendit compliment pour compliment pendant que dans le fond du cœur, il ne leur vouloit point de bien. Il s'em-barqua cependant dans le Vaiffeau le plus leger qu'il pût trouver, afin d'é-viter les embuches que Cromwel lui avoit tendus en chemin. Il avoit mis effectivement plufieurs Vaiffeaux en Mer pour traverfer fon paffage, mais s'étant échappé heureufement de fes mains, il aborda en Ecoffe où il trou-va toute la Nobleffe qui étoit venuë au - devant de lui pour le recevoir. Cette Nation avoit non-feulement déja déclaré la Guerre à l'Angleterre, mais lui avoit fait connoître encore qu'elle n'avoit pas dégéneré de fon ancienne vertu. Il y avoit eu quelques rencon-

trés entre les deux Partis dont l'avantage lui étoit toujours demeuré, ce qui
lui fit croire que maintenant que le
Roi se trouvoit à leur tête, ce seroit
encore tout autre chose. Ils l'avoient
proclamé Roi d'Angleterre, d'Ecosse
& d'Irlande dès avant son arrivée ;
& ne lui manquant plus que d'être
sacré, ils l'emmenerent dans l'Abbaye
de Schono, lieu qui a toujours été destiné pour cette cérémonie, tant qu'il
y a eu des Rois particuliers dans ce
Royaume.

Cromwel qui avoit vu la difficulté
qu'il y avoit eu à soûmettre l'Irlande
dont il ne seroit peut-être pas même
venu à bout encore si-tôt sans la bonne fortune de son gendre, craignant
qu'il ne s'y en rencontrât bien d'autres
à l'Ecosse dont les peuples ont toujours passés pour belliqueux, tâcha, devant que d'envoyer des Troupes en ce
Pays-là, de réünir les esprits des deux
Nations par la douceur. Il fit diverses
propositions à ce Parlement pour le
gagner ; mais voyant qu'il se flatoit
de lui donner la Loi, il fit déclarer
ces Peuples rebelles par un Acte du
Parlement d'Angleterre. Ce Parlement

qui n'étoit point trop content de lui,
parce qu'il s'appercevoit tous les jours
qu'il étendoit son autorité au-delà de
toutes bornes, souhaitoit qu'il passât
lui-même en ce Pays-là, afin de prendre des mesures pendant son absence
pour assurer sa liberté. Il fut averti de
ses desseins par les créatures qu'il avoit
dans leur corps, & ne jugeant pas à
propos de s'en éloigner, afin de le retenir par la crainte, il lui déclara que le
soulevement que Montrose avoit voulu
exciter dans ce Royaume, avoit été
appaisé dans un moment sans qu'il s'en
fût mêlé, & qu'il en seroit encore tout
de même de celui-ci qui lui paroissoit
encore moins dangereux : Qu'en effet,
il n'y avoit plus pour l'appuyer un Général de la réputation de celui-là;
mais un Prince mol & sans expérience,
& qui n'étoit suivi que par de la Jeunesse qui n'en avoit guére plus que lui.
Ce qu'il disoit-là de sa suite étoit vrai :
il n'avoit effectivement avec lui que
quelques jeunes-gens qui étant encore
en puissance de pere & de mere, n'a-
voient rien à perdre en s'attachant à
son parti. Les peres n'avoient osé suivre leur exemple quoiqu'ils l'eussent

peut-être bien voulu, parce que Cromwel avoit fait paſſer un Bill dans le
Parlement, par lequel les Biens de ceux
qui iroient trouver ce Prince, devoient
être confiſqués au profit de l'Etat.

La Déclaration que Cromwel venoit de faire ne plut point à ceux qui
étoient paſſionnés pour leur liberté ;
& comme ils ſe doutoient bien de la
raiſon qui lui faiſoit prendre cette réſolution, ſon ambition ne leur devint
encore que plus ſuſpecte par-là. Il envoya cependant dans ce Royaume le
Général-Major Lambert, homme en
qui les Troupes avoient quelque confiance, parce qu'elles le regardoient
comme un autre lui-même. Il le fit
accompagner par douze mille hommes
de tête, lui diſant qu'il croyoit qu'il
ne lui en falloit pas davantage pour
combattre contre des gens ramaſſés,
& qui avoient bien la mine de s'enfuir d'abord qu'il arriveroit en leur
préſence. Le Parlement fit des vœux
ſecrets en faveur du Roi, & afin que
Cromwel fût obligé d'aller prendre la
place de Lambert, & que pendant ſon
abſence, il pût en toute liberté prendre des réſolutions conformes à la né-

cessité où il se trouvoit. Ses vœux furent éxaucés : Charles après avoir reçu l'obéissance de tous les Grands d'Ecosse & avoir été sacré dans l'Abbaye dont je viens de parler, se mit à la tête de l'Armée de cette Nation dont le Comte de Lesley étoit toujours Général. Il le fit avancer du côté de la Riviere de Tuede dont il sçavoit que Lambert prenoit le chemin. Il prétendoit lui en disputer le passage, & en le retenant au-delà, l'empêcher de faire le dégât sur les Terres qui appartenoient aux Habitans d'Edimbourg dont il lui étoit avantageux de se conserver l'amitié. Mais Lambert l'ayant prévenu par sa diligence, les deux Armées se trouverent en présence l'une de l'autre dans une belle Plaine où rien ne les empêchoit de se battre. Les deux Partis en ayant chacun grande envie, l'un pour terminer tout-d'un-coup cette guerre, l'autre pour se frayer par la victoire le chemin de l'Angleterre, sans la conquête de laquelle Charles ne pouvoit se rétablir dans sa dignité, ils en vinrent aux mains dès le lendemain matin. Ce combat fut fort opiniâtre de part & d'autre, parce que

d'un côté les Anglois s'étoient mis en
tête, selon le mépris qu'ils ont pour
toutes les Nations, que celle dont ils
avoient triomphés si souvent, seroit
obligée encore de plier devant eux.
Les Ecossois de l'autre se ressouve-
noient qu'ils combattoient non-seulement contre leurs anciens Ennemis,
mais encore contre des gens qui ne
prétendoient pas moins que de les tenir en sujettion ni plus ni moins que
s'il eussent été leurs esclaves. Cet esprit
ranima ainsi leurs forces plus d'une
fois, lorsqu'elles paroissoient devoir
être épuisées par la longueur du combat qui duroit depuis plusieurs heures. Enfin le Roi voyant que le Comte
de Lesley qui commandoit l'aîle gauche de son Armée, avoit après beaucoup de résistance, enfoncé celle que
commandoit le Général-Major Lambert, il lui envoya une troupe fraîche
de Cavalerie, afin que rien ne pût plus
lui résister. Cette Troupe prit les Ennemis en flanc & les ayant empêché
de se rallier, Lambert fut fait prisonnier & se défendit toujours bravement
jusques à ce qu'il se vit environné de
toutes parts. L'aîle où il étoit étant

ainſi entierement défaite , le Roi eut
bon marché de celle qui lui étoit op-
poſée. Cinq mille Anglois demeure-
rent ſur la place , pendant qu'il n'y eut
preſque point de priſonniers ; parceque les Ecoſſois ne voulurent point
pardonner à ceux qui leur demandoient quartier. Ce fut même un miracle que Lambert en eût échappé ;
& il en eut l'obligation à quelques
Ecoſſois qui l'ayant reconnu , crurent
qu'il valloit bien mieux le conſerver
pour le faire mourir par la main d'un
Bourreau que de lui faire l'honneur
de lui faire perdre la vie d'une autre
maniere. Car , ils s'imaginoient que
comme il étoit un de ceux qui avoient
le plus contribué à la mort du feu Roi ,
Charles feroit ravi de commencer ſa
vengeance en le faiſant punir comme
il l'avoit mérité. Ainſi à force de lui
vouloir du mal , il ſe trouva qu'ils lui
firent du bien ; parce que Charles plus
politique qu'ils ne croyoient ; ne voulut pas qu'il fût dit qu'il eût enfraint
les Loix de la guerre qui ne lui permettoient pas de tremper ſes mains dans
le ſang d'un homme qui s'étoit rendu
de bonne-foi. Ceux qui l'avoient pris

furent alors bien fâchés de ne l'avoir
pas tué dans la chaleur du combat.
Le Roi même ne l'eût pas trop été
qu'ils l'eussent fait ; mais étant maintenant trop tard pour en venir-là , il le
vit en secret pour lui proposer un accommodement avec Cromwel. Lambert qui n'étoit pas sans appréhension
que Charles n'usât d'une autre maniere qu'il ne faisoit du pouvoir que le
sort des armes lui donnoit sur lui , lui
promit d'y faire tout ce qui seroit en
son pouvoir. Charles lui promit en
son particulier quantité d'honneurs &
de biens s'il y pouvoit réüssir. Il lui
fit comprendre que Cromwel & lui y
trouveroient plus de sûreté qu'à demeurer les armes à la main comme des
Rebelles. Il lui dit qu'il avoit encore
beaucoup d'amis & de créatures en Angleterre, qui ne manqueroient pas dans
l'occasion de se déclarer en sa faveur :
que comme les armes étoient journalie-
res, ainsi qu'il venoit de l'éprouver lui-
même tout présentement , il ne devoit
pas douter que s'ils persistoient tous
deux dans leur désobéïssance , il ne leur
en arrivât quelque chose de funeste ,
pour peu qu'il remportât d'avantage
sur eux.

Lambert qui étoit un homme de
baſſe naiſſance & que la fortune avoit
élevé au poſte où il étoit, ne demandoit pas mieux que de fixer ſon état
ſans être rempli d'une plus grande
Ambition. Ainſi il tâcha de bonne foi
à porter Cromwel à ce que Charles
deſiroit de lui. Il lui en écrivit avant
que d'aller à Edimbourg où le Roi
l'envoya avec les autres priſonniers;
& la ſincérité avec laquelle il en uſa
en cette rencontre, fut ſi agréable à Sa
Majeſté, qu'elle ne contribua pas peu
à lui ſauver la vie quand elle vint à
remonter ſur le Trône. Il eſt vrai pourtant qu'il en eut la principale obligation à ſon argent; mais peut-être
auſſi que l'un ſans l'autre ne lui eut
de rien ſervi. D'abord que la nouvelle de la défaite & de la priſon de
Lambert eut été portée à Londres, le
Peuple qui croyoit déjà voir le Roi
à ſes portes & venger dans ſon ſang
celui de ſon pere injuſtement répan-
du, fut ſaiſi d'une ſi grande crainte qu'il ne put plus ouvrir la bouche que pour déplorer ſa miſére.
Cromwel qui avoit des Emiſſaires dans
tous les quartiers de la ville, pour lui

rapporter ce qui s'y paſſoit, ayant
avis de ſa déſolation, & qu'ils diſoient même que s'il eut été en ce
pays-là à la place de Lambert, ce mal-
heur-là ne leur ſeroit pas arrivé, ſe
fit voit par les ruës monté ſur un
ſuperbe cheval & comme s'il eût été
prêt de marcher au combat. Chacun
ſortit au devant de lui pour lui témoigner ſa crainte & la confiance qu'ils
avoient qu'il répareroit tout dans peu
de temps, s'il vouloit s'en donner la
peine. Mais les prenant par un diſcours
flateur & étudié, il leur dit que leurs
intérêts lui étoient plus chers que les
ſiens propres; de ſorte que s'il n'étoit
pas paſſé lui même en Ecoſſe c'eſt que
ſa préſence leur étoit plus néceſſaire
qu'ils ne penſoient; que comme il étoit
impoſſible de plaire à tout le monde, il ne laiſſoit pas, quelque ſoin
qu'il prît de le faire, d'avoir des ennemis ſecrets qui n'oublioient rien
pour lui nuire : qu'à Dieu ne plût qu'il
voulût ſe comparer à St. Paul, qui
ne faiſoit que du bien à tout le monde & qui cependant avoit éprouvé,
comme il nous l'apprenoit lui-même,
beaucoup de contrariété de ceux qui

lui avoient le plus d'obligation ; mais qu'il pouvoit dire presque la même chose de sa personne que ce grand Saint en disoit de la sienne : Que avant l'établissement de la République, il avoit toujours travaillé à signaler son zéle pour la sureté de la Religion & pour le bien de l'Etat ; que depuis qu'elle étoit établie il avoit encore fait la même chose ; qu'il les en prenoit tous à témoins, & que cependant il entendoit dire tous les jours des choses qui n'étoient pas trop agréables à un homme qui ne cherchoit qu'à se sacrifier lui même pour l'intérêt du public : qu'il en remettroit la vengeance à Dieu à qui il appartenoit seul de sonder les cœurs & les reins ; que pour lui il ne laisseroit pas toujours de se comporter en homme de bien, quand même on lui feroit encore plus de mal qn'on ne lui en faisoit. Qu'au reste ils ne devoient pas s'allarmer de ce qui étoit arrivé en Ecosse, qu'il y remédieroit avant qu'il fût peu ; en sorte que toutes leurs craintes se trouverent bien-tôt dissipées.

Ce Politique qui avoit gagné les

Peuples par son hypocrisie, se servoit toujours de la même maxime
quand il étoit question de leur parler : & comme ils ne pouvoient voir
dans les replis de sa conscience, la
plûpart s'imaginoient dans leur sim-
plicité, que tout ce qu'il leur disoit
étoit à la lettre. Ainsi ils lui demanderent à l'heure même qui étoient ces
traitres qui lui en vouloient ; qu'il
n'avoit qu'à les leur nommer & qu'ils
ne seroient pas long-temps à en faire
justice. Il leur répondit adroitement
& sous la même apparence toujours
de piété, qu'ils ne se souvenoient donc
pas qu'il ne nous étoit pas permis de
prendre vengeance de personne ; &
leur ayant fait une petite exhortation
là-dessus, il se retira bien content d'eux
& eux de lui. Le Parlement ayant appris le personnage qu'il venoit de faire
dans les ruës & les paroles qu'il y
avoit dites, crut que lorsqu'il avoit promis de remedier à ce qui étoit arrivé
en Ecosse, il vouloit dire par-là qu'il
alloit s'acheminer lui-même dans ce
Royaume. L'envie qu'il en avoit lui
fit prendre ce soupçon pour une vérité, & il ne se put tenir de s'en ré-

jouïr, croyant que quand il feroit parti il pourroit faire tout ce que bon
lui fembleroit. Cependant quand c'eût
été là fon deffein, il lui eût fuffi de
connoître fes fentimens pour n'en rien
faire. Auffi au lieu d'y aller comme
il s'imaginoit, il manda à Irreton qui
étoit toujours en Irlande & qui n'y avoit
plus tant d'affaires qu'il y en avoit
eu avant que de l'avoir foumife, de
paffer en ce Pays-là. Irreton obéït en
même-temps à fon beau-pere dont il
prenoit plaifir à éxécuter les ordres;
& comme le fuccès de fon entreprife
dépendoit plutôt de la diligence qu'il
y apporteroit que de tout le refte, il
fit en forte de fe trouver en état de
s'embarquer, quinze jours après avoir
reçu cette nouvelle. Si Charles eût eu en
Irlande des amis ou affez fidéles ou affez
vigilants pour prendre garde à fes affaires, ils n'euffent pas manqué de lui
en donner avis par une barque; mais
pendant qu'il s'amufoit à pourfuivre
les reftes de l'Armée de Lambert, il
fut fort furpris d'apprendre qu'Irreton
avoit débarqué fur les côtes de la Province de Gallowai, & qu'il marchoit
droit à Edimbourg. Cette nouvelle l'o-

bligea de ceſſer cette pourſuitte & de
marcher contre lui. Les fuyards qui
s'étoient retirés dans les Montagnes
ſous la conduite du Colonel Rainolds,
en ſortirent alors pour ſe joindre à Irreton; & en étant venus à bout quelqu'obſtacle que Charles y voulût apporter, l'Armée de ce Général ſe trouva ſi forte par-là qu'il crut réparer bien-
tôt par le gain d'une Bataille, la honte
que la Nation Angloiſe avoit reçuë
à celle qui venoit de ſe donner. Le
Roi voyant qu'il ſe préparoit à le combattre, crut qu'il devoit aller au devant
de lui pour lui épargner la peine de le
chercher. Chacun étant ainſi de ſi bonne volonté, les deux Armées ne tar-
dèrent guere à en venir aux mains.
Irreton qui ne faiſoit guere plus de cas
des Ecoſſois que des Irlandois qu'il
avoit vaincu ſi facilement, ne parla à
ſes Gens en les menant au combat
que comme d'une victoire qui ne pouvoit échapper. Il croyoit dire vrai &
qu'il ne tiendroit pas d'avantage contre lui qu'avoient fait les autres; mais il
ſe trouva bien étonné quand au lieu
de l'avantage dont il ſe flatoit, il trouva des gens qui le malmenèrent, tel-

lement que l'aîle droite de son Armée
qu'il commandoit en personne, fut
défaite du premier choc. Il la raillia
avec assez de peine, parce que le
Comte Lesley le pressoit de près : néanmoins en étant venu à bout pendant que son aîle gauche étoit assez
empêchée à se défendre, il fut rompu une seconde fois aussi bien que son
aîle gauche sans pouvoir la rallier davantage. Le Roi poursuivit sa victoire, commandant à ses Gens de pardonner à tous ceux qui leur demanderoient quartier ; mais la haine que les
deux Nations se portoient l'une à
l'autre, fut cause que les uns aimerent
mieux mourir les Armes à la main,
que d'implorer la clémence des Vain-
queurs, & que les autres boucherent
les oreilles à un petit nombre qui pré-
férant la vie à une sotte gloire demandoient qu'on leur fit le même traitement qu'on à accoutumé de faire à ceux
qui mettent les Armes bas. Irreton prit
la fuite de bonne heure & se sauva heureusement pour lui, pendant que cinq
à six mille de ses gens passerent par
le fil de l'épée. Tout son bagage & tout
son canon fut le butin de Charles

qui eût paſſé après cela en Angleterre
pour y encourager ſes amis à ſe déclarer pour lui, ſi Cromwel ne l'eut
prévenu par ſa diligence.

Cet homme dont la politique étoit
admirable, ne fit pas ſemblant de rien
quand on lui apporta la nouvelle de
la défaite de ſon gendre. Il dit froidement à ceux qui en parloient comme d'une choſe qui menaçoit de
ruïne la République, que graces à
Dieu, il lui reſtoit des forces ſuffiſan-
tes pour avoir bien-tôt ſa revanche.
Et en effet, il donna ſes ordres en
même temps pour lever les garniſons
qui étoient en Angleterre & en fit marcher les meilleurs hommes & les
mieux montés vers la frontiere d'E-
coſſe, ſans ſe vouloir charger des autres : car il étoit réſolu cette fois-là
de paſſer lui-même dans ce Pays, voyant bien que ſans cela il étoit à crain-
dres que Charles ne vînt lui-même
juſques à Londres. Le péril où étoit
la République fit que le Parlement oublia pour un temps la crainte qu'il
avoit de ſon ambition ; & ayant appris de lui même qu'il ne vouloit plus
s'en remettre à un autre de la pour-

fuite de cette guerre, il fut le premier à lui dire, comme avoit déjà
fait le peuple, que s'il eut pris plutôt ce parti-là, les affaires en euffent
été bien mieux qu'elles n'étoient préfentement. Il eut une joye qu'on ne
fçauroit exprimer de les voir dans une
fi grande confternation ; & feignant de
ne pas prendre plaifir aux louanges
qu'ils lui donnoient, il leur recom-
manda de prendre bon courage, &
promit qu'ils auroient dans peu des
nouvelles qui les releveroient de leur
abbattement. Il en dit autant au Peuple à qui il fe faifoit voir dans les
ruës pendant quelques jours ; car il ne
fe preffoit pas trop de partir, voulant
donner le temps aux Troupes de fi-
ler vers le rendez-vous. Enfin fçachant
qu'elles y devoient arriver bien-tôt &
qu'il ne pouvoit pas trop compter fur
la Victoire qu'il leur promettoit, à
moins que de joindre l'artifice à la
force, il prit la pofte & ne fut pas
plutôt arrivé lui-même à ce rendez-
vous qu'il fit paffer quelques Anglois
qui lui étoient affidés dans le camp
de Charles. Ils firent mine d'y venir
combattre pour fes intérêts & lui dirent

rent que devant que de quitter l'Armée de Cromwel, il y avoient femés
bes billets pour obliger tous les autres
à fuivre leur éxemple. Cela étoit vrai,
& quoique ce fut une étrange extrémité que celle-là, parce que ce Tyran pouvoit craindre que cela ne fit
déferter une partie de fes Soldats, il ne
laiffa pas d'y donner fon confentement.
On ne fçauroit dire au vrai quelle
trahifon il en eut; fi ce n'eft qu'il comptoit qu'il étoit affez aimé de fes Troupes pour n'être abandonné que de peu
de perfonnes : le nombre effectivement
des déferteurs ne fut pas fi grand.
Quoiqu'il en foit, Charles n'ayant rien
deviné de ce qui fe paffoit, commença à regarder ces gens-là de fi bon
œil qu'il en donna de la jaloufie aux
Ecoffois. Il s'enferma avec eux pour
fçavoir comment tout alloit en Angleterre, croyant, comme ils n'en faifoient
que d'arriver, qu'ils en feroient mieux
informés que les autres. Ils ne lui dirent que ce qu'ils voulurent bien lui apprendre,& lui faifant accroire que toute
leur Nation fe joindroit à lui, d'abord
qu'elle en trouveroit l'occafion, ils
difpoferent fon efprit à les préférer aux

Ecoſſois au préjudice des obligations
qu'il avoit à ceux-ci de lui avoir aidé à
gagner deux Batailles.

Il commençoit déja avant leur arrivée à y avoir quelques Anglois dans
l'Armée du Roi ; mais comme ils
étoient en petit nombre , ils n'avoient
jamais prétendus diſputer le rang à
toute une Nation qui ſoûtenoit les intérêts de Sa Majeſté d'une maniere ſi
diſtinguée. Mais ceux-ci qui n'étoient
venus-là que pour leur en faire naître
le deſſein , leur ayant remontré qu'ils
ſe faiſoient une tache & à toute la Nation en général de ne pas mieux diſputer leur droit , leur vanité les rendit
bien-tôt ſuſceptibles de toutes les im-
preſſions qu'ils voulurent leur donner.
Ils demanderent en même temps à tenir la droite de l'Armée , & que le
Roi fût à leur tête quand ils marche-
roient au combat. Les Ecoſſois traite-
rent cette prétention de ridicule ; & le
Roi n'oſant décider en faveur ni des
uns ni des autres de peur de mécon-
tenter ceux qu'il condamneroit ; il arriva que , comme il n'y en avoit pas
un qui ne crût avoir raiſon , il ſe les
rendit tous deux ennemis. Les uns

commencerent à le regarder comme
un Prince injuste, & qui manquoit
à la reconnoissance qu'il leur devoit;
les autres comme étant tellement engagé avec leurs anciens ennemis, qu'il
n'osoit, de-peur de leur déplaire, leur
adjuger un Rang qui ne leur avoit jamais été disputé.

Cromwel qui sçavoit tout ce qui se
passoit dans l'Armée de Sa Majesté,
étant averti que le différend bien-loin
d'être à la veille de se terminer, s'en-
venimoit de moment à autre, ne fit
point de difficulté de marcher à Elle,
quoique ses forces fussent plus foibles
que les siennes pour le moins de quatre
mille hommes. Le Roi voulut appaiser le desordre qui s'étoit élevé parmi
ces deux Nations lorsqu'elles avoient
appris que Cromwel seroit bien-tôt en
leur présence; mais y voyant moins
d'apparence que jamais, il fit le malade pour ne pas voir tout ce qu'il prévoyoit qui alloit arriver. Il se retira à
Edimbourg dans un chagrin inconcevable, priant Lesley d'accommoder ce
différend avec les Anglois & de ne pas
permettre, ni les uns ni les autres,
que leur ennemi commun profitât de

leur divifion. Les boutefeux que Cromwel avoit envoyé dans ce Camp,
craignant que les chofes ne s'accom-
modaffent à la douceur, redoublerent
alors leurs inftances auprès de leurs
Compatriotes, afin qu'ils ne terniffent
pas l'honneur de leur Nation par un
relâchement plein de lâcheté comme
celui-là. Ils fe roidirent de plus belle à
avoir le pofte qu'ils prétendoient leur
appartenir ; & les Ecoffois ayant fait
la même chofe, il fallut envoyer un
Courier à Edimbourg pour prier le
Roi de terminer par fon Jugement
une chofe de fi grande conféquence.
Celui que Lefley y avoit envoyé trouva Sa Majefté dans une perpléxité fi
grande qu'Elle ne fçut à quoi fe déterminer. Il lui dit pourtant qu'il le
falloit faire inceffamment, parce que
les Ennemis étoient peut-être en préfence à l'heure qu'il parloit. Le Roi
prit le parti d'écrire à Lefley qu'il le
prioit de condefcendre à ce que les
Anglois vouloient, parce qu'il les connoiffoit d'un fi grand entêtement,
quand ils fe laiffoient une fois prévenir, qu'il n'y avoit plus de moyen de
leur faire entendre raifon. Lefley qui

sçavoit que Cromwel avoit paſſé la
Riviere de Tyne, & qu'il marchoit à
lui comme à une victoire aſſurée,
aſſembla alors le Conſeil de Guerre &
lui expoſa quels étoient les ordres du
Roi. Ils ſe regarderent tous les uns
les autres, comme pour ſe dire que ce
n'étoit pas-là ce qu'ils devoient attendre des ſervices qu'ils lui avoient rendus ; mais les plus ſages ayant été
d'avis de lui obéïr, nonobſtant tout
cela, les Anglois prirent la droite pendant que des Régimens entiers d'Ecoſſois refuſerent de prendre leur gauche.
Cromwel arriva ſur ces entrefaites auprès de Dumbat où l'Armée du Roi
étoit campée ; & l'attaquant en même
temps ſans lui donner le temps de ſe
reconnoître la plûpart des Ecoſſois mirent les armes bas, & ne voulurent
pas combattre. Cromwel n'ayant pour
ainſi dire affaire qu'aux Anglois, il en
eut ſi bon marché que ſa victoire ne
lui couta pas la mort de cinquante
hommes. Il y en eut pourtant près de
quatre mille de tués du côté de Leſley,
& entr'autres le Comte de Montgo-
mery, Lieutenant-Général qui s'étoit
diſtingué autant que pas un autre aux

deux précédentes Batailles. Le nombre
des prisonniers qu'y fit Cromwel fut
encore bien plus grand, parce que les
Ecoſſois qui avoient jetté leurs Armes
par terre, ne demanderent pas mieux
que de ſe rendre au Vainqueur. Il ne
s'amuſa point au pillage, parce qu'il
lui ſembloit qu'il avoit une choſe de
bien plus grande conſequence à éxécuter. Il ſçavoit que le Roi s'étoit retiré à Edimbourg ; il l'y vouloit ſurprendre avant qu'il put avoir des nouvelles de ce qui étoit arrivé à ſon parti ; mais un Anglois qui prévoyoit le
péril qu'il couroit, s'il n'en étoit averti
de bonne heure, lui en étoit venu donner avis à toutes jambes & obligea
par-là Sa Majeſté à prendre la fuite.

Ce Prince ſe retira d'abord à Dundley & paſſa enſuite à St. Jonſtain où
il ſe croyeit plus en ſûreté. Leſley
raſſembla le mieux qu'il put les reſtes
de ſon Armée, étant au déſeſpoir de
ce que la mauvaiſe conduite du Roi
avoit tout perdu. L'allarme fut ſi grande à Edimbourg à l'arrivée de cette
nouvelle & le trouble de Sa Majeſté
ſi ſurprenant que perſonne ne ſongea
à la conſervation de cette Place : ainſi

quand Cromwel se présenta devant,
elle lui ouvrit ses portes sans qu'il
lui en coûtât un seul coup de canon.
Il y trouva Lambert avec qui Sa Majesté s'étoit encore entretenu un moment avant que de partir. Il l'avoit
prié tout de nouveau de porter Cromwel à se défaire de son ambition démesurée & à le reconnoître pour son
Roi ; mais il prenoit bien mal son
temps, puisque ce Tyran qui n'y pouvoit jamais entendre que par crainte,
s'en voyoit délivré maintenant que les
choses lui avoient succédées au-delà de
ses desirs. Aussi, bien-loin de se laisser
gagner, il envoya investir Dudley par
un Corps de Cavalerie, pendant qu'il
fit une entrée dans Edimbourg qui y
fit seigner le cœur à tous les Ecossois.
Il s'y fit suivre par huit mille prisonniers qu'il avoit fait à la journée de
Dumbar ; & afin que son Triomphe
fût plus remarquable, il les fit tous
attacher quatre à quatre avec des chaînes, ni plus ni moins que s'ils eussent
été des Forçats. Il ne leur laissa pas
seulement le chapeau sur la tête voulant qu'ils parussent par des marques si
pitoyables pour eux & si cruelles pour

lui, de véritables Efclaves; comme en en effet, il avoit envie que toute cette Nation le devint dorefnavant. Le détachement qu'il avoit envoyé devant Dundley n'y trouva aucune réfiftance; quoiqu'il ne fut pas en état de réduire cette Place par la force pour peu qu'elle eût voulu fe défendre. Il donna avis à Cromwel que le Roi en étoit parti avant qu'il y arrivât, afin qu'il eût à lui faire fçavoir quelles mefures il avoit à prendre. Cromwel fit chercher ce Prince partout, parce qu'il ne s'étoit pas encore rendu à St. Jouftons & qu'il ne pouvoit comprendre ce qu'il étoit devenu. Le Mylord Deyduper qui avoit fa Maifon dans les Montagnes l'y avoit reçu fans le faire connoître à perfonne, & pas un ne fçut qu'il fût-là, parcequ'il y avoit trop d'inconvénient à le dire.

Cromwel tout fier de fa victoire ayant aſſemblé le Parlement d'Ecoſſe lui fit reproche de ce qu'au préjudice de l'union qu'il avoit juré avec le Parlement d'Angleterre, il avoit été fi hardi que de lever des Troupes & de fe déclarer contre la Nouvelle République. Il lui dit qu'une action comme celle-là méritoit qu'on lui ôtât tous ses Priviléges, & en même temps tous ceux de sa Nation. Et en effet, son dessein étoit bien de les punir tous tant qu'il étoient, quand il reçut un Courier d'Angleterre qui l'obligea de lui parler d'une autre maniere. La nouvelle de sa victoire étant passée jusques à Londres avec ces circonstances que Charles ne pouvoit jamais se relever de sa défaite, & que même on attendoit à toute heure que quelqu'un apportât sa tête, parce que Cromwel l'avoit fait mettre à prix avant que de sortir d'Angleterre, & même à un prix si haut qu'il étoit capable de tenter les Ecossois qui naturellement sont assez portés à l'avarice : Cette nouvelle, dis-je, s'étant divulguée dans cette Ville, on vit aussi-tôt qu'elle y produisit deux effets bien différens. Le peuple qui n'avoit pas l'esprit de comprendre quelle en pouvoit être la suite, en fit en même temps des réjouissances extraordinaires, pendant que le Parlement plus sage & plus prudent, crut qu'il ne pouvoit jamais lui arriver de plus grand malheur que celui-là. Il fut épris tout de nouveau des mêmes

L. s.

craintes qu'il avoit eu à la vuë de la
puiſſance de Cromwel ; & ſe doutant
bien qu'après une ſi grande victoire,
dont pourtant il étoit moins redevable à ſa vertu qu'à ſon adreſſe, il auroit encore moins de modération que
jamais, il conclut qu'il n'y avoit rien
qu'il ne dût entreprendre pour s'oppoſer à ſa puiſſance. Comme c'étoit-là
le ſentiment univerſel de tous ſes Membres, au moins de ceux qui ne lui
avoient pas encore vendu entierement
leur liberté, ceux qui l'avoient fait
n'oſerent s'y oppoſer ouvertement & le
firent néanmoins avec adreſſe. Ils dirent, en feignant d'approuver la réſolution qui avoit été priſe, qu'ils n'y trouvoient qu'une choſe à redire ; ſçavoir,
qu'on ne convenoit point comment on
s'y prendroit pour l'éxécuter : que pour
eux il leur ſembloit que c'étoit une
choſe aſſez difficile, & ſur laquelle ils
devoient bien raiſonner auparavant,
parce que Cromwel étoit maître abſo-
lu de toutes les forces de Mer & de
Terre ; & que le Parlement n'ayant pas
un ſeul Soldat à ſa dévotion, il étoit à
craindre qu'il ne l'abîmât d'abord qu'il
le verroit ſe déclarer contre lui.

Ces raisons qui étoient plausibles
ayant retenu les plus hardis & les plus
échauffés, ils jugerent à propos de
déliberer là-dessus ; mais plus ils chercherent à approfondir la chose, plus ils
y trouverent de difficulté ; tellement
qu'ayant établi un Bureau de Com-
missaires pour peser cette affaire attentivement & pour leur en rendre raison, le temps qu'ils y employerent
donna aux amis de Cromwel celui de
lui donner avis de tout ce qui se passoit. Il ne l'eut pas plutôt reçu qu'il
trouva qu'il avoit bien plus d'intérêt à
aller réprimer les desseins de ses Ennemis qu'à s'arrêter en ce Pays - là.
Il jugea que quand il vengeroit l'Angleterre des perfidies dont elle accusoit les Ecossois, il n'en recueilleroit
point le fruit, s'il permettoit que le
Parlement étouffât son autorité. Ainsi,
faisant semblant non - seulement de se
laisser appaiser par leurs soumissions ;
mais encore de recevoir leurs excuses,
comme si elles eussent été valables, il fit
un Traité à la hâte avec eux par lequel
ils s'obligerent de renoncer à toute intelligence avec Charles ; & à joindre
dix mille hommes de leurs Troupes aux

L 6

fiennes toutes les fois qu'il les eit re-
quereroit. Il partit en même temps fans
leur dire les raifons qui le preffoient fi
fort de leur accorder des conditions fi
favorables, après leur révolte. Il emmena de ce Pays-là les meilleures
Troupes qu'il y avoit, & fur qui il fe
fioit le plus ; & n'y ayant laiffé que
celles qui étoient ou délâbrées ou
moins attachées, à fes intérêts, il ne
fut pas plutôt arrivé à Carlile qui eft la
premiere Ville que l'on trouve en for-
tant d'Ecoffe pour entrer en Angleterre, qu'il prit toutés les mefures qui
lui étoient néceffaires pour empêcher
qu'aucun Courier ne pût donner à
Londres avis de fa marche. Il en avoit
déja fait autant par-tout où il avoit
paffé, & ayant pris les mêmes précautions jufques à ce qu'il fût aux portes
de cette Ville, il y arriva à l'heure
qu'il fçavoit que ce Parlement étoit
affemblé, fans que perfonne eût encore
rien appris de fa venuë.

Les Troupes qu'il avoit commandé
pour venir avec lui ne l'avoient pas
pu fuivre la plûpart ; & en attendant
qu'elles arrivaffent, il s'étoit toujours
fait acompagner par un Régiment qui

étoit à lui & qu'il appelloit les Freres
Rouges. Ce nom de Freres leur étoit
donné à cause de la grande union qui
étoit entr'eux, & celui de Rouges,
parce qu'ils étoient tous vêtus de cette
couleur. Il n'y en avoit pas un dans ce
Régiment qui ne fût prêt à se sacrifier
pour lui ; ainsi se fiant à eux comme à
lui-même, il les posta autour de West-
minster où le Parlement étoit assemblé.
Il entra dans la Chambre où il étoit
& où tous ses Membres étoient occu-
pés à prendre des résolutions contre
lui. Ils furent bien surpris de le voir,
lui qu'ils croyoient encore en Ecosse.
Ils n'attendit pas qu'ils lui témoignas-
sent leur étonnement par des paroles ;
& les prévenant par les siennes, il leur
dit qu'il ne les eut jamais cru si hardis
& si ingrats que de conspirer contre lui,
pendant qu'il prodiguoit son repos &
sa vie pour le salut de la République ;
qu'il ne doutoit pas qu'ils ne prissent
le parti de nier la chose, parce que la
confusion qu'ils remarquoit sur leur
visage témoignoit assez qu'ils avoient
honte de leur ingratitude ; mais que
cela leur seroit inutile, parce qu'il étoit
averti de toutes choses de si bon en-

droit, qu'il fçavoit jufques à leurs plus
fecrettes penfées. L'Orateur qui étoit
un homme ferme & vigoureux, &
d'ailleurs grand Républicain, voulût
prendre la parole pour lui dire que ce
n'étoit pas confpirer contre lui que de
mettre leurs foins & leur application à
étendre l'autorité de leur République
& à borner celle des particuliers; mais
il ne lui donna pas le temps d'achever, & le traitant de petit Compagnon
de Village, il le prit lui-même par une
manche de fon pourpoint & le tira
de deffus fon Siége. Il lui dit en même
temps qu'il ne fçavoit à quoi il tenoit
qu'il ne fit entrer une demi douzaine
de Freres Rouges pour le faire traiter
à fa vuë comme il le méritoit; qu'ils
étoient tous à la porte à attendre fes
ordres, & qu'il ne lui confeilloit pas
d'échauffer fa bile plus qu'elle n'étoit,
parce qu'il ne lui en arriveroit rien de
bon. Ce Régiment qui paffoit en Angleterre pour n'être compofé que de
gens cruels & fans quartier, y étoit fi
fort craint, que le pauvre Orateur n'ofa
plus ouvrir la bouche. Il fe laiffa traîner
par Cromwel où il voulut, & l'ayant
conduit de la forte jufques à la porte,

il lui dit de la paſſer ſans ſe faire ti-
railler davantage ; que s'il ne le faiſoit
de bonne grace , il le lui feroit bien
faire de force , & qu'il n'avoit pour
cela qu'à avoir recours à des gens qui
ſçavoient fort bien faire obéïr. L'Orateur ne dit pas un mot à ces menaces ,
& s'en étant allé ſans regarder ſeulement derriere lui , Cromwel obligea
tous ſes Compagnons à le ſuivre ſans
que pas un osât pareillement lui repliquer. Celui qui avoit le ſoin d'ouvrir
& de fermer cette chambre s'étant
préſenté alors devant Cromwel , il lui
demanda où en étoit la clef , & l'ayant
fermée lui-même à double tour , il emporta cette clef dans ſa poche. Il s'en
fut de-là à Wittheal où ayant fait faire
un écriteau, où il y avoit deſſus *cham-*
bre à louer , il l'envoya coller à la porte
de la chambre où venoit de ſe paſſer
cette ſcéne. Il leva le maſque par-là ,
& au-lieu qu'il avoit tâché juſqu'alors
de faire accroire qu'il n'avoit dans
toutes ſes actions que les Loix & la
juſtice en recommandation , il ne
ſe ſoucia plus qu'on reconnût qu'il
prétendoit que tout ſe paſsât ſelon ſes
volontés.

L'Armée au nom de laquelle il fit cette insulte au Parlement, & comme si c'eût été elle qui lui en eut donné l'ordre, approuva non-seulement tout ce qu'il avoit fait, mais le fit encore assurer qu'il pouvoit tout entreprendre sans qu'elle y trouvât à redire. Il la traitoit toujours comme à son ordinaire, c'est-à-dire qu'il lui prodiguoit tous ses trésors ; & sçachant que le seul moyen de s'élever à la dignité de Roi, étoit de la mettre dans ses intérêts, il continua de lui faire tout le bien qu'il pouvoit, comme s'il n'eût point eu d'enfans, à qui il eût été obligé de songer. Cela ne plaisoit guére à sa femme qui étoit bien éloignée de son Ambition : elle voulut lui en parler plusieurs fois, mais il lui ferma toujours la bouche en lui répondant que ce n'étoit pas à une femme qui avoit un mari à un poste comme celui où il étoit, à se mêler de ses affaires. Les membres du Parlement qui avoient été traités de la maniere dont je viens de parler, étoient capables de faire soulever le Peuple contre lui. Il trouva le moyen de les renvoyer chacun chez eux, en faisant courir le bruit que l'Armée avoit donné ordre de les arrêter. Les Troupes qu'il avoit fait revenir d'Ecosse étant cependant arrivées à une journée de Londres, il les distribua dans les quartiers à l'entour, afin que si quelqu'un y vouloit prendre le parti du Parlement, il fût en état de les en faire bien-tôt repentir. Plusieurs n'oserent souffler, voyant qu'il ne faisoit pas sûr pour eux de le faire ; mais il y en eut d'autres, qui plus hardis & moins politiques, ayant voulu dire, comme en effet c'étoit la vérité, que leur défunt Roi n'en avoit jamais fait la centiéme partie d'autant, & que cependant on lui avoit fait son procès, furent enlevés la nuit de leurs maisons, & conduits les uns dans l'Isle de Wight & les autres dans d'autres prisons où contre les Priviléges de la Nation, on ne permit pas même qu'ils parlassent à personne, ce qui étoit toujours ajoûter violence sur violence.

Il y avoit bien à dire que le Cardinal Mazarin en usât de même avec les François ; & il songeoit bien plutôt à remplir sa bourse qu'à étouffer leur liberté. Néanmoins quoique notre Nation ait pour l'ordinaire bien plus de respect pour les Rois & pour leurs Ministres que n'en ont les Anglois ; il ne laissa pas d'arriver que pendant que ceux - ci plierent le col sous la volonté suprême de leur Tyran, celle-là éleva une nouvelle sédition dont les suites furent encore pires que celles qu'avoit eu la premiere. Les Parisiens qui s'étoient réjouïs & même avoient fait des feux de joie de la détention des Princes, commençerent à changer de langage & à dire que le Cardinal ne trouvant plus personne maintenant qui s'opposât à lui dans le Conseil , il les accabloit d'impôts encore plus qu'auparavant ; qu'il vendoit même ou qu'il s'approprioit toutes les Charges qui venoient à vaquer sans que ceux qui avoient droit d'y prétendre par leur naissance ou par leurs services lui pussent faire entendre les justes raisons qu'ils avoient de les demander. En effet, toute son application & tous ses soins n'avoient plus pour objet que ses intérêts & ceux de sa famille qui étoit bien plus nombreuse que s'il eut été jamais marié. Outre sept niéces qu'il avoit dé-

ja fait venir, il avoit encore trois de
de ses neveux auprès de lui, à qui il
destinoit tout ce qu'il y avoit de plus
beau & de plus grand dans le Royaume. L'aîné des trois étoit déja grand
& assez honnête-homme ; ainsi il y
avoit déja quelque temps qu'il avoit eu
dessein de le pourvoir de la Charge
de Capitaine-Lieutenant des Mousque-
taires. Mais Treville qui l'avoit &
qui avoit fait profession toute sa vie
de n'être pas des amis des Ministres,
la lui ayant refusé tout à plat, il songea à l'en faire repentir. Cela étoit
pourtant assez difficile ; car comme
cet Officier servoit bien & qu'il n'y
avoit rien à redire à sa conduite,
on eût trouvé mauvais qu'il eût rien
entrepris contre lui : aussi n'osa-t'il re-
remuer cette corde de quelque temps.
Mais son ressentiment n'en étant que
plus fort pour être resserré, il ne laissa plus la Reine mère en repos qu'elle
ne lui ôtât sa Charge. Le Cardinal de
Richelieu avoit aussi entrepris souvent
de faire la même chose sans en pouvoir venir à bout. Cependant comme il est plus difficile de se parer
d'un Italien que d'un autre, celui-ci

après s'être pensé brouiller avec la Reine qui ne vouloit pas par plusieurs fois lui accorder sa demande, revint si souvent à la charge qu'il y réüssit à la fin. Cette Compagnie ne fut pas donnée à la vérité, à son neveu, & même il fut tué bien-tôt auprès, comme je le dirai en son lieu, sans l'avoir jamais pu obtenir ; mais il la fit supprimer, & elle ne fut rétablie que long-temps après en faveur du Duc de Nevers d'aujourd'hui un autre de ses neveux, mais beaucoup moins propre que celui dont je viens de parler à remplir un tel poste.

Quoiqu'il en soit, le Parlement qui avoit rejetté la Requête de Madame la Princesse de Condé Douairiere, s'en étant fait donner une nouvelle & par elle & par la femme de son fils, ainsi qu'il a été dit ci-devant, commença à entrer dans la passion des Parisiens à la suscitation du Duc de Beaufort & du Coadjuteur. Le premier qui avoit trouvé moyen de gagner les bonnes graces du Peuple & principalement de la canaille de la Halle par des manieres populaires & qui lui étoient plutôt naturelles qu'acquises par

aucun'art, conſervoit un vif reſſen-
timent de ſa priſon. Le Cardinal qui
ſçavoit l'Amour que les Pariſiens
avoient pour lui, & qui appréhendoit
que cette Ville ne ſe revoltât tout de
nouveau, avoit tâché de le gagner
par des bienfaits & par des promeſſes.
Ce Duc tout fâché & tout groſſier
qu'il étoit, n'avoit pas laiſſé d'y prêter
l'oreille. Il n'avoit tenu qu'au plus & au
moins qu'ils ne ſe fuſſent accommo-
dés ; mais le Cardinal ne lui ayant pas
voulu donner la Charge d'Amiral qu'il
demandoit, parce qu'il l'avoit promi-
ſe au Duc de Mercœur, lorſqu'il épou-
ſeroit ſa niéce, tout cet accommodement s'en étoit allé en fumée. Mr. le
Prince qui prétendoit à cette Charge
auſſi bien que lui, parcequ'elle avoit été
au frere de ſa femme qui l'avoit éxercé avec beaucoup d'honneur & qui
même avoit été tué dans un temps où
il y avoit eſpérance qu'il ſeroit un jour
un grand-homme de Mer, quoiqu'il
n'eût encore que vingt-ſept ans, n'a-
voit pas plutôt ſçu le deſſein du Duc
de Mercœur & du Cardinal, qu'il s'y
étoit oppoſé de toutes ſes forces. Il avoit
fait en ſorte ſous main que le Duc de

Beaufort ne s'étoit jamais voulu dé-
sister de ses prétentions, quoique le
Cardinal lui offrit un équivalent. Il
s'étoit aussi de son côté opposé au mariage du Duc de Mercœur avec sa
niéce: cette opposition n'étoit pas une
des moindres choses qui eussent con-
tribués à sa disgrace, d'autant plus
que ce Prince l'avoit accompagnée
de plusieurs railleries qui les regardoient tous trois également.

Si le Duc de Beaufort étoit dans
ces sentimens pour son Eminence, le
Coadjuteur n'en avoit pas de plus
avantageux pour lui. Il voyoit qu'après
s'être déclaré contre Mr. le Prince
sous la promesse qu'il lui avoit fait
de le faire revêtir de la pourpre, il
s'y opposoit secrettement bien loin de
l'y favoriser; ainsi songeant à se raccommoder avec Mr. le Prince; il y
employa le Président de Nesmond qui
étoit toujours de ses amis & qui étoit
toujours aussi persuadé que jamais qu'il
étoit innocent de l'accusation que ce
Prince avoit faite contre lui. Mr. de
Nesmond en parla à ses gens d'affaires
qui en écrivérent à Madame la Princesse Douairiere qui s'étoit retirée dans

une terre de la veuve du Duc de Châtillon pour qui elle avoit beaucoup d'amitié, quoiqu'elle n'approchât pas néanmoins de celle que son fils avoit pour elle. Elle trouva à propos d'écouter cette proposition ; & le Coadjuteur ayant offert de faire déclarer toute sa brigue pour lui, & même le Parlement, pourvû que Mr. le Prince lui voulût donner parole qu'il seroit à l'avenir de ses amis, on lui demanda par écrit les conditions qu'il souhaitoit. Il demanda que le Prince de Conti se désistât non-seulement de la demande qu'on avoit faite à Rome sous son nom du Chapeau de Cardinal, mais encore qu'il épousât Mademoiselle de Chevreuse. Il stipula aussi quelques autres avantages pour ses amis ; & tout cela n'ayant point paru déraisonnable ni au Conseil de cette Princesse ni à celui de Mr. le Prince, ils offrirent de le signer. La demande de ce Chapeau sous le nom du Prince de Conti, n'avoit été qu'un tour d'adresse du Cardinal, afin de se disculper envers le Coadjuteur de ce qu'il ne s'acquittoit pas des promesses qu'il lui avoit faites. Il lui avoit dit qu'il ne pouvoit pas empêcher que Madame la Princesse ne demandât cette grace à la Cour pour son fils : car ils l'avoit fait agir adroitement, & elle n'en avoit pas été fâchée, parce qu'elle sçavoit que cela feroit du dépit au Coadjuteur qu'elle accusoit du malheur de ses enfans & de son gendre. Mais les affaires changeant de face maintenant par les propositions qui lui étoient faites, elle crut que tout iroit bien pour le Prince de Condé, quand il se trouva encore deux grandes difficultés; l'une que le Coadjuteur ne voulut pas se fier à la parole qu'on lui donnoit si Mr. le Prince ne la ratifioit lui-même; l'autre que Mr. de Beaufort étant piqué des railleries que ce Prince avoit fait contre son frere, parce-qu'il y avoit intérêt lui-même à cause qu'elles regardoient la naissance de leur pere, ne paroissoit pas trop disposé à faire ce qu'on desiroit de lui. Il étoit pourtant le tout puissant à l'égard de cette affaire; & quoique le Coadjuteur eût beaucoup de crédit dans le Parlement, & qu'il fût fort bien auprès de Mademoiselle de Chevreuse, il ne falloit pas croire qu'il pût rien ni auprès de l'un ni auprès de l'autre si ce Duc n'y donnoit son consentement. Pour

Pour remédier à ces deux difficultés qu'il falloit lever avant que de rien conclure, Madame la Princesse fit demander permission à la Cour que quelqu'un des gens d'affaires de son fils le pût voir sous prétexte de ses affaires domestiques. Elle espéroit que comme celui qu'elle enverroit auroit plusieurs conférences avec lui, il pourroit dans la premiere ou dans la seconde, quelque précaution que l'on pût prendre, lui glisser dans la main un papier où les conditions qu'on desiroit de lui seroient contenuës. Elle espéroit encore qu'après les avoir éxaminées & signées, il rendroit ce papier de la même maniere qu'il lui auroit été donné, sans que de Bar y prît garde. Elle comptoit aussi de lui faire donner une plume & de l'encre, afin que rien ne les empê-chât plus ni les uns ni les autres de travailler utilement à sa liberté. Mais la Cour ne voulut pas lui accorder cette permission ; de sorte que comme le Coadjuteur, & tous ceux qui étoient dans ses intérêts ne croyoient pas pou-voir se fier à tout ce que Madame la Princesse & les amis de son fils lui pouvoient dire, sans cette ratification, on crut de part & d'autre que cette affaire étoit échouée sans qu'il y eût aucun reméde : & en effet, elle en avoit bien la mine si cette Princesse ne fût venuë à mourir. Comme elle avoit fait un Testament qui ne pouvoit s'éxécuter sans le communiquer à Mr. le Prince, ses amis prirent ce prétexte pour demander tout de nouveau à la Cour la permission qui leur avoit été refusée. Elle la leur accorda cette fois-là ; & Perraut son Intendant, qui avoit été arrêté en même temps que lui, mais qui étoit sorti depuis de prison, ayant obtenu une Lettre de Cachet, par laquelle il étoit enjoint à de Bar de le laisser parler à son Maître, il joua si bien son personnage, que quoique cet affidé du Cardinal fût témoin lui-même des conversations qu'il eut avec lui, il ne laissa pas de lui donner les conditions qu'il lui apportoit de la part du Coadjuteur. Le Prince trouva aussi moyen de les lui rendre après les avoir signées ; & comme il y avoit un an tout entier qu'il étoit en prison, & que c'étoit assez pour ne lui rien faire envisager à l'égard de sa liberté, il ne songea pas seulement si celui avec qui il s'accommodoit préfentement étoit celui qui, à ce qu'il croyoit toujours, l'avoit voulu faire affaffiner, & qui même étoit encore caufe depuis qu'il avoit fa liberté.

Ses amis qui attendoient le retour de Perraut avec impatience & qui craignoient que comme le Prince de Condé étoit entier, il ne refufât de figner les propofitions qui lui avoient été envoyées, furent ravis de fe voir trompés fi agréablement. Ils ne fongerent plus, après avoir applani cette difficulté, qu'à lever celle qui fubfiftoit toujours de la part du Duc de Beaufort. Ils fongerent auffi à gagner le Duc d'Orléans qui en qualité d'oncle du Roi, devoit donner un grand poids à toutes chofes, quoique de fa perfonne il y eût bien à dire qu'il fût auffi confidérable qu'il l'étoit par fa naiffance. Le Duc de Beaufort fit le rétif, parce qu'il prétendoit toujours à la Charge d'Amiral & qu'il vouloit que Mr. le Prince lui cédât les prétentions qu'il pouvoit y avoir. On lui répondit qu'il avoit eu tort de n'en pas parler plutôt, & que ce Prince n'eût pas fait plus de difficulté de le figner

que de figner les autres chofes qu'on
lui avoit demandé. Il repliqua que
puifqu'ils avoient bien voulu prendre
leurs mefures, il étoit bien-aife de
prendre les fiennes. Le Préfident de
Nefmond & les autres amis de Mr. le
Prince lui parlerent pour tâcher de le
faire condefcendre à fe contenter de la
parole qu'ils lui donnoient, qu'il ne
feroit pas plutôt en liberté qu'il ne lui
refuferoit pas toute la fatisfaction qu'il
pourroit defirer raifonnablement. Mais
outre que les gens qui ont moins d'efprit que les autres font toujours plus
attachés qu'eux à leurs fentimens, les
raifons qu'il avoit de fe défier de toutes ces perfonnes qu'il fçavoit n'être
pas beaucoup dans fes intérêts, firent
qu'il ne fe voulût pas relâcher de fes
prétentions. Comme on vit cela, on
chercha ceux qui avoient le plus de
crédit fur fon efprit, afin de le gagner
peu-à-peu. La Duchefse de Nemours
fa fœur y en avoit beaucoup; & chacun croyant que fi celle-là n'y réüffif-
foit pas, il feroit inutile d'y employer
perfonne, on pria le Duc de Nemours
d'en parler lui-même à fa femme.

Ce Prince qui étoit de la Maison de Savoye, avoit toutes les qualités imaginables pour se faire aimer. Il étoit d'une taille assez médiocre, mais si bien proportionné qu'il effaçoit par un air tout-à-fait engageant, tout ce que les autres qui étoient de plus grande taille avoient de plus favorable pour eux. Pour les qualités de l'ame & de l'esprit, c'étoit encore toute autre chose que ce qui paroissoit extérieurement en sa faveur. Il sçavoit s'insinuer adroitement dans les bonnes graces de chacun, & il avoit le don, quand une fois il s'étoit fait des amis, de ne les jamais perdre par sa faute. Il étoit doux, civil, affable, complaisant, libéral, vaillant : Et enfin tout ce que l'on peut dire de lui, en un mot, c'est qu'il y avoit long-temps qu'il ne s'étoit pas vu un Prince si accompli. La seule chose qu'on y pouvoit trouver à redire, si néanmoins c'est un défaut selon le monde, c'est qu'il avoit retiré son cœur de sa femme qu'il aimoit éperdûment, pour le donner à la Duchesse de Châtillon. Cette Duchesse étoit une des plus belles personnes de la Cour, & sa beauté avoit porté

son mari à l'épouser contre le gré de
ses parens, qui ne lui pouvoient pas
donner une fille de plus grande qualité,
à moins que de lui donner une Princesse de Maison Souveraine. Mais comme dans le Siécle où nous sommes ce
n'est pas d'ordinaire ni la qualité ni la
beauté qui charment un pere, quand il
veut choisir une femme à son fils, le
Maréchal de Châtillon, pere de son
mari, s'étoit opposé non-seulement à
son mariage, mais s'en étoit même
brouillé avec Mr. le Prince, parce qu'il
leur avoit donné lui-même un Prêtre
pour les marier secrettement. La raison pour laquelle il s'étoit porté à favoriser l'amour de son fils au préjudice
de sa volonté, n'étoit pas tant à cause
que cette belle personne étoit de ses
parentes, que parcequ'il en étoit amoureux lui-même. Il prétendoit que quand
elle seroit femme, elle seroit plus en
état d'en avoir de la reconnoissance
pour lui. Ainsi, afin qu'elle lui eût
toujours obligation de plus en plus,
voyant que le Maréchal de Châtillon
poursuivoit une Lettre de Cachet pour
la faire enfermer dans un Couvent,
en attendant que le Parlement devant

lequel il s'étoit pourvû pour faire casser son mariage, prononçât là-dessus, il l'envoya elle & son mari dans une de ses Places où il sçavoit bien qu'on ne seroit pas assez hardi pour l'aller chercher. La mort du Maréchal de Châtillon qui survint bien-tôt ensuite, mit fin à ce Procès; & le Duc de Châtillon étant revenu à la Cour avec sa femme, Mr. le Prince en devint tous les jours amoureux de plus en plus; de sorte que sa passion éclata à la vuë de tout le monde.

Le Duc de Nemours qui avoit des yeux aussi bien que lui, pour voir ce qui valoit la peine d'être aimé, en fut charmé pareillement; & comme un Rival du mérite de Mr. le Prince, bien-loin de l'épouvanter, lui fit naître encore un plus fort desir d'avancer ses affaires auprès d'elle, afin d'avoir non-seulement l'avantage de triompher du cœur d'une si belle Dame, mais encore celui d'être préferé à un Prince de sa réputation; il n'oublia ni soins, ni complaisances, ni peines, pour s'établir mieux qu'un autre dans son esprit. Il étoit bien difficile de se défendre d'un Amant comme étoit Mr. de Ne-

mours qui avec toutes les qualités dont
je viens de parler , sembloit encore
n'être fait que pour l'amour. Ainsi ,
Mr. le Prince ne tarda guére à en devenir jaloux , & la Duchesse sa femme
le fut encore plus que personne ; parcequ'elle eût mieux aimé perdre la vie
que de perdre le cœur de son mari.
Il reçut les plaintes qu'elle lui en fit
avec beaucoup de douceur , & comme
un homme qui se faisant un secret reproche de lui voler ce qui lui appartenoit , ne vouloit pas joindre à
cette injustice celle de la rabrouer ou
de lui avouer que ses soupçons étoient
véritables. Il prit le parti au-contraire
de lui nier la chose & de la prier d'ôter
de son esprit cette pensée qui ne lui
pouvoit faire que de la peine. Mais
comme on ne donne pas le change
aussi facilement qu'il pensoit à une
femme intéressée , & qui avoit pris soin
de s'informer de toutes choses ; elle en
vint bien-tôt des plaintes aux reproches , & des reproches à un murmure
continuel. Mr. de Nemours fit ce qu'il
put pour la guérir de sa jalousie ; mais
comme il n'employoit que des paroles
trompeuses , pendant que par ses ac-

tions, il lui donnoit lieu de l'entretenir, ils fe brouillerent à la fin, quoique cela ne vint pas jufques à fe féparer l'un de l'autre. Ils commencerent à
faire lit à part ; & n'y ayant rien de
plus fatal à l'amitié conjugale que cette
forte de divorce, il y eut lieu d'appréhender que les chofes n'allaffent encore
plus loin devant qu'il fût peu.

Tel étoit l'état du Duc & de la Ducheffe, lorfque les amis de Monfieur le
Prince prierent le Duc de Nemours de
s'accommoder avec elle, afin de la
porter enfuite à faire fes efforts auprès
de fon frere pour le faire concourir
avec eux à s'employer pour fa liberté.
Il fembloit que ce fût le prier de fon
deshonneur que de lui faire une telle
prière, lui qui étoit éperdûment amoureux de Madame de Châtillon & qui
n'avoit rien à craindre de fon rival
tant qu'il feroit en prifon comme il y
étoit. Mais comme c'étoit le plus gé-
géreux Prince qu'il y eût fur la terre,
il eut bien moins de peine à fe furmonter lui-même, qu'à furmonter la
Ducheffe fa femme qui fe douta que ce
raccommodement n'étoit pas de bonne
foi. Cependant, comme elle l'aimoit

toujours paſſionnément, & que ſa jalouſie étoit même une marque viſible
de ſon amour, elle ſe laiſſa perſuader
à la fin, & fit auprès du Duc de Beaufort tout ce qu'on deſiroit d'elle. Ce
Prince qui étoit bien-aiſe de contenter ſa ſœur qui lui diſoit qu'elle étoit
mieux avec ſon mari qu'elle n'avoit jamais été, & qu'une marque que ſon
raccommodement étoit véritable, c'eſt
qu'il s'employoit lui-même pour ſon
rival ; car il n'avoit pas manqué de lui
mettre cette raiſon en avant où bien
d'autres euſſent été trompées auſſi bien
qu'Elle : Ce Prince, dis-je, s'étant re-
lâché de ſes intérêts en faveur de la
Ducheſſe donna les mains à tout ce
qu'elle voulut. Il eut des conférences
ſecrettes avec les amis de Mr. le Prince.
On convint-là que pour détruire entiérement le Cardinal, il ne manquoit
plus que d'engager le Duc d'Orléans
dans leurs intérêts. On crut que puiſque le Parlement y étoit déja, la Déclaration de ce Corps emporteroit auſſi
le ſuffrage de toute la Ville qui paroiſſoit déja bien intentionnée d'elle-
même.

Le Duc d'Orléans se laissoit toujours gouverner par l'Evêque de Langres, qui après avoir été trompé cruellement par le Cardinal, comme je l'ai rapporté tantôt, ne cherchoit que l'occasion de s'en venger. Or celle-là lui paroissant extrêmement favorable, il résolut de ne rien oublier de ce qui dépendoit de lui pour s'en servir utilement. Ainsi, ayant mis en tête à son Maître que Son Eminence ne faisoit nonplus de cas de lui que du moindre des Sujets du Roi, il le piqua si bien d'honneur & de jalousie, qu'il lui fit promettre qu'il lui seroit opposé dans le Conseil en toutes les choses où le bon sens ne s'opposeroit pas à cette résolution. Le Coadjuteur, le Duc de Rohan & quelques autres personnes de considérations, fortifierent le Duc d'Orléans dans cette pensée; & comme il étoit d'un esprit à se laisser mener facilement, il s'emporta dès la première fois contre Son Eminence sur ce qu'elle étoit d'un avis contraire au sien. Le Cardinal vit bien qu'il lui vouloit faire une querelle d'Allemand; & comme il avoit assez d'esprit pour voir que cela ne lui arriveroit pas, s'il n'y avoit

M 6

quelque Brigue contre lui , il fila doux avec ce Prince en attendant qu'il pût découvrir quelle bombe il y avoit en l'air contre lui. Le Duc d'Orléans tout glorieux de ce que Son Eminence lui avoit cédé , s'en voulut faire un mérite auprès de ceux qui lui avoient conseillé de faire ce qu'il avoit fait. Ils ne jugerent pas à propos de s'opposer à son Triomphe , & y ayant applaudi tout au-contraire , afin qu'il en fût plus porté une autrefois à faire tout ce qu'ils lui pourroient conseiller ; ils lui firent accroire que s'il faisoit bien , il lui tiendroit toujours la bride courte , toutes les fois qu'il seroit si hardi que de lui résister. C'en fut assez à ce Duc pour se conformer à leur volonté. Il taxa le Cardinal en plein Conseil de retenir les Princes en prison pour pouvoir fouler le Peuple sans que personne s'y opposât. Il lui reprocha les Impôts excessifs qu'il avoit mis sur lui sous prétexte de la guerre, & sur-tout pour assouvir l'ambition démesurée qu'il avoit de s'élever une Souveraineté en Italie. Il lui demanda cependant qu'est-ce que tout cela avoit produit , sinon que de faire mé-

priſer dans les Pays Etrangers la puiſſance de la Couronne, que le Cardinal
de Richelieu, par une politique toute
contraire à la ſienne, avoit trouvé
moyen d'y faire révérer auparavant.

Le Cardinal qui ſe voyoit attaqué
par un endroit qui lui étoit d'autant
plus ſenſible qu'il étoit conforme à la
vérité, voulut ſe défendre ſur ce que
ſes ennemis avoient prévenus ſon eſprit d'une maniere qu'il ſembloit donner créance à leurs invectives, ſans
ſe mettre en peine autrement d'approfondir ſi ce qu'ils diſoient étoit véritable ou non. Ce Duc qui ne cherchoit
qu'à lui faire querelle lui demanda pour
qui il le prenoit de l'accuſer de foibleſſe & même en ſa préſence. Il le
bourra comme il faut là-deſſus, & ne
s'en tenant pas encore-là, il dit à la
Reine mere que ſi elle vouloit qu'il
ſe trouvât au Conſeil à l'avenir, il falloit qu'elle défendît au Cardinal de
s'y trouver davantage. La Reine fit ce
qu'elle put pour prévenir le deſordre qu'elle prévoyoit de leur méſin-
telligence; & ayant voulu les raccommoder, le Duc d'Orléans lui répondit que cela lui ſeroit inutile & qu'il

n'y entendroit jamais. Il follicita en même temps le Parlement de donner un Arrêt par lequel il fut enjoint à fon Eminence de fortir hors du Royaume inceffamment, fi non qu'il feroit procédé extraordinairement contre lui. Le Parlement ne jugea pas à propos d'aller fi vîte, de peur d'en être blamé. Il fçavoit qu'il y avoit déjà affez de gens qui avoient trouvé à mordre fur fa conduite, & que pour peu qu'il y eut encore à reprendre, ils ne manqueroient pas à fe déchaîner de plus belle contre lui. Ainfi, quoiqu'il fût réfolu de ne pas ménager Son Eminence, il jugea à propos de demander auparavant à la Reine mere la liberté des Princes & en même temps l'éloignement de ce Miniftre. S. M. fort furprife de ces deux demandes qui n'étoient point du tout de fa compétence, répondit à fes Députés, qui oferent lui en porter la parole, que jamais cette Compagnie ne s'étoit mêlée des affaires d'Etat comme elle prétendoit faire aujourd'hui ; qu'ainfi il ne falloit pas qu'elle s'attendît que ni le Roi fon fils ni Elle le lui permiffent; qu'ils y mettroient l'un & l'autre le tout pour le tout : c'eft

pourquoi qu'elle eût bien à prendre
garde à ne pas rejetter l'Etat dans la
guerre civile dont il ne faisoit que de
sortir. Ces députés lui repliquerent que
le Parlement croyoit ne rien faire là-
dessus qui ne fût selon son pouvoir; que
quand il demandoit qu'en attendant
l'Assemblée des Etats que les Peuples
souhaitoient à cor & à cris, qu'elle
rendît la liberté à des Princes qui s'é-
toient addressés à lui pour l'obtenir,
il ne faisoit rien qu'il ne pût faire : Que
la Princesse de Condé Douairiere lui
en avoit déja presenté deux Requêtes
à deux fois différentes, & que sa belle-
fille s'étoit jointe à elle la derniere fois
pour lui demander la même chose :
Que quand à l'éloignement du Cardinal, il ne faisoit rien encore en cela
qu'il ne dût faire, puisqu'il voyoit que
tant qu'un homme haï aussi universel-
lement qu'il l'étoit de tout les Peuples, demeureroit dans le Ministére, il
ne falloit pas s'attendre à autre chose qu'aux troubles & aux divisions qui
régnoient dans l'Etat, depuis je ne
sçai combien de temps.

La Reine ayant trouvé leur repli-
que encore plus impertinente que leur

demande & ayant renvoyé ces Députés avec des rudes paroles, le Parlement ne garda plus de mesures avec
Elle ni avec le Cardinal & donna un
Arrêt tel que le Duc d'Orléans le demandoit. La Cour fut bien étonnée
aussi-bien que son Eminence qui, quoiqu'elle eût regardée d'abord cette
Compagnie comme une assemblée de
gens sans nom & plus propre à faire
trembler des plaideurs que le Ministre d'un grand Royaume comme elle
l'étoit, commença néanmoins à l'appréhender davantage qu'elle ne faisoit.
Monsieur le Prince & elle eurent plusieurs conférences là-dessus avec la Reine ; & si elle eût eu autant de fermeté
qu'en avoit cette Princesse, elle eût
tout hazardé plutôt que de quitter la
partie. Mais comme elle étoit foible
& timide de son naturel, tout ce que
Sa Majesté lui pût dire ne fut pas capable de la rassurer. Elle lui demanda à
se retirer en Italie où elle eut déja voulu être afin de se tirer des mains de
ces séditieux avec qui elle ne croyoit
pas sa vie en sûreté tant qu'elle seroit
en-deçà des monts. Mais la Reine qui
trouvoit que ce Ministre ne pouvoit

faire un coup comme celui-là , fans que l'autorité du Roi fon fils n'en re-çut un notable préjudice, ne voulant pas feulement qu'il y fongeât , Elle lui dit que s'il falloit céder au temps com-me la néceffité fembloit le demander , il ne devoit pas toûjours aller fi loin, & qu'il lui fuffiroit de fe retirer fur la frontiere.

Devant que cela fe pafsât , la Rei-ne voyant que cet orage qui étoit prêt à fondre fur lui, ne venoit que de la part du Coadjuteur & de fes amis, crut les en punir en ôtant les fceaux à Mr. de Châteauneuf & en les rendant au Chancelier. Cependant pour mettre le premier Préfident dans fes intérêts, elle les ôta encore tout auffi-tôt au Chancelier & les donna à ce Magiftrat. Ce fut un coup que les politiques ne pûrent approuver, parce qu'elle le décrédita tellement par-là dans fa Compagnie où il avoit au-paravant quelque crédit , qu'on ne l'y regarda plus que comme un Ma-zarin. Auffi au lieu que cela fit un bon effet pour Elle & pour le Cardinal , comme elle s'y attendoit, elle perdit par-là toutes fes affaires. Elles n'étoient

pas déja en trop bon état ; & le Clergé qui s'étoit assemblé comme il a
coutume de faire de temps en temps,
pour donner ordre à ses affaires, s'étoit
avisé de se mêler de celles d'Etat. Il
avoit député à la Reine pour lui demander la liberté du Prince de Conti , sous prétexte qu'il étoit engagé
dans les Ordres Sacrés. La Noblesse
qui s'assembloit secrettement dans les
Provinces , en ayant eu avis , députa
à ce Corps pour s'unir avec lui , non-
seulement dans cette demande , mais
encore dans plusieurs autres qui regardoient la réformation de l'Etat. C'é-
toient-là d'étranges fusées à démêler,
à la Reine ; & le Parlement lui ayant
donné le dernier coup de massuë par
l'Arrêt dont il vient d'être parlé , cette
Princesse résolut secrettement avec le
Cardinal qu'il feroit semblant d'obéïr à
cet Arrêt ; mais qu'au lieu de se retirer
en Italie, comme cette Compagnie prétendoit , il se contenteroit de prendre
le chemin de Sedan où il s'arrêteroit
jusques à ce qu'il eût de ses nouvelles.
Fabert en étoit Gouverneur , homme
qui de peu de chose s'étoit élevé jusques
à ce Gouvernement qui étoit un des

plus considérables qu'il y eût dans le
Royaume. Il en avoit l'obligation au
Cardinal de Richelieu qui le lui avoit
procuré un peu avant que de mourir.
Mais comme il n'étoit pas moins politique que de vaillant, après avoir perdu le support de ce Ministre, il chercha à se mettre dans les bonnes graces
de son Successeur où il ne trouva pas
tant de facilité qu'avec l'autre, parceque pour être de ses amis, il aimoit
beaucoup mieux qu'on lui fût utile que
d'avoir tout le mérite du monde dont
il ne manquoit pas pourtant. Fabert
reconnut bien-tôt son humeur, tellement que l'ayant pris par son foible,
il s'avisa de certaines lésines qu'on ne
connoissoit point encore en ce temps-
là ; & gagna tellement par-là son amitié que s'il avoit jamais été des amis
du Cardinal de Richelieu, il le fut encore plus des siens.

Son Eminence fut ravie par cette
raison que la Reine l'envoyât-là plutôt
qu'en un autre endroit. Il en fit prendre le chemin à ses niéces avant que
d'y aller ; mais se tenant tout botté
pour les suivre de près, il jugea à propos auparavant d'aller délivrer lui-

même les prisonniers, afin de captiver
leur bonnes graces avant qu'ils arri-
vassent à la Cour. La Reine que le
Parlement pressoit tous les jours de
leur accorder leur liberté, ne différa
de le faire qu'autant de temps qu'il en
falloit à Son Eminence pour se mettre
en chemin. Il prit une journée d'avance devant ceux qui étoient porteurs
des ordres ; mais s'étant avisé devant
que de se montrer à eux, qu'il devoit
les faire pressentir auparavant, s'ils
voudroient bien le voir ou non, il attendit le Maréchal de Grammont qui
accompagnoit Mr. de la Vrilliere Secrétaire d'Etat, qui étoit chargé de la
Lettre de Cachet en vertu de laquelle
ils devoient être mis en liberté. Le
Maréchal de Grammont qui étoit des
amis de Mr. le Prince, mais qui l'étoit
encore plus du Cardinal sçavoit bien
qu'il avoit pris les devants & pourquoi c'étoit faire. Ainsi, étant tout
étonné de le voir, il lui demanda la
raison & ce qui l'avoit empêché de
poursuivre son chemin. Son Eminence lui répondit qu'elle avoit cru avoir
besoin de quelqu'un pour l'introduire
& qu'elle avoit jetté les yeux sur lui

pour lui rendre ce bon office. Le Maréchal fit ce qu'il vouloit, & après être arrivé au Havre, & avoir témoigné à Mr. le Prince la douleur qu'il avoit eu lorsqu'il avoit été arrêté, & la joie qu'il avoit maintenant de le voir libre, puisque Mr. le Cardinal étoit à sa porte avec un ordre de le mettre en liberté aussi bien que Mr. le Prince de Conti & Mr. le Duc de Longueville, il lui demanda s'il vouloit bien oublier le passé & lui permettre d'avoir l'honneur de l'assurer de ses services. Le Prince qui ne sçavoit rien de ce qui se passoit, si non qu'il se doutoit bien que ce qu'il lui venoit de dire étoit l'effet du Traité qu'il avoit signé, lui répondit que, puisque Dieu lui commandoit de pardonner à ses Ennemis, & principalement quand ils commençoient à se reconnoître, comme il sembloit que Son Eminence vouloit faire, rien ne l'empêcheroit de le voir. Le Maréchal fut annoncer cette bonne nouvelle à Son Eminence, & étant rentré avec elle, le Cardinal lui dit que le Coadjuteur étoit un fourbe, & que c'étoit lui qui avoit été cause qu'il avoit été arrêté; qu'il avoit remontré à la Reine

qu'il ne feroit jamais en fûreté de fa vie
tant qu'il joüiroit de fa liberté ; que
comme c'étoit un féditieux & qui avoit
féduit tout le Parlement, la Reine s'étoit
laiffée aller à fes confeils & avoit fait
un mal de peur qu'il ne lui en arrivât un pire : qu'il avoit été obligé
femblablement par la même raifon de
foufcrire fa prifon ; qu'il y avoit des
conjonctures fâcheufes & où l'on étoit
fouvent dans l'obligation de prendre la
Loi, quand on fe trouvoit à la tête
des affaires : que celle-là en avoit été
une ; mais qu'il lui feroit connoître à
l'avenir ou du moins qu'il l'efperoit,
qu'il avoit toujours été fon ferviteur
& qu'il le feroit tant qu'il vivroit :
qu'il lui demandoit cependant l'honneur de fa protection, & que s'il lui
faifoit la grace de la lui accorder, il
l'obligeroit de joindre à l'inclination
qu'il avoit déja de s'attacher entierement à lui, une reconnoiffance qui ne
mourroit jamais dans fon cœur.

Ces paroles qui étoient bien différentes de beaucoup d'autres qu'il lui
avoit dit avant que de le faire arrêter,
euffent eu de quoi le furprendre, fi ce
n'eft qu'il fçavoit, il y avoit déja long-

temps, qu'il changeoit de forme & de visage, quand bon lui sembloit. Il voulut lui répondre ; mais le Maréchal qui ne voyoit pas que le Cardinal pût trouver son compte dans un éclaircissement de cette nature, l'interrompit pour lui dire que Son Eminence avoit déja assez de confusion de ce qu'il avoit fait, pour ne lui en pas donner encore davantage par des reproches : Que devant qu'il eut été arrêté, il s'étoit passé bien des choses qui avoient aigri les esprits de part & d'autre, qu'il n'en falloit point rappeller le souvenir en agitant davantage cette matiere qui ne valloit rien à remuer : Qu'il leur conseilloit bien plutôt à tous deux d'oublier le passé ; qu'ils y trouveroient mieux leur compte l'un & l'autre, outre qu'ils ne feroient en cela que ce que devoient faire de bons Chrétiens. Qu'il avoit envie de les faire boire ensemble, & que puisqu'il étoit presque l'heure de dîner, il croyoit qu'il ne feroit pas trop mal de dire à Mr. de Bar de leur faire donner un morceau à manger.

Les paroles du Maréchal faisant croire à Mr. le Prince que les affaires

du Cardinal n'étoient pas encore en
trop méchant état, puisqu'il osoit lui
dire qu'il trouveroit aussi bien que lui
de l'avantage à vivre en bonne amitié
avec lui, il consentit volontiers qu'il
fit apporter à manger. On leur servit
un pâté avec quelques grillades, &
Mr. le Prince qui avoit impatience de
respirer l'air, après en avoir été privé
si long-temps, n'ayant demeuré qu'un
moment à table, il monta dans un
carrosse du Roi qui lui avoit été envoyé pour lui & pour les deux autres
prisonniers. Le Cardinal le conduisit
jusques à la portiere, & lui ayant em-
brassé les genoux en le quittant, il réï-
téra la priere qu'il lui avoit fait de lui
accorder sa protection. Mr. le Prince
qui s'étoit attendu qu'il monteroit avec
lui en carrosse, & qui, au lieu de cela,
vit des chevaux de poste qui l'attendoient, reconnut-là que ses affaires
n'étoient pas si bonnes qu'il avoit pensé. Il crut du moins que s'il se trompoit, il étoit bien pressé de s'en retourner à la Cour, puisqu'il se servoit
d'une commodité qui lui convenoit si
peu. Il donna place dans le carrosse au
Maréchal de Grammont & à Mr. de la
Vrilliere.

Vrilliere. Ce dernier en lui annonçant
fa liberté, lui avoit fait en même temps
compliment de la part du Roi & de la
Reine mere. Mr. le Prince qui étoit
curieux de fçavoir où alloit le Cardinal, ne fe put tenir de le demander au
Maréchal de Grammont, ni le Maréchal s'empêcher de lui apprendre tout
ce qu'il fçavoit. L'efprit vif, dont il
étoit pourvû naturellement lui fit faire
en même temps une réfléxion qui étoit
fort jufte, & qui auffi ne fe trouva que
trop véritable pour lui dans la fuite;
fçavoir que puifque Son Eminence qui
s'en alloit à Sedan avoit bien pris la
peine d'y tourner le dos pour le venir trouver, c'étoit une marque qu'il
n'étoit pas encore trop mal à la Cour &
qu'il n'avoit pas perdu l'efpérance d'y
revenir avant qu'il fût peu. Il crut donc
ou qu'il devoit néceffairement fe raccommoder avec lui ou lui montrer fi
bien les dents, qu'il ne fe flatât pas
comme il fembloit faire, qu'il étoit
d'humeur à oublier le mauvais traitement qu'il lui avoit fait.

Ces Princes vinrent à Rouen qui
étant la Capitale du Gouvernement du
Duc de Longeville, leur fit tous les hon-

neurs dont elle put s'aviser. Toutes
les personnes de diftinction en fortirent
pour leur témoigner la joie qu'elles
auroient de voir du changement à leur
fortune ; & n'y ayant fait que coucher,
ils en repartirent le lendemain pour fe
rendre à Paris. Le Cardinal avant que
de monter à cheval avoit dit à Befmaux qui étoit avec lui de faire marcher un de fes Gardes après le caroffe
où étoient ces Princes, afin de lui rendre compte enfuite de la maniere qu'ils
feroient reçus par-tout où ils paffe-
roient ; car il ne pouvoit croire qu'a-
près avoir été caufe, comme Mr. le
Prince l'avoit été pendant le Blocus de
Paris de la défolation de la Normandie auffi-bien que de celles des environs de cette Ville, on lui put faire
un grand accueil. Le garde qui étoit
arrivé *incognito* dans une Hôtellerie
& qui n'avoit ni bandouliere ni ca-
faque, tenoit fon cheval tout fellé pour
partir, quand Befmaux l'en avertiroit
ou qu'il l'en feroit avertir par quelqu'un. Ainfi ayant monté deffus en
même temps, il vit non-feulement la
belle réception qui lui avoit été faite
à Rouen, mais encore que fur-tout le

chemin , la Nobleſſe étoit montée à
cheval pour lui rendre les mêmes témoignages de reſpect & d'eſtime qu'il
avoit reçu dans cette Ville. Ce fut encore toute autre choſe quand il arriva à Pontoiſe. Il y trouva une groſſe cour qui y étoit venuë au-devant
de lui ; & le Duc d'Orléans ſçachant
l'heure qu'il en devoit repartir , monta en caroſſe & le trouva au-delà de
St. Denis. Il en deſcendit d'abord qu'il
vit celui où étoient les Princes ; &
le Prince de Condé ayant mis pied à
terre pareillement avec le Prince de
Conti , le Duc de Longueville , le Maréchal de Grammont & la Vrillière , ils
s'avancerent à pied l'un au-devant de
l'autre , & s'embraſſerent ſi tendrement
qu'on eut dit que c'étoit de la meilleure amitié du monde. Le Prince de
Condé avoit pourtant ſur le cœur qu'il
eût conſenti à le faire arrêter au préjudice des promeſſes qu'il avoit toujours fait d'être de ſes amis ; & le
Duc d'Orléans ne pouvoit ſe défaire
d'une certaine jalouſie que lui donnoient ſes grandes actions dont le ſou-
venir lui faiſoit connoître que quoiqu'il pût jamais faire dans le monde ,

il n'y seroit jamais aussi estimé que lui de la moitié.

Tout le chemin depuis Paris jusques à St. Denis se trouva couvert de carrosses, tant chacun étoit bien-aise de voir de ses propres yeux que ces Princes étoient hors de prison. Cela redoubla encore la jalousie du Duc d'Orléans & la Reine mere n'en fut pas exempte non plus quand elle sçut tout ce qui s'étoit passé à ce voyage. Monsieur lui amena ces Princes pour lui faire la révérence & pour la remercier de leur avoir rendu leur liberté. Cette entrevuë se passa en complimens de part & d'autre où le cœur n'avoit nulle part: mais comme il faut être bon Comédien pour être bon Courtisan, il y avoit déjà si long-temps qu'ils étudioient tant les uns que les autres à bien jouer leur personnage qu'ils s'en acquitterent comme il faut. Ce ne furent qu'airs gracieux de tous côtés, des ris & des souris; & Mr. le Prince qui sçavoit mieux se contrefaire que personne, quoi qu'il fût d'un caractére si vif qu'il sembloit y être tout opposé, y fit paroître tant de feu dans ses yeux qu'on eut dit qu'il étoit le plus content de tous les hommes.

L'Archiduc fut fort fâché de ce raccommodement; craignant déja d'avoir
ce Prince sur les bras dont il connoîs-
soit l'expérience & la valeur. Il voulut retenir cependant le Vicomte de
de Turenne qui l'avoit été joindre
après la deroute de Sompuis : mais
comme il ne voyoit plus de jour à
faire rentrer sa Maison dans la Principauté de Sedan , il ne voulut pas
s'arrêter davantage auprès de lui, sous
prétexte que n'ayant pris les armes
que pour procurer la liberté du Prince de Condé, il ne lui restoit plus de
lieu de persévérer dans la rébellion ,
maintenant qu'elle lui avoit été renduë.
C'est ainsi que l'on fait dire tout ce que
l'on veut à la bouche pendant que l'on
pense toute autre chose dans le cœur.

Les autres Rebelles rentrerent aussi
dans le devoir, & la Cour promit au
Duc de Bouillon , qui pour colorer sa
désobéïssance se plaignoit que depuis
qu'il avoit cedé Sédan à Sa Majesté,
il n'en avoit jamais pu obtenir l'équivalent qui lui avoit été promis par le
Traité qu'il avoit fait avec Elle , qu'on
lui rendroit justice au plutôt. Il y avoit
cependant déja eu deux évaluations de

faites de ce qu'il avoit cédé & de ce
qu'il lui avoit été donné en échange ;
l'une d'abord que le Roi s'étoit mis en
poſſeſſion de cette Place, l'autre immédiatement après l'accommodement
de Paris avec la Cour. Mais comme
on ne finiſſoit jamais avec le Cardinal
& qu'il avoit tant d'attache au bien
qu'il avoit peine à rendre juſtice aux
autres, quoiqu'il ne lui en dût rien
coûter ; ces promeſſes s'en feroient
encore allées en fumée auſſi-bien que
beaucoup d'autres qu'il lui avoit déja
faites, ſi ce n'eſt que quand il ſe vit
le maître de ſes Ennemis, comme il
lui arriva bien-tôt après, il lui prit
envie de marier une de ſes niéces avec
ſon fils. Or ce fut alors que comme il
avoit lui-même intérêt à la choſe, il lui
donna des Commiſſaires pour travailler à une nouvelle évaluation. La Principauté de Sédan fut évaluée à cent
quatre-vingt & quelques mille livres
de rente dont il devoit être rembourſé
ſur le pied du denier ſoixante ; &
comme on lui devoit donner des Duchés en échange ſur le pied du denier
trente, & d'autres Terres, ſoit en Mar-
quiſats ou Baronies ſur le pied du de-

nier vingt-cinq ; il se trouva que si on
lui avoit ôté une Place qui à cause de
sa situation, obligeoit les Puissances
voisines à le ménager, on lui donnoit
du moins un revenu qui le faisoit devenir un des plus riches Seigneurs du
Royaume, mais non pas un des plus
riches Princes : car quoique le Roi lui
eut encore accordé à lui & aux siens par
le Traité de Sédan le rang & la qualité
de Prince étranger, on ne laisse pas de
faire une grande différence entre les
Princes qui descendent véritablement
d'une Maison souveraine & ceux qui
descendent de lui. Ainsi, je ne vois
pas qu'on me doive imputer à grand
crime le nom de Seigneur que je lui
donne ici au lieu de celui de Prince :
car s'il étoit véritablement Prince comme il prétendoit, & si ses descendans le
sont aussi comme ils le prétendent encore aujourd'hui, il ne le peut être tout
au plus que de la maniere que le disoit
Charles IV. Duc de Lorraine après la
déroute des Confédérés dans l'Alsace
en l'année 1674. Comme il les voyoit
tous repasser un peu plus vîte que le
pas par-dessus le pont de Strasbourg,
il dit à quelques Habitans de cette

Ville avec qui il s'entretenoit familie-
rement, qu'il étoit aſſez extraordinaire
qu'un Prince par la grace de Sa Majeſté Très-Chrétienne (il vouloit parler du Vicomte de Turenne qui commandoit ſon Armée en ce Pays - là)
en fit ainſi enfuir vingt-deux qui l'é-
toient par la grace de Dieu. Car il y
en avoit tout autant dans celle de
l'Empereur ; mais de véritables Princes & qui ne devoient point leur rang à
un Acte ſcellé du grand Sceau comme
Meſſieurs de Bouillon devoient le leur.

Mr. le Prince ne fut pas plutôt arrivé à l'Hôtel de Condé qu'on y vit une
ſi grande affluence de toutes ſortes de
perſonnes de condition, tant d'épée
que de robbe, que le Cardinal en
penſa mourir de chagrin, quand il l'apprit. Son garde lui donna auſſi la mort
au cœur, quand il lui annonça tout
ce qu'il avoit vu depuis le Havre-de-
Grace juſques à Paris. Son Eminence
qui ne pouvoit encore renoncer à ſa
vielle peau, c'eſt-à-dire, qu'elle étoit
toujours auſſi avare qu'elle l'eut jamais été ; dit alors à Beſmaux qui l'accompagnoit dans ſa diſgrace, qu'elle
étoit bien malheureuſe, puiſqu'on la

chaſſoit ainſi de France, après tant de
ſervices, de n'avoir pas pris au moins
les quatre-cent mille livres que lui
avoit offert Mr. de la Vieuville ; que
cela lui eût toujours aidé à paſſer chemin, principalement aujourd'hui que
toutes ſes penſions ceſſoient & qu'elle
étoit obligée de vivre à ſes dépens,
Beſmaux la conſola du mieux qu'il
pût, quoiqu'il fût aſſez fâché lui-même
de ce revers de fortune qui lui faiſoit
craindre qu'il ne fût obligé de retourner en Gaſcogne dont il étoit ſorti ſi
gueux qu'à peine y avoit-il ſix pieds de
terre pour l'y enterrer, s'il venoit jamais à y mourir. Cependant comme le
poſte où il étoit lui avoit fait eſperer
d'abord qu'il y amaſſeroit tout autant
d'argent qu'avoit fait Cavois qui avoit
la même Charge auprès du Cardinal de
Richelieu, que celle qu'il avoit auprès
du Cardinal Mazarin, il ſongeoit déja à
ſe marier avantageuſement & à donner
naiſſance à cette grande fortune où
nous l'avons vu arriver depuis : car
c'en étoit une aſſez grande pour un
homme qui n'avoit pas cent francs
vaillant, d'avoir amaſſé du moins
cent mille livres de rente, & cela

sans avoir jamais essuyé un coup de mousquet.

Le Cardinal étant arrivé à Sédan y reçut un Courier de la Reine par lequel Elle lui ordonnoit de ne s'en éloigner que le moins qu'il lui seroit possible. Cela fit connoître à Fabert que ses affaires n'étoient pas encore en trop méchant état ; & comme il avoit déja fait ce que Besmaux desiroit de faire, c'est-à-dire, qu'il avoit amassé beaucoup de bien, il lui fit offre d'argent & de tout ce qui étoit en son pouvoir. Ce Gouverneur étoit d'une naissance assez mince comme j'ai déja dit, quoiqu'il ne fût pas fils d'un Imprimeur comme il le prétendoit. Si son pere l'avoit été, c'est ce que je ne puis pas dire au vrai de peur de mentir ; & je sçais au-contraire qu'il avoit déja fait une espece de fortune, lorsque je l'ai connu ; car il étoit premier Echevin de la Ville de Metz, poste d'une assez grande distinction, & que l'on dit qui lui avoit été donné par faveur. Quoiqu'il en soit, son fils étoit homme de si méchante mine, qu'ayant acheté une Compagnie dans un vieux Corps, le Roi ne l'eût

pas plutôt regardé en face qu'il dit à
celui avec qui il en avoit traité, & à
qui il avoit donné l'agrément de la
vendre à qui bon lui sembleroit; qu'il
eut à chercher un autre Marchand,
parce que celui-là lui faisoit mal au
cœur. Ainsi, sçachant le mépris que
le Roi faisoit de lui, il s'en seroit
allé servir dans les Pays étrangers,
si le Duc d'Epernon qui étoit Gouverneur de Metz ne l'en eût empêché. Il lui dit pour adoucir son chagrin que s'il n'avoit pas cette Compagnie, il en auroit bien-tôt une autre; qu'il ne pouvoit pas être long-
temps sans en avoir quelqu'une qui
feroit en sa disposition ou qu'il son-
geroit à lui. Car il étoit Colonel-Gé-
néral de l'Infanterie Françoise, & cette
Charge lui donnoit l'autorité de dis-
poser de toutes celles qui devenoient
vacantes par mort ou autrement.

Le Cardinal croyant que les offres
que Fabert lui faisoit n'étoient que
d'une somme commune, ne voulut pas
les accepter; ainsi l'ayant remercié de
sa bonne volonté, il lui dit que quoiqu'il n'eût pas amassé tant d'argent
qu'on l'en accusoit, il en avoit assez

néanmoins pour ne pas incommoder
ſes amis: qu'il ſçavoit, grace à Dieu,
où en prendre pour ſubſiſter; mais que
ce qui l'embarraſſoit, c'eſt que comme
il voyoit bien que la Reine ſeroit obligée bien-tôt de recommencer la guerre civile, à moins que de vouloir
laiſſer étouffer ſon autorité, il eût bien
voulu être en état de faire pour elle dans
un beſoin ſi preſſant, tout ce que ſon
zéle & ſa reconnoiſſance lui demandoient. Que ſon deſſein étoit de ſe retirer auprès de l'Electeur de Cologne
en attendant que l'orage qui s'étoit
élevé contre lui ſe paſsât: qu'il y pourroit lever des Troupes pour lui envoyer s'il avoit de l'argent: que c'é-
toit-là le ſecours qu'il lui faudroit
trouver pour bien faire; mais que comme il n'étoit pas en état ni lui ni pas
un de ſa famille de faire un coup comme celui-là, il lui ſeroit inutile de
lui en parler. Fabert qui ſçavoit que
quelque révolte qui ſe faſſe contre un
ſouverain, il eſt preſque ſûr qu'il en
vient à bout tôt ou tard, regardant
des mêmes yeux celle qui ſe faiſoit
maintenant contre ce Miniſtre, puiſqu'il ſe voyoit appuyé de l'autorité de

la Reine, crut qu'il devoit mettre toute chofe au hazard plutôt que de manquer à lui faire fa Cour. Il crut qu'il
s'en reffouviendroit s'il revenoit jamais
en faveur, & que ce feroit le moyen
d'avoir part à fa fortune. Il avoit beaucoup d'argent à des gens d'affaires de
fes amis, qui le lui avoient donné
pour le garder ; & quoiqu'il ne fût
pas à lui, comme ils lui avoient dit
en lui donnant qu'il en pouvoit faire
tout ce que bon lui fembleroit & que
pourvû qu'il le leur rendît dans trois
ou quatre ans, cela leur fuffifoit, il
s'enhardit de lui dire qu'il avoit bien
méchante opinion de fes forces & de
celles de fes parens & de fes amis,
pour le croire incapable de lui rendre
fervice qu'il n'avoit qu'à le mettre à
l'épreuve, & qu'il verroit peut-être
qu'il feroit plus de chofe pour lui que
n'en avoit jamais fait quelqu'amis qu'il
put avoir. Le Cardinal qui le connoiffoit homme de bon fens, ne pouvant douter après ce qu'il lui venoit
de dire, qu'il n'eût quelque fomme
confidérable à lui offrir, puifqu'il lui
parloit de la forte, lui repliqua qu'à la
vérité il ne l'avoit pas cru affez riche

pour lui pouvoir aider felon la grandeur de fon befoin ; mais que puifqu'il
l'étoit plus qu'il ne croyoit, il lui feroit plaifir de lui dire fi fes forces
s'étendroient jufqu'à lui prêter cent
mille écus. Fabert lui répondit qu'il
ne lui offroit pas feulement cette fomme, mais que s'il n'en falloit encore
que quatre ou cinq fois autant pour le
tirer du bourbier où il étoit, il ne
fouffriroit pas qu'il y demeurât ; que
tout ce dont il le prioit, étoit de ne fe
pas informer d'où lui venoit tant d'argent : que tout ce qu'il lui étoit permis de lui dire, c'eft qu'il n'étoit pas à
lui, que fes amis le lui avoient donné
à garder ; mais que comme il n'avoit
point de meilleurs amis que lui, il
prendroit fi bien fes mefures avec eux,
que quand bien même ils viendroient
à le lui redemander avant qu'il eût la
commodité de le lui rendre, il feroit
en forte qu'ils ne croiroient pas qu'il
fût perdu.

Le Cardinal embraffa Fabert à ces
paroles, & ne pouvant fe fouler de
dire tout ce que l'Italien le plus outré
étoit capable de faire dans une pareille
rencontre, il finit tous fes complimens

par un ferment qu'il lui fit, que s'il
la pouvoit jamais mettre au-deſſus de
ſes affaires, comme il l'eſperoit bien,
il pouvoit compter que quelque grande que fût ſa fortune, il devoit être ſûr
de la partager avec lui. Fabert qui
avoit l'humeur Françoiſe, quoiqu'il
fût d'un Pays qui tire beaucoup du
côté de l'Allemagne, & où il y a beaucoup à dire qu'on avalle tant de fumée qu'on fait ici, ſe crut ſi bien payé
de ſes offres par ce compliment, qu'il
lui donna la vuë à l'heure même de
ſon coffre fort. Son Eminence qui étoit
auſſi prodigue en encens qu'il étoit
avare quand il en falloit venir à l'éxécution de ſes promeſſes, lui dit alors,
qu'il n'y avoit qu'un Fabert au monde,
& qu'il alloit mander tant de choſes
de lui à la Reine, qu'elle l'eſtimeroit
toujours pour le premier & pour le
plus eſſentiel de tous ſes ſerviteurs. Il
étoit ſi bon Comédien qu'il partit non
ſeulement de la main pour aller éxécuter ce qu'il diſoit; mais qu'il voulut
encore que Fabert l'accompagnât dans
ſon cabinet pour être témoin de ce
qu'il écrivoit à Sa Majeſté. Il y avoit
déja près de dix ans qu'il étoit en

France ; mais il en sçavoit encore si peu la Langue qu'on peut dire qu'il ne faisoit que l'écorcher. Cependant, comme il arrive souvent que quelque peu d'esprit qu'un homme ait naturellement, il se surpasse souvent, quand il devient amoureux , & qu'il s'agit d'écrire à sa Maîtresse ; de même Son Eminence s'expliqua si bien contre son ordinaire dans la Lettre qu'elle écrivit à Sa Majesté qu'Elle ne se put empêcher de dire que quelqu'un la lui avoit dicté. Il partit cependant pour Breuil Maison de Plaisance de l'Electeur de Cologne après avoir fait quelque séjour à Sédan , pendant lequel il tacha inutilement de se ménager une retraite chez les Liégeois, afin de ne se pas éloigner si fort de la France.

Je n'ai encore rien dit jusques ici de ma famille ; mais comme voici à-peu-près le temps que j'aurai à parler de mon fils qui aura plus de part que moi dorefnavant à ces Mémoires, puisque tout ce qui y sera rapporté viendra de lui, il est bon que je ne différe pas davantage à le faire. Je n'avois que lui de garçon ; & comme j'en faisois plus de cas que de quatre filles

que j'avois, je cherchai à le marier
de bonne heure, afin que fi Dieu venoit à me l'ôter du monde à la fleur
de fon âge, comme cela arrive fouvent, j'euffe du moins la confolation
de me voir renaître dans fes enfans.
Mais, comme toutes ces précautions
font inutiles, à moins qu'il ne plaife
au Ciel de les benir, il n'a eu qu'une
fille ; de forte qu'il fe trouve aujour-
d'hui que je n'ai travaillé depuis foi-
xante & tant d'années que je fuis au
monde que pour amaffer du bien pour
les autres. Une partie eft déja paffée
dans des familles étrangeres par le
mariage de mes filles, & l'autre y
paffera néceffairement encore, quand
ma petite fille qui n'a que fept à huit
ans fe trouvera en âge d'être mariée.
Mon fils époufa une fille d'un nom fi
femblable au fien qu'on a confondu
fouvent la famille de la femme avec
celle du mari ; quoiqu'il n'y eût aucune parenté entre l'un & l'autre avant
leur mariage. Son pere étoit Mr. de
Bourdeaux, Receveur-Général des Finances d'Orléans, nom qui ne différe
du mien que d'une Lettre. J'avois
acheté une belle Terre auprès de Mont-

fort Lamaury nommée Neuville. Elle
m'avoit coûté cent dix mille écus des
Héritiers de feu Mr. de Berangeville,
grand Prévôt de l'Hôtel. Je la donnai
à mon fils en le mariant avec une
Charge de Maître des Requêtes & une
commiffion de Préfident au Grand
Confeil. Pour mes filles, l'aînée avoit
épousé en premieres nóces Monfieur de
Coffigny Conseiller du Parlement,
dont étant devenüe veuve, elle se re-
maria malgré moi à Monfieur Sanguin
Maître-d'Hôtel ordinaire de Sa Majefté.
C'eft celui-là même qui par fucceffion
de temps eft encore devenu davantage, puifqu'il eft mort premier Maître-
d'Hôtel. Il en a laiffé un fils unique
qui a aujourd'hui la même Charge,
& qui a épousé Mademoifelle de Saint
Agnan, foeur du Duc de Beauvilliers,
Gouverneur des enfans de France. La
raifon pour laquelle je m'oppofai à ce
qu'elle épousât Mr. Sanguin, c'eft que
je ne le trouvois pas affez riche pour
elle ; cependant tant qu'il a vécu, il a
été le foûtien & même l'honneur de ma
mille : tant il eft vrai que nous ne
fçavons d'ordinaire ce que nous fai-
fons, & que Dieu tourne les chofes
tout comme il lui plaît.

La feconde de mes filles fut mariée au pere de Mr. de Pommereu qui eft Confeiller d'Etat aujourd'hui. Il étoit veuf quand il l'époufa, & ce n'eft pas d'elle que vient ce Magiftrat. Il n'en eft venu que Mr. de Pommereu fon frere qui a été Capitaine aux Gardes, & qui eft maintenant Gouverneur de Douai. J'avois marié ma troifiéme à Mr. de Geniers du Coudrai, Confeiller au Parlement qui a fi mal fait fes affaires qu'à peine eft-il refté de quoi vivre à fes enfans. La quatriéme avoit enfin époufé Mr. Martinot, Confeiller des Requêtes du Palais, homme que je croyois beaucoup plus accommodé qu'il n'étoit, & qui quoiqu'il ait encore laiffé quelques Biens, a eu le malheur de ne pas voir fes enfans fe tourner de la maniere qu'il fouhaitoit. Ainfi tout ce que je vois aujourd'hui de mes defcendans qui me puiffe donner quelque fatisfaction, c'eft le feul Marquis de Livry: car pour ce qui eft de la fille de mon fils, comme il avoit mangé tout fon Bien dans les Emplois qu'il a eu, & dont je parlerai tout préfentement, & que fon grand-pere maternel que je croyois riche comme un Créfus,

quand je mariai mon fils à fa fille, fit
Banqueroute quelque temps après;
toute fa fortune fe réduit à peu de
chofe.

Quoiqu'il en foit, mon fils qui promettoit beaucoup & qui avoit une
grande vivacité d'efprit, ayant brillé
au Confeil dans quelques affaires qui
lui avoient été diftribuées, & qu'il
avoit rapporté devant le Roi, Mr. le
Cardinal me dit un peu avant que de
s'en aller à Sedan, qu'il en vouloit faire
quelque chofe avant qu'il fût peu.
Quoique je fçuffe bien qu'il n'y avoit
pas grand fonds à faire fur fes promeffes, comme on fe flate toujours
qu'on fera plus heureux que les autres,
je fus bien fâché de fa difgrace qui
fembloit nous reculer mon fils & moi
des efpérances que nous avions con-
çuës par-là. Je tâchai cependant de
me faire bon ami de Mr. de la Vieuville qui prétendoit toujours à la Sur-
Intendance, & fous qui je prétendois
avoir d'autant plus de crédit que je
voyois que s'il avoit jamais cette
Charge, il feroit obligé de s'en décharger fur un autre, parce qu'il commençoit, pour en dire la vérité, à ne

pas trop fçavoir ni ce qu'il difoit,
ni ce qu'il faifoit. Mr. le Cardinal dont
l'efprit régnoit toujours à la Cour,
quoiqu'il en fût éloigné, y gouvernoit
tout autant que jamais, quoique dans
ces comencemens la Reine mere fe
donnât bien de garde de le faire paroître. Il lui écrivoit par la voie de
Fabert qui faifoit tenir fes Lettres par
un Courier exprès, tantôt à Mr. de
Léonne, tantôt à Mr. le Tellier, &
tantôt à Monfieur Servien bons amis
de Son Eminence. Cependant le Prince de Condé ayant donné de la jaloufie à la Reine par les grandes vifites
qu'il avoit reçuës à fon retour de prifon & par celles qu'il recevoit encore
tous les jours, Elle ne put s'empêcher
de le témoigner devant des perfonnes
dont Elle croyoit être plus affurée
qu'Elle n'étoit. Mais elles ne furent
pas plutôt hors de devant Elle, qu'elles
furent à l'Hôtel de Condé en faire leur
cour à Mr. le Prince. Il s'en moqua,
parce qu'il ne la croyoit pas en état
de lui nuire. Il fe voyoit appuyé du
Duc de Beaufort, du Coadjuteur &
de toute leur brigue qui étoit toute-
puiffante dans le Parlement ; ainfi mé-

prifant toutes chofes avec un tel fecours, il crut qu'il obligeroit toujours
cette Princeffe à être de fes amies, en
dépit qu'Elle en eût. Il fut au Parlement qui continuoit toujours de s'affembler au préjudice de plufieurs Lettres de Cachet qu'il recevoit de temps-
en-temps. Il n'y faifoit nulle attention,
parce qu'il avoit pris trop de goût aux
affaires d'Etat pour fe renfermer dans
celles des particuliers, comme la Cour
vouloit qu'il fût. Il répondoit à Sa Majefté par la bouche des gens du Roi,
toutes les fois qu'il recevoit de ces
fortes de Lettres, que le bien du Royaume demandoit qu'il ne lui obéît pas;
& que l'Etat étant malade, Elle reffem-
bloit, à proprement parler, à une perfonne qui étant dans fon lit atteint
d'une grande maladie, ne fçavoit le
plus fouvent ce qu'elle demandoit. Il
eft vrai qu'il adouciffoit ces termes en
quelque façon, qui étoient trop crus
pour fe trouver dans la bouche d'aucun, à plus forte raifon dans celle de
ces perfonnes; mais comme c'étoit
toujours la même fubftance, il eft impoffible de dire combien la Reine s'en
chagrinoit. Les peuples cependant con-

tinuoient de demander l'assemblée des
Etats, afin de remédier aux maux
dont ils étoient affligés. Outre quantité de nouveaux Impôts que le Cardinal avoit inventé pour contenter son
avarice, ils étoient désolés par les gens
de guerre qui se croyoient tout permis
pendant ce temps de misères & de
troubles. Ils se plaignoient encore des
Intendans de Justice que la Cour avoit
rétablis dans les Provinces de sa seule
autorité, quoiqu'elle les eût révoquée
par la Déclaration dont il a été parlé
ci-devant. Or ils prétendoient qu'on
ne pouvoit remédier à ces sortes de
maux, & à une infinité d'autres qui
s'étoient encore glissés dans l'Etat,
sans une assemblée de tous les Ordres
du Royaume, lesquels représentant
toute la Monarchie en général, y feroient des Réglemens qui renferme-
roient l'autorité Royale dans des bornes légitimes & assureroient leur liberté.

Ce n'étoit point-là du tout ni le
compte de la Reine ni celui du Parlement. Cette Princesse qui étoit instruite
des intérêts des Souverains, regardoit
cette demande comme un écueil à l'au-

torité de son fils, si elle étoit obligée
de l'accorder. Le Parlement de même
ne la croyoit pas moins fatale à la
sienne, parce que toutes ses entreprises n'étant fondées que sur ce qu'il
prétendoit représenter ces Etats tant
qu'ils n'étoient point assemblés ; cette
prétenduë représentation cessoit dès le
moment qu'ils devoient être. Ainsi l'un
& l'autre concourant sous main à élu-
der cette proposition, elle s'en alla
bien-tôt en fumée. Mr. le Tellier qui
étoit bien aussi fin que le Cardinal,
dit pourtant à la Reine que si elle entendoit fort bien les intérêts du Roi
son fils, en ne voulant point d'Etats,
elle les entendoit fort mal, en le té-
moignant comme elle faisoit : qu'Elle
devoit bien plutôt selon lui faire paroître le contraire, afin d'arrêter par-là
tous les projets de ses ennemis. Que
comme il falloit du temps pour préparer les choses nécessaires à la tenuë
de cette assemblée, Elle trouveroit bien
le moyen de la rompre : que cependant elle en retireroit cette utilité
qu'elle arrêteroit la désobéïssance des
peuples qui croiroient que les Etats re-
médieroient à tout ce qui faisoit le
sujet

sujet de leur plainte : que les Grands
d'ailleurs & le Parlement n'oseroient
plus rien dire jusques à ce temps-là,
parce qu'ils auroient peur d'être aban-
donnés des Peuples , sans le secours
desquels toute leur puissance n'étoit
rien. La Reine trouva cette raison assez bonne , & s'y seroit conformée à
l'heure même , si ce n'est qu'elle fut
bien-aise non-seulement d'éxaminer auparavant par quel endroit elle pourroit manquer à sa parole quand elle
l'auroit donnée une fois ; mais encore
de sçavoir le sentiment du Cardinal ,
devant que de lui envoyer un Courrier
là-dessus. La Reine tint un Conseil secret où il n'y eut que Mrs. le Tellier ,
de Lionne & Servien ; & ayant commandé au premier d'exposer aux deux
autres ce qu'il lui avoit dit , il le fit
le plus succinctement qu'il lui fut possible & avec de si bonnes raisons qu'ils
conclurent tous deux avec lui que Sa
Majesté ne pouvoit mieux faire que de
suivre son sentiment.

Le Courrier qui devoit être envoyé
au Cardinal partit aussi-tôt , & lui
ayant rendu son pacquet , ce Ministre
manda à Sa Majesté qu'il croyoit cet

avis fort bon ; mais que pour le rendre encore meilleur, elle devoit tâcher à quelque prix que ce fut de détacher Mr. le Prince d'avec le parti des Frondeurs : qu'elle devoit avoir reconnu dès le Blocus de Paris qu'il afpiroit au Gouvernement de Guienne qu'il avoit demandé lui même à corps & à cris, & qu'il avoit fait encore demander pour lui par la Province même, quoiqu'il en eût déjà deux & qu'il en dût être content. Qu'il ne pouvoit s'empêcher de convenir avec elle qu'il n'y eût du danger à le lui donner ; parce qu'il paroiſſoit aſſez bien par les efforts qu'il faiſoit pour l'avoir, qu'il ne deſiroit rien autre choſe ſi non que d'avoir une porte ouverte pour faire entrer les ennemis dans l'Etat quand il le trouveroit à propos pour remplir ſon ambition. Que, néanmoins il falloit donner quelque choſe au hazard ; lui promettre tout, & eſpérer qu'on trouveroit moyen après cela de le ruiner peu-à-peu. Il étoit aiſé de voir que ce conſeil étoit intéreſſé ; & que pourvû que Son Eminence ſe procurât ſon retour, il ne ſe mettoit guères en peine de mettre le Royaume en péril.

Mais comme tous les Conseillers de cette Princesse faisoient dépendre leur fortune de la sienne, l'avantage qu'ils trouvoient à le faire revenir, fit qu'ils boucherent les yeux à tout le reste. Il trouverent bon qu'on offrît ce Gouvernement à ce Prince en échange de celui de Bourgogne, parce qu'il en falloit bien donner un autre au Duc d'Epernon à qui on l'ôteroit. La proposition en fut faite à Mr. le Prince, à condition qu'il seroit des amis de la Reine; mais on ne lui parla encore de rien parce qu'on étoit bien-aise de lui faire accroire qu'on ne songeoit à lui faire ce présent que pour l'obliger, & sans prétendre aucune rétribution. Il n'eut garde de refuser une offre comme celle-là. Il l'accepta avec toute la joie de son cœur ; & les Bourdelois qui sont les peuples du monde les plus mutins & les plus séditieux, n'eurent pas plutôt appris cette nouvelle qu'ils en firent des réjouissances toutes extraordinaires. Ils dresserent des tables au milieu des ruës; & arrêtant les passans pour faire débauche avec eux, la Cour crut par-là que comme ils témoignoient depuis quelque

temps d'avoir deſſein de ſe ſouſtraire
de la domination de la Couronne, ils
étoient ravis qu'on leur eût donné un
Gouverneur dont la valeur & l'ambition étoient capables de ſeconder leurs
deſirs.

Quoiqu'il en ſoit, la Reine ayant
fait ce coup-là dans la vuë que je viens
de dire, ne fit pas ſemblant de prendre garde à ce que les Bourdélois vé-
noient de faire pour lui, & le careſſa
au contraire ſi particulierement qu'il
ſembloit qu'elle en voulut faire ſon favori. Elle tâchoit de le préparer par-
là à la propoſition qui lui devoit être
faite. Cependant voulant arrêter le
cours des entrepriſes du Parlement,
Elle coſentit non-ſeulement à donner
elle-même une Déclaration conforme
à l'Arrêt qui étoit intervenu, par lequel
les Cardinaux étrangers & même ceux
de la Nation, étoient exclus du Miniſtére; mais elle le fit encore de ſi
bonne grace qu'on eût dit qu'elle ne
demandoit pas mieux. Le Clergé s'y
oppoſa par l'intérêt qu'il y prenoit;
mais quoique les raiſons qu'il apportoit pour ſoûtenir ſon oppoſition, mé-
ritaſſent d'être écoutées, la haine que

chacun portoit au Cardinal, se répandit si bien sur ceux qui, comme lui, étoient revétus de la pourpre, que la chose passa tout d'une voix au Parlement. C'étoit peut-être une marque de foiblesse à la Reine que de consentir à une affaire comme celle-là, & principalement ayant dessein comme elle l'avoit de ne la pas tenir. Elle pouvoit craindre d'ailleurs qu'en fléchissant ainsi sous la volonté de cette compagnie, ce ne lui fût un sujet de porter sa désobéissance plus loin; mais, Elle ne le fit que pour le rendre suspect au peuple, s'il osoit encore après cela entreprendre quelque chose au-delà de son autorité, & pour lui ôter même tout prétexte de remuer. Elle consentit encore que les Etats Généraux s'assemblassent au mois de septembre, & envoya des lettres circulaires dans les Provinces afin qu'elles eussent à élire des députés pour se trouver dans la Ville de Tours au jour qui leur étoit marqué. Tous les peuples qui ne jugent jamais des choses que par l'apparence sans se donner la peine de les approfondir, témoignerent une joie inconcevable à cette indication, pendant

que les Intendants qui avoient intérêt
eux-mêmes à empêcher cette affemblée,
puifqu'il y devoit être parlé d'eux en
aftez méchants termes, firent naître
fous main tant de jaloufie entre ceux
qui prétendoient être élus, qu'il y en
eut plufieurs qui fe chargerent les uns
les autres.

Mr. de Turenne étant revenu en
Cour environ ce temps-là, tous les
deux partis s'empreſſerent de le gagner, parce qu'il étoit non feulement
confidérable par lui-même, mais encore par fon frere avec qui il étoit
fort uni. Mr. le Prince avoit bien plus
de droit de prétendre d'y réüffir que
la Reine, elle contre qui il venoit de
fe déclarer. Cependant comme il avoit
deffein de fe marier & que pour s'ôter
le chagrin qu'il avoit d'avoir été refufé
de Mlle. de Rohan qui lui avoit préféré
Chabot, il y avoit déjà quelque temps,
il cherchoit quelque Maîtreffe qui en
pût valoir la peine. La Reine lui fit offrir
de lui rendre fervice auprès de Mademoifelle de la Force qui étoit fille
unique du Maréchal de ce nom. Le
Comte de Duras qui étoit fils de la
foeur de ce Prince, y penfoit pour

lui-même & même lui en avoir fait
confidence : ainſi ne voulant pas aller
ſur ſon marché, il fut quelque temps
à s'en défendre, quoiqu'il n'y eût point
de parti plus avantageux pour lui dans
tout le Royaume. La Reine qui vouloit
l'attacher à elle en écrivit elle-même au
Maréchal ſans lui en parler ; & le Maréchal qui l'aimoit bien mieux pour ſon
gendre que le Comte de Duras qui étoit
encore un jeune homme, fit réponſe
à Sa Majeſté qu'il étoit tout prêt d'o-
béïr à ſes commandemens. La Reine
ayant reçu cette lettre en récrivit une
autre au Maréchal par laquelle elle lui
conſeilloit, s'il vouloit que ce mariage ſe fit, de ſe dégager non ſeulement
des paroles qu'il pouvoit avoir donné
au Comte de Duras, mais encore de
lui mander à elle-même de lui choi-
ſir un gendre. Le Maréchal fit ce que
la Reine vouloit ; & la Reine ayant
montré ſa lettre au Vicomte de Turenne, elle lui guérit l'eſprit du ſcru-
pule qu'il ſe faiſoit d'aller ſur les bri-
ſées de ſon neveu. Elle lui dit que ce
Comte ne devoit plus avoir de prétention ſur ſa maîtreſſe, puiſque le pere ne vouloit point de lui. Elle lui

fit en même temps un portrait avantageux de la Demoiselle , quoiqu'il
n'y eût rien d'extraordinaire pour sa
beauté : & comme il étoit naturellement sensible pour le beaux séxe , quoique cela ne semblât pas trop convenir , comme j'ai déjà dit , à un grand
Général, il se laissa si bien persuader qu'il
prit la poste sans en rien dire à personne pour aller voir lui-même si ce
que la Reine lui disoit de cette personne étoit vrai. Le Maréchal de la
Force qui étoit d'une maison féconde
en grands hommes s'accommoda bien-
tôt de lui par les rapports qu'il trouvoit de ses sentimens aux siens. Ainsi
ne le voulant pas laisser revenir en Cour
sans qu'il eut épousé sa fille , ce mariage se conclut à la Force au grand
regret du Comte de Duras qui n'en
sçut pas trop bon gré à son oncle.

Avant que le Vicomte de Turen-
ne y fût de retour, la Reine avoit fait
faire quelques propositions au Prince
de Condé pour le détacher du parti
des Frondeurs : elles étoient si avantageuses pour lui qu'il en avoit été
ébranlé. Il avoit peine néanmoins à
se déterminer tout-à-fait, parce qu'il

lui fembloit qu'après leur être redevable de fa liberté, il ne pouvoit guéres leur manquer de parole fans ter-
nir fa réputation. La Reine lui demandoit en même-temps de favorifer le
retour du Cardinal & de lui promettre de fe déclarer contre le Parlement
en ce cas qu'il continuât à vouloir faire
le maître comme il faifoit. Mr. le Prince
qui ne vouloit point qu'il fût dit dans
le monde qu'il protégeât celui qui
avoit voulu l'opprimer, remontra à la
Reine par le canal de Mr. le Tellier
qui lui faifoit toutes ces propofitions
de fa part, qu'il ne pouvoit plus lui accorder ce qu'elle vouloit à moins que
de fe dèshonorer lui-même; mais que
fi Elle vouloit fe contenter des promeffes qu'il lui feroit de ne point apporter d'obftacle à ce retour, il étoit
tout prêt à lui en faire tel ferment
qu'Elle voudroit. La Reine qui prenoit confeil dans tout ce qu'Elle faifoit, des trois perfonnes dont je viens
de parler, leur demanda s'ils croyoient
qu'Elle fe dût contenter de ces offres.
Ils lui répondirent que quoiqu'ils ne
les cruffent pas fuffifantes pour affurer
le retour du Cardinal, Elle ne devoit

O 5

pas néanmoins les rejetter , parcequ'Elle en tireroit cet avantage , que le
Prince deviendroit suspect par - là au
Duc de Beaufort & à tous ceux de son
parti. Elle résolut de suivre leur avis ,
& le Cardinal à qui Elle en fit part
l'ayant approuvé , Elle commença à
gagner les uns & les autres pour la
seconder dans ses intentions.

Les Frondeurs qui étoient appliqués
à éxaminer la conduite de cette Princesse firent leurs brigues pour s'y opposer. Ils en parlerent à leurs amis &
ne trouvant point que le Prince de
Condé y fit son devoir comme ils l'y
croyoient obligé , ils commencerent à
craindre qu'il ne se fût laissé gagner.
Ils ne voulurent rien lui en dire de
peur qu'il n'usât de dissimulation pour
leur dérober la connoissance de ce qui
se passoit , mais s'assemblant entr'eux
pour sçavoir comment ils s'y prendroient pour se mettre à couvert de
sa mauvaise foi , ils convinrent de le
presser d'éxécuter ce qu'il leur avoit
promis avant que de sortir de prison.
Le principal point étoit de faire épouser au Prince de Conti Mademoiselle
de Chevreuse ; & quoiqu'il y en eût

beaucoup d'autres, comme de procurer au Duc de Beaufort la Charge d'Amiral, au Coadjuteur le Chapeau de Cardinal, & à Caumartin une place de Secrétaire d'Etat; comme néanmoins le mariage devoit servir de lien entre les Parties & leur ôter toute défiance; ce fut sur celui-là qu'ils insisterent particulierement. Mr. le Prince les paya de remise, s'excusant tantôt sur une chose, & tantôt sur l'autre; mais avec si peu d'apparence de raisons que cela ne fit qu'accroître leurs défiances. Ainsi ne le laissant plus en repos, ils mirent ses ruses à bout par leurs pressantes sollicitations; de sorte qu'il fut bien empêché comment leur trouver de nouvelles excuses. La Reine eût bien voulu pendant toutes ces intrigues, faire la paix avec les Espagnols; afin que n'ayant plus de guerre étrangere à soûtenir, elle pût réduire à la raison tous ceux qui prétendroient en allumer de civiles. Le Cardinal en sollicitoit non-seulement Sa Majesté; mais il trouva encore moyen de nouer une négociation secrette avec le Comte de Fuensaldagne, qui après l'Archiduc avoit le principal pouvoir dans les Pays-Bas. Il lui pro-

mit de lui faire donner cinquante mille
écus de penſion par la Reine, s'il pouvoit porter l'eſprit de Sa Majeſté Catholique à un accommodemen. Cette
ſomme tenta l'Eſpagnol ; & entrete-
nant une étroite correſpondance avec
lui à l'inſçu de l'Archiduc à qui il ne
vouloit pas donner à connoître qu'il
étoit gagné, il fit ce qu'il put pour ne pas
laiſſer échapper une occaſion ſi favorable de faire ſes affaires. Il remontra cependant à l'Archiduc, ſans lui découvrir le nœud de l'affaire, que le Cardinal étant dans ſon voiſinage , &
comme incertain de retourner jamais
dans ſon poſte, il croyoit qu'il ne feroit pas trop mal de ſonger à la paix ;
qu'il en tireroit tout ce qu'il voudroit
dans l'état où étoient les choſes ; & que
jamais il n'auroit ſi beau qu'il l'avoit
préſentement , de faire un Traité qui
lui fût avantageux.

Cette propoſition frappa d'abord
l'Archiduc qui crut que c'étoit effectivement une occaſion favorable pour
lui, & dont il pourroit tirer de grands
avantages. Il conſentit que le Comte
nouât intelligence avec le Cardinal.
Un de ſes Gentilshommes étoit venu

à Bruxelles avec un paſſeport, pour y
faire quelques emplettes ; & Fuenſaldagne le lui propoſa comme un canal
pour aller juſques à lui. Car comme il
lui cachoit le commerce qu'ils avoient
enſemble, il lui fit enviſager cette occaſion comme nouvelle. Fuenſaldagne
ayant ainſi agi par ſes ordres, rendit tel
compte qu'il voulut à l'Archiduc, & tâcha de ſe faire valoir auprès de lui par
cette négociation. Il ſe fit diverſes propoſitions de part & d'autres ; mais enfin,
lorſque chacun s'attendoit à les voir
réüſſir, l'Archiduc changea tout-d'un-
coup de ſentiment par les nouvelles
qu'il apprit de France. Il ſçut que l'intelligence qui avoit régné entre le
Prince de Condé & les Frondeurs,
commençoit à s'altérer par les remiſes
que ce Prince faiſoit de conclure le
mariage de ſon frere avec Mademoiſelle de Chevreuſe ; & qu'ainſi il étoit
comme impoſſible qu'il ne ſe r'allumât
une guerre civile dans ce Royaume.
Au-reſte les avantages qu'il prétendoit
en tirer étant bien plus grands que ceux
qui lui étoient offerts par le projet de
paix qui lui avoit été préſenté, il commanda à Fuenſaldagne de rompre tout

commerce avec le Cardinal. Fuenfal-
dagne qui fe voyoit par-là une penfion
auffi forte que celle qu'on lui faifoit
efpérer, n'en fut point content du
tout. Il entretint toujours, mais fecrettement, correfpondance avec le
Cardinal, & lui ayant demandé un
paffeport de la Reine, afin d'envoyer
un Courier en Efpagne où il prétendoit faire approuver tout ce qu'il defiroit, malgré les obftacles qu'y apportoit l'Archiduc, il ne l'eut pas plutôt reçu qu'il fit partir ce Courier.

Les Frondeurs qui n'avoient point
de repos depuis le foupçon qu'ils
avoient conçus contre le Prince de
Condé, intercepterent alors des Lettres que l'Abbé Fouquet écrivoit au
Cardinal. Il l'y félicitoit de l'efpérance qu'il avoit de le revoir bien-tôt
plus puiffant que jamais à la Cour;
& comme ils ne pouvoient attribuer
cela qu'à quelqu'intrigue fecrette de
la part du Prince de Condé, ils le
prefferent tout de nouveau de calmer
leurs allarmes, en achevant le mariage
dont ils étoient convenus avec lui. Il
y chercha encore des excufes & ne
s'en pouvant pas payer ils entreprirent,

pour le brouiller du moins avec le Prince de Conti, s'il étoit vrai qu'il fût
de méchante foi comme ils commençoient à n'en plus douter, de faire ce
mariage fans lui en parler davantage.
Le Prince de Conti ne demandoit pas
mieux, parce qu'il n'avoit jamais eu
d'inclination pour l'Etat Ecléfiaftique
où il fe trouvoit engagé par la volonté
de fes parens, qui ne l'avoient pas cru
propre pour le monde parce qu'il étoit
boffu, & d'une taille fi petite qu'il
ne pouvoit paffer tout au plus que pour
un demi-homme. Il étoit devenu d'ailleurs fi paffionnément amoureux de Mademoifelle de Chevreufe, qu'il ne fe
connoiffoit plus pour ainfi dire ; tellement qu'ayant confenti à l'époufer fecrettement, la chofe ne fut retardée
que parce qu'ils étoient parens, &
qu'il falloit obtenir une difpenfe de
Rome pour rendre le mariage hors
d'état d'être jamais contefté. Le Coadjuteur qui avoit des amis dans cette
Cour, fe chargea de faire tout ce qu'il
falloit pour cela, efpérant que quand
cette difpenfe feroit venuë, il lui feroit
facile, par l'autorité qu'il avoit fur tous
les Curés de Paris, de choifir celui qui

qui lui plairoit pour les marier ensemble. Il n'étoit pas en peine non plus
de faire la chose sans faire publier des
bans, puisqu'il avoit le pouvoir lui-
même d'en dispenser. Mais l'Ambassadeur de France à Rome qui avoit des
amis dans le Conclave, étant averti
qu'on demandoit cette dispense au St.
Pere, sans qu'on se fût adressé à lui
comme il se pratique d'ordinaire dans
ces sortes d'occasions, fit ensorte qu'on
fût quelques jours sans l'accorder. Il
envoya cependant un Courier en Cour
pour y donner avis de ce qui se passoit.
La Reine ayant reçu cette nouvelle,
assembla le Tellier, Servien & de Lionne & leur exposa l'avis qu'elle venoit d'avoir de l'Ambassadeur de son
fils. Elle leur demanda si elle en devoit parler à Mr. le Prince; parce que,
quoiqu'on lui écrivît que cette dispense se demandoit au nom du Coadjuteur, il étoit à craindre que ce
ne fût lui qui le fit agir secrettement:
Qu'en effet, il n'étoit pas vrai semblable
qu'un homme du caractére dont devoit
être ce Prélat, voulût entreprendre
une chose comme celle-là à son insçu;
lui particuliéremsnt qui avoit déjà

éprouvé fa violence en quelques rencontres, & qui devoit craindre qu'il
ne lui en témoignât encore fon reffentiment en temps & lieu.

Ces trois hommes après l'avoir écou-
té attentivement, convinrent avec elle
que fa crainte étoit jufte, non pas
par rapport au caractére du Coadjuteur qui étoit tout autre qu'il ne devoit être pour un Prélat; mais parceque
le Prince de Condé pouvoit peut-
être s'être fervi de lui pour fe difcul-
per envers elle de ce mariage qu'il
lui avoit promis de rompre. Ils lui
dirent qu'il croiroit après cela qu'elle
ne pourroit l'en rendre refponfable parce qu'il paroitroit forcé. Toutes fois
après y avoir bien fait réfléxion, ils
conclurent que foit que cela fût ou
non, elle ne pouvoit mal faire de lui
en témoigner fa penfée & comment
elle étoit inftruite de ce qui fe négocioit à Rome; qu'elle devoit même
faire expédier des Lettres de Cachet
non feulement à tous les Curés de Paris, mais encore à tous ceux de ce Dio-
cèfe pour empêcher que quelqu'ordre
qu'ils puiffent recevoir du Coadjuteur,
ils fe donnaffent bien de garde de paf-

fer outre à ce mariage. La Reine crut
leur conseil : les Lettres de Cachet furent expédiées le jour même; & la Reine
ayant fait voir à Mr. le Prince ce qu'on
lui mandoit de Rome, il en fut si en
colere qu'il fut aisé de voir qu'il n'y
trempoit pas. Aussi n'eut-il pas plutôt quitté Sa Majesté qu'il s'en fut
trouver le Prince de Conti à qui il
fit des railleries si piquantes de sa
Maîtresse, que quand elle eût été toute
autre qu'elle n'étoit, il ne lui en eût
jamais pu dire pis. Il la traita ni plus
ni moins que si elle eût eu un commerce honteux avec le Coadjuteur aussi-bien qu'avec le Marquis de Noir-
moutier & Caumartin ; & comme ces
trois personnes étoient tous les jours
chez elle, il l'en dégouta tellement
par ces médisances & en lui disant
que c'étoit pour cela qu'il s'étoit toujours opposé secrettement à son mariage, qu'il n'y voulut plus songer.

Le Prince de Condé ayant si bien
fait connoître par-là quels étoient ses
sentimens, les Frondeurs ne jugerent
plus à propos de garder aucune mesures avec lui. Ils firent demander à
la Reine si elle vouloit entrer avec eux

dans quelque Traité & lui offrirent de sacrifier une partie de leurs intérêts pour tirer vengeance de l'affront qu'ils venoient de recevoir. Car quoique la chose regardât particuliérement Mademoiselle de Chevreuse, elle contre qui le Prince de Condé s'étoit seulement déchaîné, ils ne laissoient pas de s'en faire une application par rapport à la parole qu'il leur avoit donné, & à laquelle il manquoit si honteusement. La Reine qui n'avoit point encore signé de Traité avec lui & qui avoit éprouvé après le Blocus de Paris qu'il étoit insatiable dans ses demandes quand il se croyoit nécessaire à quelqu'un, ne refusa pas d'entrer en négociation avec eux. Ils convinrent bientôt de leurs faits; & Sa Majesté leur ayant accordé les mêmes conditions qu'ils prétendoient obtenir par l'union du Prince de Condé, le Coadjuteur poussa sa vengeance plus loin & prétendit que l'Etat ne seroit jamais en sûreté tant que ce Prince seroit en vie. Il proposa ainsi de s'en défaire; sans considérer qu'une telle proposition étoit horrible dans la bouche de quelque personne que ce fût, & particu-

lierement dans celle d'un Prêtre. La
Reine en eut horreur toute la premiere, quoiqu'elle eût plus d'intérêts
qu'un autre à ne pas le ménager. Auffi ne s'étant pu empêcher de lui en
témoigner fon fentiment il ne vit pas
plutôt qu'elle avoit plus de modera-
tion qu'il ne penfoit, qu'il lui propofa à la place de s'affurer de fa Perfonne. Elle parut plus difpofée à le
croire cette fois-là que l'autre ; mais
comme elle faifoit réfléxion à tout ce
qui étoit arrivé lorfqu'elle avoit entrepris la même chofe, elle crut que
cette affaire méritoit bien d'être pefée
mûrement avant que d'en prendre tout-
à-fait la réfolution.

Le Prince de Condé qui avoit des
Efpions auprès de la Reine & une de
fes filles d'honneur entre autres à qui
il prenoit la peine d'en conter pour la
rendre plus fenfible à fes intérêts,
ayant fçu d'elle qu'elle y avoit vu
entrer le Coadjuteur à une heure in-
duë & vêtu en Cordelier, en prit
l'allarme de telle maniere qu'il n'eut
plus de repos. Il preffa le Tellier, qui
l'amufoit toujours de la part de cette
Princeffe, afin de bien prendre fon

temps pour le faire arrêter, de conclure avec lui, si non qu'il ne tarderoit guéres de se raccommoder avec les Frondeurs. Le Tellier biaisa & lui donna tantôt une parole & tantôt une autre sans se mettre en peine de lui faire voir qu'on le jouoit. Mr. le Prince s'en plaignit & chargea le Maréchal de Grammont d'en parler à la Reine. Il le croyoit toujours de ses amis, quoiqu'il eût cru reconnoître de fois à autre, comme en effet c'étoit la vérité, que les intérêts du Cardinal lui étoient plus chers que les siens. La Reine répondit au Maréchal qu'il ne tenoit pas à Elle de conclure avec lui ; mais qu'il lui faisoit des demandes si exhorbitantes qu'il n'y avoit pas moyen de les lui accorder : Qu'il avoit déja la plus grande Charge de la Cour, qui étoit celle de Grand-Maître de la Maison du Roi ; qu'il avoit outre cela deux Gouvernemens de Province ; qu'il demandoit encore à être fait Amiral ; qu'Elle le faisoit juge lui-même si cela se pouvoit faire à moins que de lui mettre toute l'autorité de son fils entre les mains : qu'Elle vouloit qu'il lui en parlât lui-même, afin que comme il avoit quelque pouvoir fur fon efprit, il le pût faire écouter raifon. Le Maréchal de Grammont l'étant allé trouver, le furprit beaucoup quand il lui rapporta ce que lui avoit dit la Reine. Mr. le Prince le pria de retourner vers Elle, pour lui dire qu'il ne falloit point qu'Elle fe récriât tant fur cette Charge, puifque le Tellier la lui avoit promife de fa part. Cela étoit vrai; mais Sa Majefté n'en ayant jamais voulu convenir avec le Maréchal, Elle lui dit que fi le Tellier lui avoit fait une propofition comme celle-là, ce n'avoit été que de lui-même & fans qu'Elle lui en eut jamais donné l'ordre. Le Maréchal entendit bien ce que cela vouloit dire; & le Prince de Condé l'entendant tout auffi-bien que lui, reconnut mais un peu tard que cette Princeffe l'avoit pris pour duppe, parce qu'il s'étoit un peu trop preffé.

Il avoit affez d'efprit pour voir qu'après cela, il n'y avoit point de fûreté pour lui d'aller au Palais-Royal; mais quand bien même, il eût été affez aveuglé pour ne le pas reconnoître de lui-même, il eût reçut avis de tant d'endroits qu'il ne l'eût pû jamais ignorer. Au-reste comme il avoit encore la mémoire trop fraîche de sa prison pour ne pas craindre de retomber dans le même malheur, il prit toutes les mesures que la prudence lui conseilloit pour éviter que cela ne lui arrivât. Il eut mille complaisances pour Monsieur; quoiqu'il fût d'un caractére à n'en avoir guére pour personne, à moins qu'il n'y allât de son intérêt. Mr. Danville, cadet du Duc de Ventadour étoit alors favori de ce Prince, & croyant que ce n'étoit pas encore assez à lui de l'avoir gagné, s'il ne gagnoit encore Mademoiselle, il prit cette Princesse par son foible pour la faire entrer dans ses intérêts. Elle étoit fille unique du premier lit de Monsieur, & il l'avoit euë de Mademoiselle de Montpensier Princesse du Sang, la plus riche héritiere qui se fut vuë jamais dans le Royaume; car elle avoit près de cinq cent mille livres de rentes en Principautés, en Duchés & en plusieurs autres grandes Terres dont la moindre portoit le titre de Baronie. Mais quoiqu'elle lui eût laissé de si grands Biens, & que sa naissance d'ailleurs ne manquât pas de lui attirer un

grand nombre de partis, elle avoit déja
vingt-quatre ans ou peu s'en falloit,
fans que la Cour voulût entendre à aucun mariage pour elle. Cette Princeſſe
n'étoit pas d'une autre humeur que la
plùpart des perſonnes de ſon ſéxe qui
n'ont pas plutôt dix-ſept ou dix-huit
ans qu'elles voudroient qu'on leur donnât un mari : auſſi diſoit-elle quelquefois qu'elle étoit bien malheureuſe
d'être née ce qu'elle étoit ; & que ſi
elle n'eût été qu'une ſimple Demoiſelle,
il y auroit déja long-temps qu'elle eût
été pourvuë. Quoiqu'il en ſoit, Mr. le
Prince connoiſſant ſa démangeaiſon,
lui fit accroire que puiſque la Cour ne
vouloit pas la marier dans les Pays
étrangers, ſous prétexte qu'elle y porteroit de trop grands biens, il falloit
qu'elle ſe donnât patience juſques à ce
que le Duc d'Anguien ſon fils fût en
âge de ſe marier. Il étoit encore ſi jeune
que c'étoit plutôt ſe moquer d'elle de
lui tenir ce diſcours, que de lui rien
promettre de ſolide. Cependant comme c'étoit toujours lui marquer de la
bonne volonté pour elle que de lui
offrir un mari ; & qu'au pis aller,
elle auroit toujours l'eſpérance de ne

pas

pas mourir fille, si elle ne trouvoit point mieux en attendant, elle prit si fort ses intérêts auprès de son pere sur qui elle avoit beaucoup de pouvoir, qu'il promit de le protéger contre tous ses ennemis. Il n'en excepta pas même la Reine, ce qui fit croire au Prince de Condé qu'il pourroit tenir tête maintenant à tous ceux qui se déclareroient contre lui. Ainsi, n'ayant plus tant de crainte, il fut partout hors au Louvre où les autres gens qui ne craignoient rien avoit coûtume d'aller. Il fut même au Cours tout seul dans son carrosse ; & lorsqu'il y étoit, la Reine y passa avec son fils suivie des deux Brigades de Gendarmes & de Chevaux Legers qui sont toujours à la suite du Roi dès le moment qu'il sort de Paris ou de tel autre endroit qu'il lui plaît d'habiter. Si Elle eût eu l'esprit assez présent, Elle n'eût pas manqué de le faire arrêter, & eût évité par-là la guerre civile dont il remplit bien-tôt tout le Royaume ; mais comme cette Princesse avoit moins de vif que de bonté, au-lieu de prendre son parti à l'heure même, Elle fit faire au Roi trois ou quatre tours dans le Cours,

fans penfer qu'il viendroit un temps
où Elle fe mordroit les poulces de la
faute qu'Elle faifoit préfentement. Mr. le
Prince ne jugea pas à propos de s'arrê-
ter-là davantage de peur que la Reine
ne fe ravisât, elle avoit la force à la
main ; & commandant à fon Cocher
de l'en fortir tout le plutôt qu'il pourroit, il laiffa promener leurs Majeftés,
tant qu'elles voulurent, fans fe trouver
davantage devant elles.

Le Traité que les Frondeurs avoient
fait avec la Reine, vint alors à la
connoiffance du Duc d'Orléans & du
Prince de Condé ; & voulant leur
ôter le Duc de Beaufort, ils lui promirent que s'il vouloit abandonner
leur parti & s'unir avec eux, ils ne
feroient non feulement jamais de paix
fans lui procurer la même charge que
la Reine lui promettoit, mais encore
qu'ils lui feroient donner des plus
grands établiffement que ceux qu'il
pourroit efperer par fon moyen. Cette
propofition lui parut plus avantageufe que l'autre parce qu'il trouvoit que
le Cardinal ne pourroit jamais com-
patir avec le Coadjuteur ; & que quelque promeffe qu'on lui pût faire, il

étoit bien dangereux qu'elle ne demeurât sans exécution s'il n'étoit mieux appuyé qu'il l'étoit. Il considera d'ailleurs que le Prince de Condé ayant des prétentions sur cette Charge, on ne la lui laisseroit guére si la fortune le secondoit tant soit peu ; au-lieu que s'il s'attachoit à lui & qu'il lui cédât ses prétentions, la Reine ne pourroit jamais espérer de voir le Royaume tranquille sans la lui donner. Toutes ces réfléxions le porterent à se détacher des Frondeurs ; & sa défection leur ayant ôté beaucoup d'ennemis dans le Parlement & principalement parmi le peuple, le Prince de Condé se vit en état de tenir tête à la Reine & au parti du Coadjuteur. La Duchesse de Longueville dont le mari ne pouvoit oublier ce qu'elle lui avoit fait, fut ravie que les choses se disposassent ainsi au desordre, afin que dans la part que son mari y pourroit prendre, il fut moins attentif à la punir de cet affront. Elle sçavoit qu'il ne manqueroit pas de prendre le parti de Mr. le Prince avec qui il avoit encore d'autres engagemens que ceux que le sang lui pouvoit donner ; que par conséquent, il n'avoit garde de se

brouiller avec lui en la maltraitant ;
qu'il aimeroit mieux diffimuler & attendre à un autre temps à faire éclater
fon reffentiment : que cependant comme il en étoit des brouilleries d'un
mari avec une femme comme des affaires criminelles qui fe bonifient en
vieilliffant, il ne fe fouviendroit plus
de rien à la longue, ou que s'il s'en
reffouvenoit encore, il n'oferoit pas
du moins le témoigner, de peur qu'on
ne dît dans le monde qu'il attendoit
bien tard à fe venger d'une chofe qui
ne permet guére d'ordinaire de faire
beaucoup de réfléxion. Quoiqu'il en
foit, fon intérêt l'obligeant ainfi de
chercher plutôt à allumer le feu qu'à
l'éteindre, elle fe fervit du pouvoir
qu'elle avoit fur l'efprit de fon frere
pour le porter à brouiller l'Etat.

Elle étoit caufe cependant qu'un
homme qui lui eut été bien néceffaire
dans une occafion comme celle-là, étoit
tout prêt de lui échapper. Elle avoit
fait mille railleries avec les uns & les
autres de l'amour de Mr. de Turenne.
Elle avoit dit à tout le monde qu'il
fçavoit bien mieux l'art de prendre
une Place que de faire bréche à un

sœur. Ce Prince l'avoit sçu & lui avoit
bien rendu le change, pendant qu'il
avoit été auprès de l'Archiduc. Il lui
avoit compté le nombre de ses amoureux & leur histoire, sans pourtant lui
faire confidence qu'il en avoit été du
nombre, parce qu'il n'y trouvoit rien
à son honneur. On l'avoit redit à cette
Princesse & elle en avoit fait des plaintes à son frere dans le temps qu'il se
croyoit comme assuré que la Reine lui
accorderoit tout ce qu'il desiroit. Il
n'en avoit point été trop fâché, pour
avoir sujet de ne se point employer
pour lui auprès d'Elle comme il y sembloit être obligé après ce qu'il avoit fait
à sa considération. Car comme il faisoit déja lui-même des demandes exhorbitantes à cette Princesse, tant pour lui
que pour ses Créatures, il voyoit que
s'il les grossissoit encore de celle que
ce Prince étoit en droit de faire pour
lui, c'étoit accabler la Reine & vouloir qu'Elle dît, comme Elle avoit déja
fait plusieurs fois, qu'il ne seroit jamais possible de le contenter à moins
que de lui abandonner la Couronne.
Il lui fit donc fort froid par rapport
plutôt à ses intérêts qu'à ceux de sa

P 3

sœur ; prétexte dont il se servit néanmoins comme le plus spécieux qu'il
pût trouver pour couvrir son ingratitude. Le Vicomte de Turenne en fut
tout indigné ; il dit à ses amis, afin
qu'ils le lui redissent, qu'il ne croyoit
pas que ce dût être là la récompense
des services qu'il lui avoit rendu. Mr. le
Prince qui avoit tort & qui croyoit ne
plus avoir affaire de lui, répondit à
ceux qui lui en parlerent qu'à moins
que d'être insensible, il ne pouvoit pas
s'empêcher de le blâmer de ce qu'il
avoit fait à sa sœur ; qu'il lui auroit
toujours obligation de ce qu'il avoit
fait pour lui ; mais que s'il eût voulu
l'obliger encore davantage, il eût eu
plus de considération qu'il n'en avoit
eu pour une personne qui lui appartenoit de si près. Le Vicomte de
Turenne sçut sa réponse & trouva que
le prétexte qu'il prenoit étoit un peu
mince pour s'empêcher de lui rendre
justice : ainsi voyant que le Duc de
Bouillon étoit toujours dans ses intérêts comme auparavant il tâcha de s'en
détacher peu-à-peu.

Quoique la guerre demande beaucoup d'esprit & de pénétration pour y

exceller, comme faifoit Monfieur de
Turenne ; on peut dire néanmoins fans
impofer qu'il étoit borné en beaucoup
de chofes & que Mr. de Bouillon l'étoit
beaucoup moins que lui. Ainfi con-
noiffant qu'il y alloit de leur intérêt à
ne fe pas déclarer fi ouvertement en
faveur de la Reine, il remontra à fon
frere que quoiqu'il n'eût pas fujet d'être
content de Mr. le Prince de la maniere
qu'il le traitoit, il devoit néanmoins
avoir cette politique que de ne le pas
faire connoître à Sa Majefté ; qu'il devoit bien plutôt lui donner lieu de
croire qu'il étoit tout auffi bien que
jamais avec lui, parce que comme on
étoit dans un temps où chacun fe
croyoit en droit de fe faire acheter,
plus Elle le croiroit en liaifon avec les
autres, plus Elle lui feroit d'avantages.
Le Vicomte de Turenne ne put difconvenir qu'il n'eût raifon ; de forte
que réformant fon procédé, il vit Mr.
le Prince comme de coûtume ; fi ce
n'eft que quand il fe trouvoit tête à
tête avec lui, il ne lui faifoit aucune
avance, comme il eût peut-être fait
fans ce qui étoit arrivé. Monfieur le
Prince qui avoit l'efprit pénétrant, ne

fut guére fans juger fainement de ce
qui fe paffoit dans l'efprit de ces deux
freres, & comme la Cour venoit de
lui tourner le dos, il fe réchauffa pour
eux, parce qu'il prévoyoit le befoin
qu'il en auroit bien-tôt. Monfieur de
Bouillon qui avoit toujours envie de
rentrer dans Sedan bien que le revenu
qu'on lui avoit déja donné fût beaucoup plus confidérable que celui que
cette Principauté lui rapportoit, &
qu'il eût lieu encore d'en efpérer davantage pour l'équivalent qui lui devoit être donné fur le pied dont il
étoit convenu : Mr. de Bouillon, dis-je,
qui fçavoit qu'il n'y avoit rien de tel
que d'être Souverain, parce que les
penfions que l'on tire de fes voifins
valent mieux bien fouvent que ce
qu'on tire & de fes Sujets & de fes
Terres, n'en ufa pas de même avec
Mr. le Prince que faifoit Mr. de Turenne. Sçachant qu'il n'y avoit point
d'autre moyen pour parvenir à fes
deffeins que de jetter l'Etat dans une
guerre civile, il lui promit non-feulement de fe déclarer pour lui quand il
en feroit temps ; mais encore de faire
en forte que fon frere ne prendroit

point d'autre parti que le sien. Mr. le
Prince qui avoit avis tous les jours
que l'on en vouloit non-seulement à
sa liberté, mais encore à sa vie, fut
ravi de ses promesses ; & comme il
minutoit déja de faire la guerre, il envoya secrettement vers l'Archiduc pour
sçavoir le secours qu'il pourroit en
espérer dans le besoin.

Les Espagnols qui avoient mis Garnison dans Stenai, lorsque la Duchesse
de Longueville s'y étoit retirée sous
prétexte de la conserver à Mr. le Prince, l'avoient gardée depuis ce temps-
là sans vouloir la rendre. Mr. le Prince ne s'étoit pas trop soucié de les y
obliger ; parce que comme il ne voyoit
rien encore de bien assuré dans ses
affaires, il aimoit mieux qu'ils la gar-
dassent que de la voir entre les mains
de quelque créature du Cardinal. La
Reine l'avoit pressé plusieurs fois de
leur écrire pour les sommer de la parole qu'ils avoient donné à sa sœur,
de la remettre entre ses mains quand
il seroit sorti de prison. Il l'avoit fait
plutôt par complaisance que par le desir qu'il eut qu'ils eussent égard à sa
récommandation. Enfin les cartes

étant plus brouillées pour lui que
jamais, il donna ordre à celui qu'il
envoyoit à Bruxelles de porter cette
Nation à la garder toujours malgré
toutes les lettres qu'il leur pourroit
écrire du contraire. La Reine se doutoit bien de ce qu'il en étoit; & que s'il
eut voulu, les Espagnols qui avoient
promis, comme je viens de dire, à
la Duchesse de Longueville par un
Traité, de la remettre entre ses mains
d'abord qu'il auroit fait ses accom-
modemens avec la Cour, lui eussent
tenu leur parole. Quoi qu'il en soit,
comme on en étoit ainsi sur la défiance de part & d'autre, il courut un
bruit que la Reine mécontente de ce
que le Parlement continuoit de s'as-
sembler au préjudice des défenses
qu'elle lui en avoit faite plusieurs fois
& qu'elle lui avoit encore réitérées
tout nouvellement, avoit emmenée
le Roi du Palais Royal. Tout aussi-
tôt les Bourgeois coururent aux armes
sans en avoir reçus ordre de personne;
& ayant posé des gardes aux portes de la Ville & dans quelques carre-
fours, un malheureux Serrurier de la
rüe des petits champs qui s'étoit éri-

gé en Commandant de fon quartier,
parce qu'il avoit été autrefois Soldat, s'en fut infolemment au Palais
Royal, fuivi de deux cent féditieux
comme lui, demander à la fentinelle
qui étoit à la porte, où l'on avoit
emmené Sa Majefté. Il étoit une heure après minuit, & bien loin que la
Reine eut fongé à faire ce que l'on
difoit, le Roi étoit couché il y avoit
déjà deux heures & dormoit d'un pro-
fond fommeil. La Sentinelle fit venir
quelqu'un du corps-de-garde pour parler à cet infolent; & comme la Reine fçavoit déjà que l'on avoit pris les
Armes dans la Ville, elle ne fçut pas
plutôt qu'il y avoit tant de gens affemblés à la porte du Palais de fon
fils, qu'elle y envoya Mr. de Nogent
pour leur parler. Un Officier des Gardes de la porte avoit déjà lié conver-
fation avec ce Serrurier; & quoiqu'il
lui affurât par ferment que le Roi étoit
dans fon lit bien étendu, bien loin
d'être en campagne comme il prétendoit
il n'en vouloit rien croire. Cette Troupe fe groffiffoit cependant à vuë d'œil
& elle étoit déjà deux fois plus forte
que quand elle étoit arrivée; ainfi Mr.

de Nogent qui craignoit qu'elle ne fe
portât à quelqu'excès , comme fans
doute cela lui feroit arrivé pour peu
qu'on lui eut dit quelque chofe qui
lui eut déplu , prit le parti de lui
jurer que l'Officier aux Gardes ne
lui avoit dit que la vérité , quand il
lui avoit affuré que le Roi dormoit ;
que s'il en étoit en doute après le
ferment qu'il lui en faifoit , il s'offroit à lui faire voir , s'il connoiffoit
Sa Majefté , ou à tel autre de fa Troupe qu'il voudroit choifir. Ce Serrurier qni étoit brutal comme le font
ordinairement tous ceux dont le métier eft de manier le fer , lui répondit qu'il ne parloit pas trop mal pour
un Mazarin ; qu'il le prenoit au mot
& qu'il n'avoit qu'à le conduire lui-
même dans la chambre du Roi ; qu'il
reconnoîtroit bien fi c'étoit lui même,
parce qu'il l'avoit déjà vû & qu'on
ne pourroit lui en faire accroire. Mais
devant que de fe détacher de fa Troupe pour entrer , il eut la hardieffe
de lui dire que fi elle ne le voyoit
point revenir avant qu'il fût peu , ce
feroit une marque qu'on l'auroit arrêté ; qu'ainfi elle eût à faire fon de-

voir, & à ne le pas laisser servir de
victime à la passion des Mazarins.
Cette parole ne lui fut peut-être pas
inutile, puisque la Reine ayant sçu
qu'il étoit le chef des autres, eut
quelque pensée de le faire arrêter ;
mais Nogent qui l'avoit non-seulement escorté jusques dans la chambre
de Sa Majesté, mais qui l'y avoit encore introduit, lui ayant rapporté la
précaution qu'il avoit prise avant que
de quitter ses camarades, & qu'elle
ne le pouvoit faire sans peril, on lui
fit voir le Roi qui étoit en l'Etat qu'on
lui avoit dit, Sa Majesté se réveilla
au bruit que fit son rideau lorsqu'on
vint à le tirer ; & comme elle avoit
entendu, avant que de se coucher,
que le peuple de Paris avoit pris les
Armes, elle eut quelque frayeur quand
elle vit devant elle un homme qu'elle
ne connoissoit point. Il avoit une bougie à la main pour le mieux reconnoître ; & ayant vu que c'étoit le
Roi, il s'en retourna à sa Troupe à
qui il annonça que la nouvelle qu'on
leur avoit rapporté étoit fausse & qu'il
avoit vu Sa Majesté de ses propres
yeux. Son témoignage calma en mê-

-me temps cet orage qui n'eut pas manqué de se grossir sans l'expédient que
Nogent avoit trouvé. Et en effet il
arrivoit du peuple de tout côtés sur
la nouvelle qui s'étoit répanduë dans
la Ville qu'on avoit emmené le Roi.

Dans ce temps de desordre & de
confusion, les Partisans ne faisoient
pas trop bien leurs affaires. On leur
couroit sus de tous côtés ; & leurs
commis même étoient maltraités le
plus souvent, comme s'ils eussent été
responsables des Impôts que l'on
mettoit sur le peuple. La Cour dissimula pendant quelques temps toutes
ces entreprises, de peur de fournir
quelque prétexte à ces mutins de faire
encore pis ; mais enfin voyant que sa
patience augmentoit plutôt le mal que
de le diminuer, & qu'après avoir fait
passer impunément quelques Marchandises sans payer, ils prétendoient faire
la même chose du vin ; la consequen-
ce de cet Impôt qui fait un des principaux revenu de Sa Majesté, fit que
l'on commanda deux Compagnies aux
Gardes pour venir donner main-for-
te aux Commis qui étoient vers la Ha-
le au vin. On les tira de leurs quar-

tiers qui étoient vers Meudon, &
quelqu'un qui venoit à Paris, les ayant
vu marcher fans fçavoir où elles alloient, ils vinrent dire à l'Hotel de
Condé que Mr. le Prince devoit s'en
donner de garde ; & que comme elles
prenoient le chemin du Faubourg St.
Germain il fe pourroit bien faire que
ce fut pour l'arrêter. Toute la maifon
fut remplie de crainte à cette nouvelle , & comme il étoit déjà tard &
qu'on ne pouvoit comprendre où ces
deux Compagnies marchoient à l'heure
qu'il étoit , Mr. le Prince lui-même
ne fut pas exempt de frayeur. Il prit
le parti de fe fouftraire à ce peril en
gagnant la Campagne ; & étant monté
à cheval à l'heure même, il prit fon
chemin par les Chartreux. Il détacha
cependant deux de fes Gentilshommes
pour aller devant en forme de cou-
reurs & leur ordonna , comme il étoit
nuit, de s'arrêter de temps en temps,
pour écouter s'ils n'entendroient point
venir de Cavalerie , afin de l'en avertir & lui donner le temps de prendre
fon parti. Ces deux Gentilshommes
fuivirent fes ordres & ne furent pas
plutôt au bout du Fauxbourg Saint

Michel qu'ils entendirent plusieurs
chevaux qui marchoient ensemble &
qui étoient bien encore à demi-lieuë
de-là. Un de ces Gentilshommes lui en
vint donner avis, & Mr. le Prince qui
avoit quatorze ou quinze Cavaliers
avec lui gagna le bout du Faubourg plutôt que de rentrer dans la Ville. Comme il étoit bien monté, il crut qu'il se
sauveroit bien quand même il seroit
poursuivi; & prenant sur la gauche en
sortant du Faubourg, il prêta l'oreille
lui-même pour sçavoir si ce qu'on avoit
dit étoit vrai. Il trouva que c'étoit la
vérité; de sorte qu'ayant dit à Desro-
ches son Capitaine des Gardes de s'a-
vancer jusques à cette prétenduë Cavalerie & de la reconnoître, Desro-
ches s'en fut le long du grand chemin par où il entendoit qu'elle venoit. Il étoit encore à plus de deux cent
pas d'elle qu'il reconnut bien qu'il n'y
avoit pas grand chose à en appréhender; car il ouït confusément des gens
qui parloient ensemble, ce qui ne se
fait pas parmi les Troupes. Il entendit même quand il en fut plus près
des mots qui lui signifierent que c'é-
toient des Coquetiers qui apportoient

des œufs & des dindonneaux à Paris
dont c'étoit la saison. Il voulut voir s'il
ne se trompoit point, & ayant reconnu
de ses propres yeux que ses soupçons
étoient véritables, il fut tirer de peine M. le Prince qui au bruit qu'il entendoit de dessus une hauteur où il
s'étoit posté, croyoit que c'étoit du
moins un Escadron qui venoit à lui.
Il ne se put empêcher de tourner en
raillerie l'allarme chaude qu'il avoit
eue ; & ayant passé la nuit sur cette hauteur d'où il envoyoit battre l'estrade
de temps en temps, comme s'il eût
été en presence des ennemis, la pointe du jour ne tarda gueres à venir
parce qu'on étoit en ce temps-là dans
les plus longs jours de l'Eté. Il avoit
renvoyé une demi-heure auparavant
un homme à l'Hôtel de Condé pour
sçavoir si ces deux Compagnies n'y
étoient point allées croyant l'y trouver. Or étant revenu lui dire qu'on
n'y avoit entendu parler de rien, il
fut embarassé sur la résolution qu'il devoit prendre. Il ne sçut s'il y devoit
retourner ou s'en aller d'autre part.
La confusion qu'il avoit d'avoir pris
l'allarme mal à propos lui fit prendre

enfin le parti qui lui convenoit le moins, & qui ne pouvoit manquer d'avoir des méchantes suites; ce fut de se retirer à St. Maur, maison qu'il avoit à trois lieuës de Paris du côté de la porte St. Antoine. Il fut passer la Riviere de Seine, qu'il lui falloit traverser pour s'y rendre, sur le Pont de Charenton, & il vit en y allant les deux compagnies des Gardes qui lui avoient fait tant de peur lesquelles étoient postées le long de la riviere vers la Porte St. Bernard pour empêcher que l'on n'usât de violence envers les Commis des entrées qui étoient à cette porte. Car c'étoit-là où l'on faisoit aborder tous les Batteaux sans permettre qu'ils fussent déchargés au Port Saint Paul qui est de l'autre côté de la Riviere.

La Reine ne sçut pas plutôt qu'il étoit sorti de Paris, & qu'il publioit pour couvrir la faute qu'il avoit fait, qu'il y avoit été obligé parceque le Cardinal dont les Conseils étoient suivis à la Cour tout comme s'il y eût été encore en personne, avoit resolu de le faire arrêter une seconde fois, qu'elle lui envoya le Maréchal de Grammont pour le porter à y revenir. Le Maréchal y trouva tout Paris qui y étoit déjà allé pour lui faire offre de services ; & ce Prince qui en étoit tout fier, lui ayant dit qu'il lui devoit être suspect par l'attache qu'il lui connoissoit pour Son Eminence, il ne voulut jamais entrer dans aucun détail avec lui quoique le Maréchal lui promit qu'il lui rendroit raison sur toutes choses. Mr. le Prince lui dit seulement que la Reine ne se servant plus que de Lionne, Servien & le Tellier pour son Conseil, il ne pouvoit y avoir de sûreté pour lui à la Cour, tant que ces trois hommes y demeureroient ; que de notorieté publique, ils étoient non seulement reconnus pour les créatures du Cardinal, mais encore pour ses émissaires, de sorte que tout lui devoit être suspect, puisque tout se régloit selon les mouvemens qu'il leur plaisoit de donner à Sa Majesté. Le Maréchal n'ayant pu tirer autre chose de lui, il en dit tout autant à Mr. Damville qui le vint voir de la part du Duc d'Orléans. Cependant comme il se déterminoit tous les jours de plus en plus à la guerre, il envoya sa

femme & fon fils unique à Montrond,
Place qu'il avoit dans le Berri & qu'il
avoit pris tant de foins de faire fortifier qu'elle étoit capable de foûtenir un long fiége. La Reine qui n'étoit pas fans fe repentir d'avoir manqué à le faire arrêter, lorfqu'elle l'avoit trouvée au Cours, fçachant qu'il
fe plaignoit de ce qu'elle ajoutoit
trop de foi aux trois perfonnes dont
je viens de parler, crut qu'en faifant
femblant de les lui facrifier, elle pourroit l'engager à revenir & prendre
fon temps pour s'affurer de fa perfonne. Ainfi elle dit au Duc d'Orléans
que s'il ne tenoit qu'à cela de le contenter, elle n'en feroit point de difficulté, pour avoir la paix avec lui.
Le Duc le lui fit fçavoir ; & la Reine
lui ayant ôté par-là tout prétexte d'être plus long-temps abfent de la Cour,
il y revint. Il fut remercier le Roi & la
Reine mere de lui avoir bien voulu
donner ce contentement fans lequel
il ne fe fut pas cru en fûreté ; & rejettant fes foupçons fur les mauvais
traitements qu'il avoit reçus durant
fa prifon, il fe flata que Leurs Majeftés fe contenteroient de cette ex-

ulc. La Reine mere qui avoit envie
de l'attrapper, avoit fi bien fait fa le-
çon au Roi, que ce Prince lui fit un
accueil merveilleux, quoique le Cardinal lui eut déjà foufflé aux oreilles
avant que de partir qu'il n'y avoit perfonne dans tout fon Royaume dont
il fe dût plus défier que de lui. La
Reine lui en avoit dit autant plufieurs fois; mais ce Prince qui étoit né
pour régner glorieufement, depuis
qu'il eft venu en âge de gouverner
lui-même fon Etat, avoit déjà l'art
de fçavoir fi bien diffimuler, qualité
dont les politiques font une grande
vertu pour ceux qui portent une Couronne, que tout jeune qu'il étoit,
Mr. le Prince y eut été attrappé s'il
n'eût été auffi fin que ceux qui le faifoient agir. La Reine mere tint la même conduite avec lui & l'accabla prefque de careffes. Cependant, comme il
arrive fouvent qu'on perd tout à force
d'être trop fin, tout ce bon traitement
devint fufpect à ce Prince qui en
avoit déjà trop fait pour croire qu'il
y eut de la fincérité dans cette ré-
conciliation. Il fe tint donc toujours
de plus en plus fur fes gardes; & man-

dant à Marlin à qui il avoit fait rendre son emploi en Catalogne en sortant de prison, qu'il eut à se mieux
précautionner cette-fois-là que l'autre, afin qu'il pût amener des Troupes de ce Pays-là quand il en auroit
besoin, il donna les mêmes ordres à
ses autres créatures dont les uns étoient
d'un côté & les autres de l'autre.

La Reine pour feindre toujours de
plus en plus qu'elle ne se défioit point
de sa fidélité, envoya une Lettre de
Cachet au Parlement pour procé-
der à l'enrégistrement d'une Déclaration par laquelle il étoit déclaré innocent de quantité d'accusations qui
avoient été formées contre lui lorsqu'il avoit été arrêté. Cet enrégistrement avoit été surcis à cause qu'il s'é-
toit retiré de la Cour, & la Déclaration regardoit le Prince de Conti &
le Duc de Longueville tout aussi bien
que lui, parce qu'on les avoit accusé en
même temps d'avoir voulu faire soulever, l'un la Champagne & l'autre
la Normandie, dont ils étoient Gouverneurs. Ces crimes étoient assez ré-
els puisqu'on avoit vu effectivement
quelques séditions dans ces deux Pro-

vinces tout aussi-tôt qu'on y avoit
sçu leur malheur ; mais comme l'on
étoit alors dans un temps où il n'y
avoit qu'à se faire craindre pour se
rendre blanc comme neige, il n'étoit
pas étonnant qu'on vit la Cour s'em-
presser elle même à défaire ce qu'elle
avoit fait, elle qui dans le temps de
leur prison avoit voulu leur faire
faire leur Procès comme coupables.
Le Cardinal dont les Couriers étoient
toujours par voie & par chemin
pour aller tantôt à Paris, & tantôt à
Bruxelles où il négocioit toujours secrettement avec le Comte de Fuensaldagne, ayant mandé à la Reine
que si elle vouloit que son dessein
n'eut pas les mêmes suites qu'avoit
eu la prison de ces Princes, elle devoit tâcher de le faire agréer au Duc
d'Orléans comme elle avoit fait la
premiere fois ; Elle le fit tenter par
le Marquis de la Fretté qui étoit à
lui. Cet homme qui étoit plus propre à se battre qu'à négocier & qui
a laissé des enfans qui lui ressemblent,
de sorte qu'ils se sont fait des affaires
dont je parlerai tantôt & dont il ont
bien la mine de ne sortir de leur vie ;

s'y prit si mal que Mademoiselle en eut avis; ainsi ayant battu en ruine tout ce qu'il prétendoit faire, la Reine fut obligée de jetter les yeux sur un autre, pour s'acquitter de cette commission. Elle voulut cependant laisser quelque temps d'intervalle avant que d'en charger personne, parce qu'après la découverte que Mademoiselle venoit de faire, il étoit impossible qu'elle ne fut allerte sur tout ce qui se passeroit.

Pendant que des choses si considerables se passoient, le Parlement d'Angleterre qui avoit été dissous de la maniere que j'ai dit ci-devant, excitoit tout autant qu'il pouvoit la Ville de Londres & les Princes de ce Royaume à envisager les suites que pouvoit avoir la Tyrannie de Cromwel. On n'avoit jamais ouï parler effectivement d'une pareille chose que celle qu'il avoit faite, sur tout dans ce Pays-là où les peuples se montrent si jaloux de leur liberté qu'ils en sont même blamés le plus souvent par les autres Nations: Aussi ne furent ils pas insensibles à cet affront. Ils firent diverses conspirations contre lui; & les Ecossois qu'il avoit outré par l'espece

de

de triomphe qu'il s'étoit décerné lui-
même après sa victoire de Dumbar &
par plusieurs autres mauvais traitemens
qu'il leur avoit fait, étant entré dans
le sentiment de la plâpart des Anglois
qui eussent bien voulu s'en défaire,
ils prirent les Armes tout de nouveau
en faveur de celui qui étoit leur véritable maître. Les Irlandois voulurent
faire la même chose & passer la Mer
afin d'agir conjointement avec eux
pour les intérêts de Charles; mais le
Général-Major Ludlow qui avoit été
envoyé en ce Pays-là quand on en avoit
retiré Ireton, s'étant apperçu de quelques préparatifs sans lesquels ils ne
pouvoient éxécuter leur dessein, il les
prévint par sa diligence & fit arrêter
ceux qu'il crut capables de porter les
autres à faire quelque nouveau soulevement.

Quoique ce qui se passoit en ce Pays-
là fut de méchant augure pour les Ecossois, ils crurent qu'ils ne s'en devoient
point allarmer. Ils se flaterent qu'ils
n'auroient pas besoin du secours de
ces peuples pour remettre le Roi sur
le Trône, puisqu'après ce que Cromwel venoit de faire aux Anglois, il

n'y avoit point d'apparence du tout
qu'ils vouluſſent concourir à ſoûtenir
ſa Tyrannie à moins que de ſervir eux-
mêmes d'Inſtrument à leur perte. Charles les confirmoit le premier dans cette penſée & leur aſſuroit même que
l'intelligence qu'il avoit en ce Pays-
là étoit ſi forte que s'il y pouvoit entrer une fois, la plûpart des Grands
& du peuple s'y déclareroient pour lui.
Chacun le crut ſi bien effectivement
qu'il n'y eut perſonne qui ne regardât Cromwel comme un homme perdu. Les Anglois même qu'il avoit dans
les Places d'Ecoſſe en furent ſi bien
perſuadés que pour éviter le reſſenti-
ment des Ecoſſois à qui ils avoient donné ſujet bien des fois de les haïr, ils
offrirent de les rendre à condition
qu'on leur permettoit de s'en retourner dans leur Pays en toute liberté.
Lambert qui y étoit reſté après que
le Royaume s'étoit ſoumis à ce Tyran, s'en alla comme les autres, quoique Cromwel l'y eut laiſſé pour y prendre ſoin de ſes intérêts; mais il crut que
dans un ſoulevement Général comme
étoit celui-là, il lui rendroit plus de
ſervice en ſe retirant auprès de lui,

qu'en demeurant davantage dans un
lieu où il n'y avoit point d'apparence
de tenir bon contre une multitude in-
nombrable de peuple qui l'accufoient
d'avoir non - feulement renverfé les
Loix d'Angleterre, mais de vouloir encore renverfer les leurs. L'heureux fuccès que le Roi d'Angleterre eut dans ces
commencemens donna beaucoup de
joie à la Reine mere, parce que la Reine d'Angleterre lui fit entendre qu'il
ne feroit pas plutôt remonté fur le Trône qu'il lui prêteroit la main pour venir à bout des fujets rebelles de fon
fils. Charles lui-même lui confirma
auffi la même chofe & en ayant tiré
quelqu'argent fous cette promeffe qu'il
lui donna par écrit, mais qu'il ne fou-
haita pas qu'on rendît publique, de
peur que fes peuples, grands ennemis
des François n'euffent moins de penchant à le favorifer s'ils en avoient
connoiffance, il ne fongea plus qu'à
entrer en Angleterre. La Reine mere
ne fit rien de tout cela fans en donner avis au Cardinal; & comme il
avoit eu envie de faire fa niéce Reine en la mariant au fils ainé de Cromwel, à qui il promettoit du fecours

pour s'emparer de la Couronne d'Angleterre, il eut le même deſſein à l'égard de Charles, à qui il crut ſe rendre conſidérable dans la ſuite, principalement s'il trouvoit le moyen de ſe mettre au deſſus de ſes ennemis. Rien ne l'empêcha de lui témoigner dès ce temps-là ce qu'il penſoit, que le mauvais état de ſes affaires, qui prenoient de jour en jour, à ce qu'ils ſembloit, un plus méchant train. Le Parlement qui continuoit de lui en vouloir parce qu'il en avoit déſobligé pluſieurs & que d'ailleurs il y étoit pouſſé par le Duc d'Orléans & par le Prince de Condé qui vouloient renvoyer Son Eminence en Italie, faiſoit tout ſon poſſible pour lui nuire ſous prétexte du bién de l'Etat. Le Coadjuteur qui lui avoit promis le contraire, rompoit leurs brigues tout autant qu'il pouvoit ; & comme il avoit voix délibérative dans cette Compagnie en l'abſence de l'Archevêque de Paris qui en eſt Conſeiller né, il aſſiſtoit à toutes les aſſemblées auſſi bien que le Duc d'Orléans & Mr. le Prince. Le Prince de Condé fit tout ce qu'il put pour lui en empêcher l'entrée ſous prétexte que ſi elle étoit duë à l'Archevêque, elle ne l'étoit pas à son Coadjuteur ; mais les amis que l'autre y avoit lui conserve-rent cette prérogative au préjudice de tous ses efforts.

Cela ne fit qu'aigrir encore ces deux esprits l'un contre l'autre quoiqu'ils le fussent déjà assez ; & comme le Prin-ce de Condé ne venoit plus au Par-lement qu'avec une grande suite, le Coadjuteur non content de s'y faire accompagner par ses parens & par ses amis, fit encore cacher des gens armés chez Fardieu Lieutenant crimi-nel qui demeuroit-là tout auprès, afin que s'il venoit à être insulté comme il sembloit que son ennemi eût envie de faire, ils pussent accourir à son secours. Jamais le Parlement ne fut plus honoré qu'il le fut en ce temps-là par la quantité de Princes & de Ducs & Pairs qui assistoient à ses dé-libérations, les uns pour escorter Mr. le Prince, les autres pour accompa-gner le Coadjuteur. Le Prince de Con-dé trouva mauvais qu'un homme du caractére de ce Prélat, & si fort au-dessous de lui, voulut ainsi néanmoins contre lui disputer le pas ; & n'étant

pas fort endurant de son naturel, il
résolut de lui faire piéce. Etant un jour
allé au Palais. de meilleure heure qu'il
n'avoit de coutume, afin d'y arriver devant lui, il laissa vers la porte du Parquet le Prince de Marsillac qui portoit
alors le nom de Duc de la Rochefoucault à cause que son pere étoit mort.
Après lui avoir donné les ordres de
ce qu'il devoit faire, il entra dans la
Grand'chambre pendant que le Duc
demeura dans la grand'sale avec ses
amis. Ils s'y séparerent tous quatre à
quatre en divers pelotons comme s'ils
n'eussent pas été de compagnie. Le
Coadjuteur vint un moment après; &
les premiers qui le virent ayant fait
une huée sur lui, ils se rangerent auprès de ceux qui étoient de leur parti. Ils se réünirent tous ensemble après
cela, & obligerent ceux qui suivoient
le Coadjuteur à faire la même chose,
parcequ'ils crurent qu'ils les alloient attaquer. Le Duc de Brissac dont la sœur
avoit épousé le Duc de Rets frere du
Coadjuteur, se mit à la tête de ceux-
ci & lui dit de ne rien craindre. Mais
ce n'étoit un compliment à faire à un
homme comme lui; & il étoit assuré

que le Duc n'étoit pas lui-même aſſuré davantage, quoique leur métier fût
bien different. Auſſi marchant ſans s'arrêter juſques à ceux qui ſembloient lui
barrer le chemin, comme s'il eût été ſûr
qu'ils ne lui oſeroient rien faire, ils
s'ouvrirent pour le laiſſer paſſer. C'é-
toit-là où le Duc de la Rochefoucault
l'attendoit. Il avoit gagné la porte du
Parquet par où l'on va à la grand'chambre, & la tenant entrebaillée, il ſe tint
derriere pour y prendre la ſoutanne du
Coadjuteur quand il viendroit à y paſſer: mais au lieu de la ſoutanne, il
lui prit la tête entre les deux battans
de la porte parce qu'il l'avoit avancée
devant le corps; de ſorte qu'il cria à
moi, croyant qu'on l'alloit aſſaſſiner.
Le Duc après avoir ainſi mieux réuſſi
qu'il ne penſoit, entra dans la grand'-
chambre devant que le Coadjuteur fût
revenu de ſa ſurpriſe; mais n'ayant
guéres tardé à le faire, il l'y ſuivit
tout auſſi-tôt avec le Duc de Briſſac,
& fit de grandes plaintes à cette Compagnie de l'inſulte qu'il venoit de recevoir. Toute la ſatisfaction qu'il en eut
fut que le Duc de la Rochefoucault
déclara qu'il ne l'avoit pas fait exprès;

que son deſſein n'étoit que de fermer
la porte de peur qu'il ne fut venu pour
faire inſulte au Parlement, parce qu'il
l'avoit vu marcher tête baiſſée à lui,
comme s'il eut eu à lui donner combat ; que ce n'étoit pas ſa faute ſi ſa
tête s'étoit trouvée entre les deux battans, mais plutôt la ſienne puiſqu'il
devoit faire marcher ſes pieds devant
ſa tête.

Comme cette excuſe ſentoit plutôt
la raillerie qu'autre choſe, le Duc de
Briſſac ne fut pas content de ſon procédé ; ainſi voyant que le Parlement,
que ſon allié avoit tâché de toucher
par l'intérêt qu'il devoit prendre lui-
même à cet affront, à cauſe du peu
de reſpect qu'on lui avoit témoigné
par-là, bien-loin d'y avoir égard tâchoit au-contraire, à la conſidération
du Duc d'Orléans & de Mr. le Prince,
de lui faire prendre cette excuſe pour
argent comptant, il fit appeller le Duc
de la Rochefoucault en duel. Le Duc
d'Orléans qui ſe doutoit bien que cela
n'en demeureroit pas=là, y avoit l'œil,
tellement que les ayant prévenus devant qu'ils ſe puſſent rendre l'un &
l'autre au rendez-vous, il prit leur pa-

role & les accommoda. La Reine mere
qui ne cherchoit plus qu'à chagriner
Mr. le Prince qui employoit tout son
crédit pour empêcher le retour du
Cardinal, se déclara bien autrement
en faveur du Coadjuteur. Elle dit tout
haut que la personne même du Roi
son fils n'étoit plus en sûreté après
l'insulte qu'on lui avoit fait, & qu'Elle
ne vouloit plus qu'il s'exposât si legérement. Ainsi, elle commanda aux
Officiers des Gendarmes & des Chevaux Legers de la Garde, de l'escorter avec leurs Brigades de quartier,
toutes les fois qu'il iroit au Palais.
Mr. le Prince en pensa mourir de chagrin & en fit beaucoup de bruit. Il dit
à tous ses amis que la Reine se décla-
claroit trop par-là pour pouvoir jamais
prendre confiance en Elle; qu'il sçavoit bien que dans le fonds Elle n'aimoit guéres le Coadjuteur plus que
lui; mais que comme il ne s'opposoit
plus au retour du Cardinal comme il
avoit fait autrefois, & qu'au-contraire,
il la favorisoit sous main, Elle étoit
bien-aise de lui donner cette satisfaction, afin de le faire triompher à la
vûë de toute la France du premier
Prince du Sang.   Q 5

Le Parlement avec qui il se ménageoit d'une maniere qu'on eût dit qu'il
eût fait consister toute sa fortune à le
mettre dans ses intérêts, ne répondit pas
tout-à-fait à ses complaisances par les
obstacles qu'y apporta le Coadjuteur &
le premier Président. Le Magistrat qui
n'étoit pas riche & qui avoit deux
enfans qui, tout incommodés qu'ils
étoient, n'en aimoient pas moins la
dépense, s'étoit attaché toujours aux
intérêts de la Cour ; soit qu'il crût
qu'il y allât de son devoir, ou qu'il ne
vît que ce moyen-là pour tirer de quoi
subvenir à leur profusion. La Charge
de Garde-des Sceaux qui lui avoit encore été conférée depuis peu, avoit
achevé de le faire tourner de son côté ;
de sorte que c'étoit à ce coup-là, qu'à
bon droit on le pouvoit appeller Mazarin. Les services qu'il rendoit à la
Reine qui desiroit passionnément le
retour du Cardinal, lui furent si agréables, que sçachant qu'il ne laisseroit
rien à ses enfans, s'il venoit à mourir,
Elle lui permit de se défaire de sa
Charge de Premier Président entre les
mains de quelqu'un qui lui en pût faire
un bon parti. Il ne pouvoit pas man-

quer de Marchands pour une Charge
comme la sienne, qui après celle de
Chancelier est la plus belle qu'il y ait
dans le Royaume. Aussi plusieurs personnes s'étant bien-tôt présentées pour
en traiter, il en parla à la Reine pour
sçavoir à qui Elle en voudroit donner
l'agrément. Sa Majesté qui ne vouloit
rien faire sans avoir l'avis du Cardinal, lui envoya les noms de ceux qui
y prétendoient, afin qu'il choisît lui-
même celui qui lui plairoit; mais Son
Eminence qui faisoit argent de tout &
qui avoit envie de vendre cette Charge quand le Premier Président viendroit à mourir, quoiqu'elle fût du
nombre de celles qui ne se vendent
point, lui manda que tous ces gens-là
étoient bien jeunes & qu'Elle prît bien
garde à ce qu'Elle alloit faire : que si
par malheur celui que l'on mettroit à
sa place se trouvoit de méchante volonté, il lui en arriveroit d'autant plus
de mal qu'Elle ne pourroit pas s'en
défaire si-tôt; qu'il lui conseilloit d'y
laisser mourir le Garde des Sceaux,
& que quand cela arriveroit, il seroit
temps alors d'y songer. La Reine qui
avoit donné sa parole au Premier Prési-

dent, lui fit réponfe que cela ne fe
pouvoit pas, & qu'Elle s'étoit engagée
envers lui à agréer qu'il fe défit de fa
Charge. Le Cardinal ne fçut que dire
après cela, & ayant confenti que Mr.
de Bellievre Préfident à Mortier la prit,
Mr. de Bellievre lui donna la fienne à
la place qui fut pour le fils aîné des
Gardes des Seeaux. Ce nouveau Premier Préfident n'étoit pourtant guéres
le fait de Son Eminence. Il étoit fier
au-delà de l'imagination ; & comme il
étoit d'une des premieres Maifons de la
Robbe, & où il y avoit eu quelques
Chanceliers, il ne s'eftimoit guéres
moins qu'un Conful Romain. Ainfi,
il ne fut pas toujours d'humeur à lui
obéïr, ce qui fut caufe que Son Eminence ne fut guére à fe repentir d'avoir
agréé que l'autre fe démit en fa faveur.

Les obftacles que le Prince de Condé trouvoit à s'affurer du Parlement,
augmenterent toujours de plus en plus ;
de forte que la penfée où il étoit de
faire la guerre fe fortifia auffi pareillement dans fon efprit. Il voyoit que la
Reine vouloit à toutes forces faire revenir le Cardinal ; & comme il n'étoit

pas d'humeur à plier fous lui, & même qu'il n'étoit guéres d'humeur à plier fous perfonne, il crut que le pis qui lui pourroit arriver feroit de reffembler au Duc de Lorraine, lequel aimoit mieux faire le Souverain à la tête d'une Armée que d'accepter des conditions qu'on lui offroit tous les jours pour le faire rentrer dans fes Etats. Il confidéroit que fi la fortune lui étoit favorable, il obligeroit la Cour à recevoir la Loi qu'il lui voudroit impofer ; & que fi elle lui tournoit le dos, il traiteroit toujours avec les Efpagnols qui dans le befoin qu'ils auroient de lui, ne feroient point de difficulté de lui rendre non-feulement Stenay, mais de lui aider encore à prendre quelques autres Places de ce côté-là dont il fe formoit déja une Principauté imaginaire.

Cette réfolution fut bien-tôt fuivie de l'effet ; & étant déja affuré de Marfin & du Comte de Tavannes qui étoient deux hommes de main & d'expérience, il fit trouver bon au Duc d'Orléans par le moyen de Mademoifelle d'obliger la Reine en dépit qu'Elle en eût de renvoyer le Cardinal en

Italie. Ainſi, ſous ce ſeul prétexte, il
envoya tout de nouveau à Bruxelles
pour hâter le ſecours que l'Archiduc
lui avoit promis, & fit faire des Levées
ſecrettement dans la Guienne, dans la
Xaintonge & dans les autres Provinces
voiſines. Le Comte d'Ognon Gouverneur de Brouage, cadet du Marquis
de St. Germain Beaupré, Gouverneur
de la Province de la Marche, lui promit de ſe déclarer pour lui. Pluſieurs
autres perſonnes de diſtinction, ſoit
par elles - mêmes, ou par les poſtes
qu'elles occupoient, lui promirent auſſi
la même choſe; tellement que ne doutant point du ſuccès de ſon entrepriſe,
il partit un beau jour de Paris, s'en fut
en Berri, & de-là en Guienne où il
avoit réſolu de porter le Siége de la
guerre. Cet orage parut d'abord épou-
vantable à la Reine, parce qu'il avoit
preſque à ſa dévotion toutes les Provinces au-delà de la Loire. Chabot
qui avoit pris le nom de Duc de
Rohan par le mariage de l'héritiere
de la branche aînée de cette maiſon,
& qui avoit acheté le Gouvernement
d'Anjou cent dix mille écus du Maréchal de Brézé, pere de Madame la

Princeffe ; ne s'étoit pas encore déclaré
pour lui, quoiqu'il lui en eut donné
parole. La Reine le faifoit ménager,
& il ne faifoit point de difficulté de
lui promettre monts & merveilles,
parce que plus on trompoit finement
en ce temps-là, plus on fe croyoit
galant-homme : mais après l'avoir
amufé pendant quelque temps, il trouva bon à la fin de lever le mafque.
Tous les autres qui s'étoient engagés
avec lui firent à-peu-près la même
chofe ; & la Cour ne fçachant prefque
que faire dans une extrémité comme
celle-là, prit un parti qu'Elle croyoit
lui devoir être avantageux ; mais qui
lui eût été bien inutile fi elle n'eût euë
des forces pour l'appuyer.

Le Roi avoit bien-tôt treize ans
accomplis ; & comme les Rois en
France font Majeurs à quatorze ans,
Elle crut que d'abord que le Roi fon
fils entroit dans fa quatorziéme année, on ne le regarderoit plus comme
Mineur, fi Elle faifoit tout ce qui étoit
néceffaire pour notifier aux peuples
qu'il étoit dans fa majorité. Elle attri-
buoit tous les defordres qui étoient
arrivés depuis quelque temps, à fon

bas âge ; & Elle prétendit que le Parlement qui se disoit le Tuteur des Rois
durant leur Minorité , & qui en faisoit
son fort , seroit obligé de changer de
conduite d'abord que cette cérémonie
seroit achevée. Ainsi l'ayant mené au
Parlement dès le 7. de Septembre ,
c'est-à-dire, deux jours seulement après
qu'il étoit entré dans sa quatorziéme
année , il y fut déclaré Majeur en présence du Duc d'Orléans qui ne faisoit
pas semblant d'avoir intelligence avec
le Prince de Condé.

On eut avis sur ces entrefaites, que
le Roi d'Angleterre étoit entré dans ce
Royaume à la tête d'une belle Armée ,
& que Cromwel marchoit au-devant
de lui. Cet Usurpateur avant que de se
trouver en cet état avoit été obligé
quoiqu'il n'en eut guéres d'envie de
convoquer un Parlement , afin que
comme c'étoit à lui seul à faire des
Impôts sur le peuple , il lui pût fournir
les sommes qui lui étoient nécessaires
pour une affaire de cette conséquence.
Comme il avoit eu soin dans tous les
précédens Parlemens de n'y faire entrer
que des personnes qui eussent contri-
buées avec lui au Parricide du feu Roi,

il eut soin encore dans celui-ci que les
Membres qui seroient élus, soit dans
la Ville de Londres ou dans les Provinces, ne fussent que les mêmes qui
avoient été élus auparavant, ou du
moins de même caractére. Il ne regarda point si l'insulte qu'il leur avoit
faite, les rendoient ses ennemis, parcequ'il crut que dans la conjoncture où
l'on étoit, leurs propres intérêts l'em-
porteroient sur leur ressentiment; qu'ils
feroient réfléxion que s'ils permettoient
que Charles remontât sur le Trône,
leurs Têtes lui répondroient de celle
de son pere, & que ce seroit bien pis
que la crainte qu'ils avoient conçuë de
lui. Son attente ne fut pas trompée,
& comme ils ne voyoient rien de plus
funeste pour eux que la réüssite des
desseins de ce Prince, ils firent tous les
efforts qu'il pouvoit souhaiter pour arrêter ce malheur. Ils lui donnerent des
Troupes & de l'argent, & lui ayant
souhaité un heureux succès dans son
voyage, ils le virent partir cette fois-là
avec plus de crainte que leurs vœux
ne fussent pas éxaucés que de défiance
de son ambition. La Reine mere qui
avoit parole de Charles que d'abord

qu'il feroit paifible dans fon Royaume, il lui aideroit à rétablir le calme
dans celui de fon fils, attendit avec
impatience la fuite que cette nouvelle
devoit avoir bien-tôt felon toutes les
apparence du monde. Elle voyoit bien
qu'une Bataille alloit décider des prétentions de ce Prince, & qu'il fe verroit dans peu ou un grand Monarque
ou encore plus malheureux qu'il ne
l'avoit été depuis le malheur de fon
pere. Tous fes fouhaits étoient pour
lui ou par rapport à la proximité du
fang qui étoit entr'eux & qui ne manque jamais de fe faire écouter dans ces
fortes de rencontres, ou par rapport à la
juftice qu'il avoit de fon côté, ou peut-
être à caufe de fes intérêts particuliers.
Quoiqu'il en foit, Charles ayant percé
jufques au cœur de l'Angleterre fans
y trouver le moindre obftacle s'avança
enfuite à Worcefter, Ville affez bien
fituée, & qui n'eft éloignée de Londres que de trente lieuës tout au plus.
Il avoit groffi fon Armée en marchant
de tous les ferviteurs qu'il pouvoit
avoir en ce Pays-là, qui le croyant à la
veille de remonter fur le Trône, lui
étoient venus offrir & leurs biens &

leur vie pour lui en faciliter le moyen.
Les careſſes qu'il ne put s'empêcher de
leur faire, réveillerent la jalouſie des
Ecoſſois, quoique ces careſſes fuſſent
fort légitimes & qu'ils n'y puſſent trouver à redire ſans ſortir de la raiſon.
Worceſter où Cromwel avoit jetté
quelques Troupes, fit mine de ſe défendre; mais le Roi s'en étant bien-tôt
rendu maître, tout eût été le mieux du
monde pour lui s'il eût pû venir à
bout auſſi facilement de ſurmonter la
paſſion de ces deux Nations, qu'il le
lui avoit été de faire tomber ces murailles. Il y fit tout ce qu'il put, les
faiſant reſſouvenir de ce qui étoit arrivé à Dumbar; & craignant qu'il n'en
fut de même en cette rencontre, le Duc
d'Hamilton Kamilton, le Comte Leſley
& le brave Midleton, dont il a été
parlé ci-devant, qui avoit beaucoup de
crédit parmi les Ecoſſois y concouru-
rent auſſi avec lui, & leur remontrerent que le Roi n'en pouvoit uſer autrement qu'il faiſoit avec les Anglois
qui venoient le trouver leſquels étoient
de ſes anciens amis: qu'il étoit bien
juſte qu'il leur témoignât de la reconnoiſſance; mais que toutes ces ca-

reliés n'empêchoient pas qu'il ne dît
tous les jours que c'étoit à eux feuls
qu'il étoit redevable de l'efpérance
qu'il avoit de recouvrer fa Couronne.

Ce difcours les remit un peu & il
fembla qu'ils ne fongaffent plus qu'à
achever un ouvrage qu'ils avoient fi
bien commencés ; mais Cromwel qui
s'étoit avancé à Oxford & qui devoit
dans peu arriver en préfence du Roi,
leur ayant encore envoyé des Emiffaires
tout comme il-avoit fait à la Bataille
de Dumbar, ils oublierent en quelque façon toutes les bonnes réfolution qu'ils avoient prifes, pour redon-
ner cours à leur jaloufie. On les an-
tendit fe dire les uns aux autres qu'ils
ne travailloient que pour un ingrat,
qui après leur avoir tant d'obligations, faifoit aux autres les careffes qui
qui leur devoient être réfervées uniquement. Midleton qui avoit donné
tant de témoignages d'affection à Charles, dans le temps même que fa Nation l'avoit profcrit, parce qu'il fou-
tenoit fes intérêts au préjudice des dé-
crets du Parlement d'Ecoffe qui lui ordonnoit de les abandonner, ne lui
manqua pas encore en cette occafion.

Il tâcha par ses bons Conseils de réparer ce que les artifices de Cromwel produisoient de mauvais dans leur esprit ; mais quoique la plûpart lui promissent de tout oublier à sa considération, il sembla que leur jalousie se reveillât encore à l'approche de Cromwel qui presenta la bataille au Roi. Charles qui n'avoit que cela à appréhender, fit tout ce qu'il put pour seconder Midleton. Il leur parla lui-même ; mais s'étant mis à la tête des Anglois pour combattre, leur courage s'en trouva si abbattu, que quoiqu'ils ne missent pas les armes bas, comme ils avoient fait à la journée de Dumbar, ils ne laissèrent pas de paroître plus mols qu'ils n'avoient fait depuis qu'ils s'étoient déclaré tout de nouveau en sa faveur. Midleton qui avoit fait des merveilles dès le commencement du combat, en sorte qu'il avoit rompu l'aîle droite de Cromwel qui lui étoit opposée, fit ce qu'il put pour entretenir leur ardeur qui commençoit à se rallentir, parce que l'aîle droite de Charles où étoient le Duc d'Hamilton & Lesley n'avoit pas le même avantage sur les Ennemis qu'il

avoit eu de fon côté. Mais fes paroles étant mal écoutées , foit que la
crainte ou la jaloufie produififlent ce
méchant effet, il s'enfonça dans la mêlée & crut que fon éxemple feroit plus
que fes paroles. Il en arriva cependant
tout autrement qu'il ne penfoit. Cromwel qui avoit eu l'adreffe de profiter
d'une occafion fi favorable pour lui
avoit défait entiérement l'aîle droite
de l'Armée du Roi & tombant enfuite
fur celle qu'il commandoit, il acheva
d'y mettre tant de defordre , que quoique Midleton put faire , il ne put jamais la rallier. Il fut pris en combattant
fi vaillamment que fes dernieres actions
n'effacerent pas fes premieres ; mais
ayant été environné à la fin par une
multitude d'Ennemis aufquels c'eût été
une témérité toute extraordinaire que
de prétendre réfifter, il fe rendit prifonnier entre les mains d'un Colonel
Anglois qui le traita affez durement
après l'avoir pris.

Le même fort arriva au Duc d'Hamilton & au Comte de Lefley ; & le
Roi qui commandoit le corps de ré-
ferve & qui avoit fait tout tout ce qu'il
avoit pu de fa perfonne & de fa tê-

te pour réparer le défordre qu'il voyoit dans fes Troupes, reconnoiffant que tout étoit perdu, ne fongea plus qu'à fe fauver. Il monta fur un cheval frais qu'un de fes palfreniers lui tenoit en main, & ayant traverfé la Ville de Worcefter au petit galop, il ne voulut pas que beaucoup de monde l'accompagnât dans fa fuite. Il ne prit que trois perfonnes avec lui; car il fçavoit que le grand nombre étoit plus capable de lui nuire que de lui profiter; & que dans une défolation comme la fienne, l'obfcurité lui feroit plus favorable que la lumiere. Il prit fon chemin du côté ou il croyoit fe mieux cacher; & la nuit étant furvenuë fans qu'il lui arrivât aucun fâcheux accident, il entra dans un Bois où il prit l'habit d'un Valet d'une de ces trois perfonnes & lui donna le fien. Il monta auffi fur fon cheval qui portoit une Valife, afin que s'il rencontroit quelqu'un par hazard en fon chemin, on fut moins attentif à l'éxaminer, le voyant au nombre des Valets. Il arriva à la pointe du jour aux environs du Château de Bofcobel qui appartenoit à un de fes plus fidéles

ferviteurs & qui étoit beaucoup fufpect à Cromwel parce qu'il ne s'étoit
point préfenté d'occafion de lui témoigner combien il lui étoit acquis
qu'il ne l'eut embraffée de tout fon
cœur. C'étoit au Comte de Derbi
qui l'étoit venu trouver non feulement lorfqu'il étoit entré en Angleterre avec fon Armée, mais qui encore lui avoit apporté une fomme d'argent très - confidérable qu'il avoit ra-
maffée tant de fa bourfe que de celle
de fes amis. Une action fi généreufe
& qui faifoit honte à tous ceux qui
bien loin de fuivre fon éxemple avoient
l'épée à la main contre lui, n'avoit
pas été fuivie pourtant d'un fuccès
tel que ce Seigneur le méritoit. Il avoit
été pris dans la Bataille ; & Cromwel
qui pour faire peur aux autres qui feroient d'humeur à lui reffemblér, avoit
juré de le faire mourir fans miféricorde, l'avoit déjà fait conduire à la Tour
de Londres afin qu'il ne lui put échapper. La vuë de ce Chateau renouvella
la douleur que ce Prince avoit de l'accident qui lui étoit arrivé ; mais dans le
temps qu'il en foupiroit amérement il
vit venir fix Cavaliers à lui qui le re-
tirerent

tirerent de sa mélancolie pour le faire
penser à sa sûreté. Il pouvoit s'enfuir
s'il eut voulu, & il avoit assez d'a-
vance devant eux pour espérer de se
sauver ; mais jugeant que si c'étoient
des Ennemis, comme il y avoit apparence, ils mettroient tout le pays sous
les Armes, s'ils voyoient qu'il leur
fût échappé ; il dit à ceux qui étoient
avec lui, qu'il n'y avoit point de
meilleur parti à prendre que de les
combattre : que cependant, si la fortune leur étoit favorable, il ne falloit pardonner à pas un ; de peur que
quand ils les auroient laissé aller, ils
ne leur fissent autant de mal qu'ils
pouvoient faire s'ils avoient la victoire. Ils trouverent son raisonnement
fort bon ; & étant convenus de s'y conformer ; ils amorcerent leurs pistolets
tout de nouveau, afin de se pouvoir
fier sur leurs Armes. Mais cette précaution leur fut bien inutile aussi-bien
que tout ce qu'ils venoient de dire,
& ils se trouva qu'au-lieu que ces
ces gens-là fussent des Ennemis, c'é-
toient des amis du Roi & même des
plus affectionnés. Milord Pithers Seigneur Catholique & qui étoit de ces

quartiers-là , les avoit envoyés pour
se trouver à la Bataille , n'ayant pas
voulu s'y rendre lui même , parce qu'il
croyoit servir mieux Sa Majesté de loin
que de près. Ils se retiroient chacun
chez eux ; & ayant reconnu le Roi
malgré son déguisement , parce qu'ils
avoient eu l'honneur de lui parler plusieurs fois , il y en eut un qui lui dit
qu'ayant été fait prisonnier par les rebelles , il s'étoit sauvé de leurs mains
heureusement : qu'il y avoit demeuré
néanmoins assez de temps pour lui apprendre des nouvelles qui lui pouvoient
être utiles ; que Cromwel ne s'étoit
pas plutôt vu maître du champ de bataille qu'il avoit fait publier un ban
par lequel il avoit mis sa tête au double d'autant qu'il avoit fait lorsqu'il
étoit en Ecosse : qu'une si grosse somme & à laquelle on se laissoit gagner
aisément à moins que d'avoir la crainte de Dieu bien avant dans le cœur,
ne manqueroit pas d'en tenter plusieurs :
qu'ainsi le meilleur conseil qu'il avoit
à lui donner , étoit de ne pas marcher en troupe comme il faisoit : que
six hommes à cheval comme ils étoient,
car un de ces Messieurs avec qui il

étoit avoit encore un valet ; donneroient lieu, d'abord qu'on jetteroit les
yeux fur eux, de croire qu'ils revien-
droient de l'Armée : que comme Cromwel avoit détaché plufieurs Efcadrons
après lui, il y auroit quelqu'Officier
ou quelque cavalier qui le reconnoîtroit, d'autant plus que des trois perfonnes avec qui il étoit, il y en avoit
deux qui étoient gens de confidération & que l'on fçavoit de longue main
attachés à fon fervice ; qu'il fembloit
donc qu'il s'en dût défaire tout au plutôt & ne pas hazarder davantage une
vie dont la perte ôteroit toute l'efpérance qui reftoit à fes ferviteurs & à
fes amis de le voir jamais remonter
fur le Trône, en même temps que la
perte en affuroit la poffeffion à celui
qui l'avoit déjà ufurpé fi tyrannique-
ment fur Sa Majefté.

Le Roi trouva ce confeil conforme
au bon fens, & ayant congédié à l'heure même les deux perfonnes qui étoient
les plus capables de le faire reconnoître ; il demeura avec l'autre qui avoit
du bien dans ce même Village. Les
fix Cavaliers s'en allerent auffi chacun de leur côté, & le Roi étant de-

meuré tout feul avec un nommé Giffort, celui-ci lui dit qu'il trouvoit encore à propos de fe féparer de lui pour
un peu de temps ; afin que comme la
campagne alloit être couverte de gens
qui le chercheroient de tous côtés, il
en courût moins de danger : qu'il l'alloit mener chez un bon homme qui,
tout ruftic & tout groffier qu'il étoit,
avoit plus d'honneur & de Religion
que beaucoup de perfonnes de qualité : qu'il étoit Catholique & qu'il
donnoit retraite chez lui à quantité de
Moines & d'autres gens de pieté, quand
il voyoit, comme cela arrivoit affez
fouvent dans le Royaume, qu'on faifoit la guerre à ceux qui faifoient pro-
feffion de cette Religion ; qu'il avoit
fait faire une cache dans fon Logis
tout exprès, afin que fi on venoit les
y chercher, ils fuffent à l'abri de leurs
perfécuteurs ; qu'il l'y feroit mettre &
qu'il y feroit bien plus en fureté que
par-tout où il pourroit aller.

Charles qui avoit une grande confiance en lui s'abandonna entiérement
à fa conduite. Il fe laiffa mener chez
ce Payfan qui s'appelloit Pendrille ;
& Giffort n'ayant point fait de dif-

ficulté de lui apprendre quel étoit le tréfor qu'il lui remettoit entre les mains, Pendrille fe jetta à genoux devant Sa Majefté comme s'il eut voulu l'adorer : car les Anglois ont cela de mauvais qu'ils fléchiffent le genouil volontiers devant leurs Rois, quoique beaucoup de gens les accufent d'avoir moins de confidération pour eux que n'en ont pour les leur toutes les autres Nations de l'Europe. Quoiqu'il en foit le Roi qui fe ventoit lui-même d'être bon Phifionomifte ayant pris amitié pour Pendrille du moment qu'il l'eut regardé entre deux yeux, Giffort s'en alla après avoir pris congé de Sa Majefté. Pendrille qui avoit peur qu'elle ne fut pas en fureté dans la cache où il avoit coûtume de faire mettre les autres, lui fit prendre un habit de toile avec une hache & l'emmena dans un bois où il y avoit des gens qu'il y avoit mis en befogne. Il lui dit de travailler là en prefence des Ouvriers qui y étoient ; mais après les avoir envoyé d'un autre côté de peur qu'ils ne reconnuffent de la maniere qu'il s'y prendroit que ce n'étoit pas-là fon

mêtier, il dit à Sa Majeſté que pourvu qu'il donnât de fois à autre quelques coups d'hache pour faire accroire à ceux qui ne ſeroient pas éloignés
de lui qu'il travailloit, cela ſeroit ſuf-
fiſant. Il s'en revint enſuite à ſa maiſon où il ne fut pas plutôt arrivé que
des Cavaliers de Cromwel qui avoient
appris à une portée de mouſquet de-
là, qu'on avoit vu deux Cavaliers en
prendre le chemin, y vinrent fouiller
depuis le haut juſqu'en bas. Par bonheur pour Pendrille il en avoit ôté
les habits que le Roi avoit quitté, &
les avoit cachés dans un tronc d'arbre qui étoit à cent pas de ſon Logis. Les Cavaliers chercherent ſi bien
qu'ils y trouverent la cache qu'il avoit,
de ſorte que ſi le Roi y eut été, il
étoit perdu. Mais Dieu y ayant remé-
dié par la prudence de ce Payſan, ils
ſe contenterent de lui demander à quel
deſſein il avoit cette cache & ce qu'il
en prétendoit faire. Il n'eut garde de
leur dire l'uſage qu'il en faiſoit, & leur
ayant fait accroire qu'il ne l'avoit in-
ventée que pour y cacher du lard &
d'autres choſes ſemblables, quand les
gens de guerre couroient par la cam-

pagne, ils le crurent de bonne foi, ʃans lui faire davantage de queʃtions.

Ils s'en furent de chez lui dans le bois où étoit Sa Majeʃté , & l'ayant couru d'un bout à l'autre, ils la trou-vèrent la hache à la main , qui faiʃoit ʃemblant d'abbatre un arbre que Pen-drille lui avoit marqué pour toute ʃa beʃogne de la journée. Comme ils ne la connoiʃʃoient point par bonheur pour elle , au lieu d'avoir ʃoupçon d'avoir trouvé ce qu'ils cherchoient, ils lui de-manderent s'il n'avoit point vû paʃ-ʃer les deux Cavaliers dont la piʃte les avoit amené chez Pendrille. Il ceʃʃa ʃon travail qu'il avoit commencé d'abord qu'il les avoit ouï venir de loin, de peur que quelqu'un ne s'aviʃât de prendre garde à ce que Pendrille avoit appréhendé lui-même que ʃes buche-rons ne remarquaʃʃent. Il leur répon-dit qu'il n'avoit rien vû ni rien ouï , parceque le bruit qu'il faiʃoit en tra-vaillant , empêchoit qu'il ne pût en-tendre la marche d'un cheval. Ils pri-rent cette réponʃe pour argent comp-tant & étant allés chercher ailleurs ce qu'ils tenoient entre leurs mains , le Roi ʃe remit de la frayeur qu'il étoit

impoſſible que leur vuë n'eut excité
d'abord dans ſon ame. Le ſoir étant
venu ſans que perſonne ſe préſentât
pour lui faire une ſemblable queſtion,
il s'en revint chez Pendrille à qui il
conta ſon avanture. Cela fit peur à ce
bon homme, & ne croyant pas à propos de l'envoyer davantage dans cet
endroit il le fit monter ſur un arbre
qui étoit devant ſon Logis, d'abord
que ſes gens avec qui le Roi avoit
ſoupé furent allés ſe repoſer. Cet arbre étoit ſi touffu, ſi grand & ſes
branches ſi bien entrelaſſées les unes
dans les autres, que cinquante per-
ſnnes ſe pouvoient mettre deſſous pendant la plus groſſe pluie ſans craindre
qu'ils puſſent être mouillés. Il le pour-
vut de pain, de bierre & de viande
pour y paſſer le lendemain. Il lui dit
que quand le ſoir ſeroit venu, il lui
en porteroit d'autre pour le ſuſtenter
la journée ſuivante & qu'il en uſeroit
ainſi tous les jours juſqu'à ce que l'orage
qui s'élevoit contre lui fût paſſée; qu'on
ſe contenteroit apparemment de le chercher le reſte de la ſemaine, mais qu'a-
près cela on s'en laſſeroit comme d'u-
ue choſe inutile puiſqu'on n'y auroit
fait que perdre ſon temps.

On étoit alors vers la fin de Septembre, & quoique Pendrille eut donné son menteau à Sa Majesté, il eut
si grand froid sur cet arbre que quand
Pendrille le vint retrouver, il lui dit
qu'il n'y pouvoit pas résister davan-
tages. Pendrille l'en fit descendre au
hazard de tout ce qui en pouvoit arriver ; & en effet, il y avoit du danger, puisqu'il n'y avoit gueres plus
d'une heure que d'autres Cavaliers
que ceux dont j'ai parlé il n'y a qu'un
moment, l'étoient encore venu chercher chez lui, en lui disant qu'il ne
s'étoit pu retirer que chez des Papis-
tes, & que comme il en étoit un des
plus huppés, ils avoient encore plus
de soupçon sur lui que sur un autre.
Le Roi soupa auprès du feu, & s'y
étant réchauffé de toutes façons, parce que la nourriture qu'on y prend
fait bien plus de profit que si on la
prenoit d'un autre côté quand on se
trouve gelé comme il l'étoit, il jugea à propos de remonter sur cet arbre maintenant qu'il ne se sentoit plus
de son mal. Mais il dit à Pendrille
de lui chercher un autre azile où il
put être plus commodément, parce

R 5

qu'il avoit peur que si cela duroit encore quelque temps, il n'eut peut-être
pas assez de forces pour y résister.
Pendrille qui connoissoit tous les Catholiques qu'il y avoit à quatre lieuës
à l'entour, fut chercher un Bénédictin qu'il connoissoit assez honnête-
homme pour croire qu'il lui pouvoit
confier toutes choses. Il lui apprit l'hô-
te qu'il avoit chez lui, & demandant
où ils le pourroient mettre pour y être
plus en sureté que dans sa maison ;
le Bénédictin qui n'avoit ni l'habit,
ni la tonsure de Moine, comme il ne
leur est pas permis en ce pays-là de
les porter, lui dit qu'il ne devoit point
chercher d'autre logis que le sien,
pour trouver ce qu'il cherchoit ; que
Sa Majesté y seroit à l'abri de tous ceux
qui lui vouloient du mal ; & que quoique la campagne fut toute couverte,
comme elle l'étoit effectivement, de
gens de guerre qui le cherchoient de
tous côtés, il ne falloit pas craindre
qu'ils l'y trouvassent.

Pendrille ravi de cette bonne nouvelle l'apprit au Roi qu'il fut retrouver
sur son arbre à la même heure qu'il
y étoit allé la veille. Il le fit encore

réchauffer auprès de fon feu dont il avoit très-grand befoin, & ne lui ayant fait boire qu'un coup d'eau de vie, parceque le Bénédictin les devoit attendre à fouper, ils prirent le chemin de fa maifon par des fentiers & en cotoyant toujours des bois; afin que s'ils entendoient marcher de la Cavalerie, comme il y en avoit encore eu tout le jour en campagne, ils puffent s'y jetter tout auffi-tôt. Ils n'eurent aucune méchante rencontre par bonheur; & étant arrivés chez le Bénédictin, il y cacha Sa Majefté. Elle eut la bonté de les faire fouper tous deux avec elle, quoiqu'il n'y eut qu'un couvert fur la table qui lui avoit été préparé devant qu'elle arrivât. Le Roi qui étoit obligé de demeurer-là dans un trou où il avoit le temps non feulement de s'ennuyer, mais encore où il trembloit à tous momens qu'on ne l'y vint déterrer, dit à la fin à ce Moine que s'il connoiffoit quelqu'un qui lui put faire trouver une Barque pour le paffer en France, il y feroit bien mieux que par tout où il pourroit demeurer préfentement; qu'il avoit affez d'argent fur lui pour payer fon paffage, & que

tout ce qu'il defiroit de fon affection
& de fa fidélité, c'eft que s'il étoit obligé d'employer quelqu'autre que lui
pour chercher cette Barque, il les choi-
fît affez fidéles pour ne rien dire à perfonne de ce qui fe pafferoit. Le Bénédictin après avoir été quelque temps
à rêver fur qui il jetteroit les yeux
pour une affaire de fi grande confequen-
ce, lui répondit à la fin qu'il n'en connoifloit point de plus propre à ce qu'il
defiroit que le Chevalier Lane.

Le Roi ne l'eut pas plutôt entendu
nommer qu'il lui demanda s'il avoit
une maifon en ces quartiers; & qu'il
le connoifloit lui-même pour fi honnête-homme qu'il ne feroit point de
difficulté de remettre fa vie & fa fortune entre fes mains. Le Bénédictin
lui repliqua que puifque cela étoit ainfi, il auroit bien-tôt contentement;
qu'il ne demeuroit qu'à deux lieuës de
l'endroit où il étoit, & qu'il feroit
chez lui avant qu'il fut cinq heures du
matin. Le Roi rentra dans fa niche
dont il étoit forti pour témoigner ce
qu'il fouhaitoit: le Bénédictin ne manqua pas à fa parole, & ayant furpris
agréablement le Chevalier en lui ap-

prenant que le Roi étoit non feulement fi près de lui, mais encore qu'il
avoit tant de confiance en fa vertu
qu'il étoit tout prêt de fe remettre entre fes mains; il tint confeil avec lui
pour fçavoir s'il y auroit fureté de le
faire venir dans fa maifon. Le Bénédictin ne trouva pas qu'il y en eut
beaucoup, parce que ce logis étoit
un logis de grand abord, & de plus
encore plus fufpect qu'un autre, parce que ce Chevalier étoit Catholique.
Ainfi il fe renferma à lui demander
qu'il eut à ménager à Sa Majefté la
Barque qu'il lui demandoit, & lui promit qu'il ne lui arriveroit point chez
lui d'accident en attendant qu'il lui
eut rendu ce bon office. Le Chevalier
Lane trouvant qu'il avoit raifon, écrivit une lettre au Roi par laquelle il lui
mandoit que s'il ne lui alloit pas rendre fes refpects & l'affurer lui-même
qu'il pouvoit difpofer de lui & de
tout ce qu'il avoit, comme de ce qui
étoit en fon propre pouvoir, ce n'é-
toit que parce qu'il appréhendoit
qu'on ne remarquât où il iroit; qu'à
ce défaut il lui envoyoit fa fille, qui
ayant accoûtumé d'aller cà & là dans

ſes métairies , ſans qu'on prît garde
autrement à elle , lui confirmeroit de
bouche ce qu'il lui avançoit par écrit ;
qu'il l'avoit chargée outre cela de lui
dire ce qu'il penſoit pour la Barque
qu'il lui commandoit d'arrêter , &
qu'il le prioit de le peſer murément ;
& qu'après cela il n'auroit ſoin que
d'éxécuter ſes volontés.

La fille de ce Chevalier monta en
même temps à cheval pour aller à une
des métairies de ſon pere qui n'étoit
éloignée que d'un quart de lieuë de la
maiſon du Bénédictin. Les Valets du
logis qui étoient Catholiques la plûpart & qui connoiſſoient ce Moine pour
bon ami de la maiſon , ne furent point
ſurpris de la voir venir ſi matin chez
leur maître & s'en retourner ſi vîte.
comme il y étoit venu à pied, le Chevalier lui donna un cheval pour s'en
retourner & lui dit qu'il n'auroit qu'à
le rendre au Valet qui alloit conduire ſa fille. Mademoiſelle Lane fut
à la Métairie de ſon pere devant que de
venir chez le Bénédictin afin que le
Valet qu'elle avoit avec elle n'y pût
rien ſoupçonner. Elle fit ſemblant même d'y avoir quelque choſe à faire ,

puis s'en étant allé à pied chez lui avec
une payſanne, elle rendit ſa lettre au
Roi & s'acquitta de tout ce qui lui
avoit été recommandé. Pendant qu'ils
s'entretenoient enſemble, le Bénédictin qui avoit envoyé la payſanne chez
un Gentil-Homme là-auprès ſous prétexte d'y aller chercher des fruits pour
Mademoiſelle Lane, faiſoit le guet au
haut de la maiſon pour voir s'il ne dé-
couvriroit point des Cavaliers de Cromwel. Il vouloit en avertir le Roi en
cas que cela fût afin qu'il pût rentrer
dans ſa niche; mais le bonheur voulant qu'il ne parût perſonne pendant
ce temps-là, le Roi eut le temps de
dire à Mademoiſelle Lane tout ce qu'il
penſoit ſur la lettre de ſon pere & ſur
ce qu'elle l'avoit entrenu de ſa part.
Ce qu'il lui dit fut qu'il le vouloit
voir à quelque prix que ce fut, & que
comme il n'avoit qu'un ſimple habit de Valet, car il avoit repris celui
qu'il avoit lorſqu'il étoit venu chez
Pendrille, on ne croiroit jamais que
ce fût lui, quand même il rencontre-
roit des gens de Cromwel: qu'il prétendoit monter à cheval avec elle quand
elle s'en retourneroit & que quand il

seroit arrivé à la maison du Chevalier,
il raisonneroit-là avec lui sur ce qu'il
lui mandoit touchant la Barque.

Ce n'étoit point l'avis du tout de
ce Chevalier qu'il prît une Barque à
lui seul ; parceque les promesses que
Cromwel avoit faites à ceux qui pourroient livrer Sa Majesté entre ses mains,
avoient été publiées sur toutes les côtes du Royaume : ainsi comme ce qu'il
pourroit donner à un patron seroit bien
éloigné de vingt mille guinées que ce
Tyran promettoit à celui qui seroit assez
lâche pour trahir son Roi, il craignoit qu'une si grosse somme ne fît
presque autant de traitres qu'il y avoit
de maîtres de Barques. Il opinoit donc
qu'il devoit se déguiser bien plûtôt
que de s'exposer à un si grand péril
& s'embarquer sur le premier Vaisseau qui passeroit en France comme
un simple passager. Quoiqu'il en soit,
Charles voulant à toutes forces rai-
sonner de cela avec lui, n'eut pas plutôt témoigné sa résolution à cette fille
qu'elle lui dit que puisque cela étoit
ainsi, il permît du moins qu'elle lui
frottât le visage avec une certaine eau
qui lui changeroit tellement le teint

qu'il en deviendroit méconnoiffable,
même à ceux qui avoient accoûtumés
de le voir tous les jours. Charles lui
répondit qu'il ne s'y oppofoit pas, &
Mademoifelle Lane ayant appellé le Bénédictin qui étoit toujours demeuré
au guet, elle lui dit de lui envoyer chercher des coques de noix qû'elle mit
bouillir fur le feu avec une certaine her-
be dont il y en avoit quantité dans le
pays. Elle en prit l'eau qui en fortit
& lui ayant frotté tout le vifage il devint noir dans un moment à un point
qu'il falloit fçavoir que ce fut lui pour
le prendre encore pour le Roi. Mademoifelle Lane appella en même-temps
le Bénédictin pour voir s'il le reconnoîtroit ; il le trouva fi changé qu'il
ne fe mit plus en peine de retourner
à fa guérite. Il dit à Sa Majefté qu'il
la donnoit à ceux qui l'avoient vû le
plus fouvent pour ne s'y pas mépren-
dre s'ils la voyoient maintenant ; tellement que cette fille ayant envoyé dire à fon Valet de lui amener fon cheval & de laiffer le fien à la métairie,
le Roi monta fur celui que le Bénédictin avoit amené & fuivit Mademoifelle Lane, comme s'il eut été le Va-

let de cette demoiſelle. Celui qui l'é-
toit véritablement eut ordre de ne revenir que ſur le ſoir au Château de
ſon pere ſous prétexte de quelques affaires.

Le Chevalier fut fort ſurpris quand
s'étant allé promener au tour de ſa
maiſon, il vit revenir de loin avec ſa
fille un homme qu'il ne connoiſſoit
point. Il ſe douta néanmoins que c'é-
toit le Roi qui avoit voulu monter à
cheval malgré ſa lettre ; mais il ſe donna bien de garde d'aller au devant de
lui, parce qu'il vit à un quart de lieuë
d'où il étoit vingt cinq ou trente Cavaliers qui prenoient le chemin de ſon
Château. Il crut, comme en effet, c'é-
toit la vérité, que ce ne pouvoit être
que des gens de Cromwel qui y venoient chercher Sa Majeſté. Il y avoit
déjà reçu deux ou trois viſites comme celle-là depuis la diſgrace qui étoit
arrivée à ce Prince ; mais comme il
n'avoit pas eu lieu d'en rien craindre,
comme il faiſoit préſentement, il fit
ſigne des yeux à ſa fille quand elle fut
auprès de lui de faire paſſer le Roi devant pour s'en aller droit au Château
& qu'il n'y eût qu'elle qui s'arrêtat

pour lui parler. Elle en avoit déja l'intention parce qu'elle avoit découvert auffi ces Cavaliers & qu'elle n'en pouvoit faire d'autre jugement que celui que fon pere en faifoit. Charles qui eût voulu être encore chez le Bénédictin, par ce qu'il jugeoit tout auffi bien qu'eux que ces gens n'étoient en campagne que pour fe faifir de fa perfonne, joua parfaitement bien fon perfonnage en paffant devant le Chevalier. Il fe contenta de lui ôter fon chapeau comme il eût pû faire s'il eut été véritablemant le Valet de fa fille, & les Cavaliers le purent remarquer d'où ils étoient, parce qu'ils venoient affez vîte & qu'ils n'étoient plus qu'à un demi quart de lieuë de lui où environ.

Le Chevalier dit à fa fille qui lui parloit à cheval fans avoir mis pied à terre, qu'il avoit fait coucher au feu avant que de fortir de fon Chateau & que d'abord qu'elle y feroit arrivée, elle y fit prendre la broche au Roi, afin que quand ces Cavaliers entreroient dans la cuifine, ils ne priffent pas tant garde à lui que s'ils le trouvoient ou inutile ou faifant une au-

tre befogne. La fille s'acquitta de ce
que fon pere venoit de lui comman-
mander, & elle n'eut pas plutôt mis
pied à terre que, fous prétexte d'envoyer quelque part celui qui tournoit
le rôt elle fit prendre fa place à Sa
Majefté ; mais comme il étoit tout auffi
novice à ce métier-là qu'à celui de
Bucheron que Pendrille lui avoit fait
faire, il arriva que quand ces Cavaliers qui avoient commencé d'abord
à s'emparer des portes du Château,
afin que perfonne n'en fortît, furent
entrées dans la cuifine, il y en eut un
qui remarqua que ce Marmiton de nouvelle fabrique, au lieu de tourner la
broche du côté du feu comme c'eft
l'ordinaire, la tournoit de l'autre côté. Ils commencerent donc tous à fe
mocquer de lui & le Roi faifant l'I-
diot, quitta la broche comme s'il fe
fut fcandalifé de leurs mocqueries. Ils
lui firent mille huées comme ils euffent pu faire à un Valet imbécile &
le prenant pour tel ils fortirent de ce
Château après l'avoir vifité depuis le
haut jufqu'en bas.

Charles en ayant été quitte à fi bon
marché entendit les raifons que le

Chevalier Lane avoit pour ne lui point
conseiller de se fier à un Maître de
Barque. Le Chevalier lui dit que quand
même on ne lui diroit point que ce
fût lui, comme il croyoit bien qu'il
n'avoit pas envie de faire, il s'en dou-
teroit du moment qu'on entrepren-
droit de le gagner par argent pour
passer quelqu'un *incognito* ; qu'il valloit
bien mieux maintenant qu'il n'étoit
presque plus reconnoissable par la dro-
gue que sa fille avoit mise sur son visage, qu'il s'en allât droit à Portsmouth
où il trouveroit tous les jours des
Vaisseaux qui feroient voile pour France ; qu'on y prendroit bien moins garde
de ce côté-là que d'un autre, parcequ'on ne se figureroit jamais qu'il usât
de si peu de précaution que de s'embarquer comme pourroit faire un simple passager. Charles se laissa aller à
suivre son avis & s'en trouva bien.
Il s'en vint à Portsmouth avec un méchant habit que lui donna le Chevalier
Lane, trouvant que le sien étoit encore trop bon pour le métier qu'il
avoit à faire, qui étoit de paroître
gueux & misérable. Il se mit dans une
méchante Hôtellerie où ayant sçu qu'il

ne partiroit point de Vaisseau de quelques jours , il y vécut fort pauvrement
comme si l'argent lui eût manqué. Il fit
semblant aussi de ne pas porter trop
bien pour pouvoir garder la chambre
sans donner aucun soupçon. Enfin , le
Vaisseau dans lequel il devoit s'embarquer devant faire voile le lendemain matin , il entra dedans dès la
veille , & passa ainsi en France sans
qu'il lui arrivât aucun accident. Il dé-
barqua à Dieppe où il ne voulut pas se
faire connoître , & s'en étant allé de-là
à Rouen où il se fit habiller , il y fut
reconnu par un Marchand Anglois qui
s'étoit établi dans cette Ville. On l'y
croyoit mort ou prisonnier , parcequ'on n'en avoit point ouï parler depuis la Bataille qu'il avoit perduë. Il y
prit la poste pour s'en aller à Paris
employer le secours de la Reine mere ;
mais Elle avoit assez d'affaires de
son côté sans vouloir embrasser celles
d'autrui.

Le Prince de Condé après s'en être
allé à Montrond & avoir tâché de
porter le Berri à la révolte , ne croyant
pas s'y pouvoir fier tout-à-fait , ni pouvoir compter d'y établir le Siége de la

guerre, s'en fut à Bordeaux où Marſin
le vint trouver. Il lui amena des Troupes de Catalogne, & ayant dégarni
par-là cette Province, les Eſpagnols
qui n'avoient point eu de repos depuis qu'elle s'étoit ſouſtraite de leur
domination, employerent tous leurs
efforts pour l'y faire retourner & en
vinrent à bout. Ce ne fut pas néanmoins ſi-tôt qu'ils prétendoient, parceque la Reine y envoya des gens à la
place de Marſin qui s'efforcerent d'empêcher qu'elle ne retombât dans leur
pouvoir. Mr. le Prince avoit fait tout
ce qu'il avoit pu avant que de partir,
pour engager le Vicomte de Turenne à
ſe déclarer pour lui. Le Duc d'Orléans y
avoit auſſi employé toute ſon adreſſe &
toute ſon induſtrie. Mr. de Turenne
avoit feint d'y prêter l'oreille, afin d'en
faire ſon parti meilleur avec la Reine
qui tâchoit de ſon côté de le gagner. Il
lui faiſoit même ſçavoir ſous main les
offres avantageuſes qui lui étoient faites, afin qu'Elle lui en fit encore de
plus grandes. Car on étoit alors dans
un temps où les Grands ne ſongeoient
qu'à ſe faire bien acheter; de ſorte
que pour les rendre fidéles, il falloit

les accabler de bienfaits. Le Duc de
Bouillon qui s'entendoit avec lui &
qui commençoit à reconnoître, mais
un peu trop tard pour son profit,
qu'il n'y avoit jamais rien à gagner à
faire la guerre à son Souverain, faisoit
mine de le blâmer de ce qu'il tardoit
tant à se déclarer pour les Princes. Il
en parloit de la sorte au Duc d'Orléans, & il n'étoit pas fâché que cela
fut rapporté à la Reine, afin qu'Elle vit
qu'ils lui alloient échapper tous deux
à moins qu'Elle ne se flatât de conclure avec son frere. Le Vicomte de
Turenne secondoit merveilleusement
bien cette feinte. Il faisoit accroire à
Sa Majesté qu'il étoit comme impossible de retenir Mr. de Bouillon qui
s'étoit mis des chimeres dans la tête
dont il ne pouvoit le faire revenir
quelque peine qu'il s'en donnât. Il ne
lui disoit pas pourtant quelles étoient
ces chimeres ; mais comme il faisoit
assez entendre en paroles couvertes
qu'il esperoit toujours de rentrer dans
Sédan ; la Reine donna si bien dans le
panneau qu'Elle dégarnit toutes les
autres Places de Champagne pour pré-
server celle-là. Pour ce qui est de lui,

il

il assuroit toujours qu'il étoit dans les meilleures intentions du monde ; mais avec tout cela, il ne vouloit rien promettre à Sa Majesté qu'Elle ne lui assurât le premier Gouvernement qui viendroit à vaquer avec une grande charge ou à la Cour ou à la Guerre.

La Reine mere en ayant écrit à son ordinaire au Cardinal, sa lettre fut interceptée par le Comte de Tavannes qui étoit encore dans cette Province. Elle fut envoyée à Mr. le Prince qui n'étoit pas encore parti non-plus, pour aller porter la guerre au-delà de la Loire. Il la fit voir au Duc d'Orléans, & ces deux Princes étant convenus ensemble qu'il falloit réchauffer Mr. de Turenne par le moyen de Monsieur de Bouillon qui paroissoit toujours bien intentionné pour eux ; ils prierent celui-ci de leur dire tant pour lui que pour son frere ce qu'ils demandoient une fois pour toutes pour se déclarer en leur faveur. Le Duc de Bouillon leur répondit que pour lui, ils sçavoient bien qu'il n'étoit pas difficile à gagner, puisque son intérêt & son inclination le portoient à ne point épou-

ser d'autre parti que le leur ; que néanmoins, comme il falloit que chacun
trouvât ses avantages à ce qu'il faisoit,
il souhaitoit pour lui qu'ils lui procu-
raffent une forte pension des Espagnols,
parce que tout son bien allant demeurer en proye après sa déclaration ; il
ne pourroit plus joüir que de celui
qu'il avoit au-delà de la Loire qui
n'étoit pas le plus considérable. En effet,
Evreux & Château-Thierri qui sont en-
deçà l'étoient bien davantage, la seule
Terre d'Evreux ne vallant guéres moins
de deux cent mille livres de rentes.
Qu'il desiroit aussi que s'ils pouvoient
porter la guerre en Champagne, on
assiégeât Sédan quand on en trouveroit l'occasion, & qu'ils ne fissent jamais de paix que cette Place dont on
l'avoit dépouillé injustement ne lui demeurât. Qu'il demandoit aussi que
quand il se trouveroit, en l'absence de
Mr. le Prince, dans quelque Ville de
leur parti, il y eût les mêmes honneurs & les mêmes prérogatives qu'il
y auroit lui-même ; & qu'enfin, il fût
compris dans le Traité qu'il avoit fait
secrétement avec les Espagnols à qui

ils feroient obligés de faire ratifier tout
ce qui le regarderoit.

Le Duc d'Orléans & Mr. le Prince
trouverent ces propofitions exhorbitantes & voulurent lui faire compren-
prendre qu'ils ne pouvoient les lui accorder qu'en fe deshonorant eux-mêmes ; que tout le prétexte qu'ils pouvoient prendre pour faire une guerre
civile étoit que le Royaume étant mal
gouverné depuis le Miniftére du Cardinal Mazarin, ils ne vouloient pas permettre qu'il y rentrât, comme c'étoit
le deffein de la Reine mere : que c'étoit
par-là qu'ils avoient trouvé moyen
d'engager les peuples à leur donner
main forte ; & que de lui promettre
de lui faire rendre Sédan par un Traité,
ce feroit les défabufer tout auffi-tôt
des bonnes intentions qu'ils leur fup-
pofoient. Le Duc de Bouillon leur répondit que le deffein qu'ils avoient
formés l'un de fe faire augmenter fon
appanage & de fe faire accorder des
graces pour fes créatures avant que de
mettre les armes bas, & l'autre d'augmenter pareillement fa fortune & celles
de fes amis, n'avoient pas moins de

S 2

quoi faire voir clair à leurs Adhérans
que la propofition qu'il leur faifoit aujourd'hui ; que néanmoins fi c'étoit-là
leur unique but , comme ils n'en pouvoient difconvenir quoiqu'ils le cou-
vriffent adroitement de l'intérêt public , il ne voyoit pas plus d'inconvénient pour eux à lui promettre ce qu'il
prétendoit , qu'ils en avoient trouvé à
fe promettre l'un à l'autre tout ce qui
étoit à leur avantage. Les Princes ne
fçurent que repliquer à cela & lui
ayant demandé vingt - quatre heures
pour lui rendre réponfe , ils prirent
confeil de Chavigny qui étoit des amis
de l'un & de l'autre.

Chavigny avoit trop été maltraité
du Cardinal , qui après lui avoir ôté
fa Charge l'avoit encore fait mettre en
prifon , pour ne pas trouver quelqu'expédient pour empêcher que ces deux
freres n'embraffaffent le parti de Son
Eminence. Ainfi , ayant remontré au
Duc d'Orléans & au Prince de Condé
que les prétentions du Duc de Bouillon quelques grandes qu'elles puffent
être , ne devoient point les détourner
de traiter avec lui , moyennant qu'il fe

fit fort de faire entrer le Vicomte de Turenne dans fon Traité, il ajoûta à cela que la propofition qu'il leur faifoit à l'égard de Sédan ne les engageoit à rien, puifqu'il ne les obligeoit point de l'affiéger avant toutes chofes ; mais qu'il s'en rapportoit à l'occafion qui s'en pourroit préfenter : qu'il leur feroit donc libre de le faire ou de ne le pas faire, & que par conféquent ils n'apporteroient aucun préjudice à l'Etat en lui promettant tout ce qu'il voudroit : Qu'il s'étonnoit même comment un homme d'efprit tel qu'étoit ce Duc faifoit ainfi une propofition fi vaine & fi inutile ; qu'il avoit bien peur qu'une fi grande bévuë ne fût que pour les amufer, pendant qu'il traitoit fans doute avec la Cour : Que pour lui s'il étoit en leur place, il en voudroit être éclairci avant qu'il fût peu ; qu'ils lui devoient promettre encore plus, pour ainfi dire, qu'il ne leur demandoit, afin de voir fi c'étoit de bonne-foi ou non qu'il vouloit traiter avec eux : Qu'au fur-plus, ils pouvoient faire un Traité à part de ce qui concernoit Sédan, fuppofé qu'ils trouvaffent que cela leur dût faire perdre l'amitié des peuples. Qu'il doutoit fort cependant qu'ils ne fuſſent pas les premiers à y fouſcrire ſi on leur en demandoit leur avis ; parce que la haine qu'ils avoient pour le Cardinal étoit ſi grande que pourvû qu'ils en fuſſent défaits, ils trouveroient encore que quoiqu'il leur en coûtât, ils en feroient quittes à bon marché.

Fin du Second Tome. I

www.ingramcontent.com/pod-product-compliance
Lightning Source LLC
Chambersburg PA
CBHW050744030726
47505CB00002B/390